Sartor Resartus Thomas Carlyle

衣裳哲學

湯瑪斯·卡萊爾 著

賴盈滿 譯

目次

卷一

正如我們所料想的，這套衣裳哲學向所有讀者開展的，是一片前所未有的疆土，雲霧遮蔽，漫無邊際，甚至帶著空想，但遠方仍然見得到藍天，以及幾道天堂般的光輝。

卷二

人裡面有一個比愛和幸福更崇高的東西。他可以不靠幸福就蒙祝福！從古到今所有聖人烈士、詩人教士不都在宣揚這個更崇高的東西，為之受苦受難、出生入死，就為了見證人裡面的神性，彰顯他們所有力量與自由都來自於它？

卷三

我正是在那一刻，在靈魂四分五裂，易受默示影響的時分，首次想到撰寫這樣一本談論衣裳的書。這是我期盼自己所能做的最偉大的事。

附錄

本書注釋收錄作者原注、譯注、編注，並參照本書不同版本，標明作者前後的文字更動，以供讀者深入理解本作。

導讀

先知的蛻變與奮鬥

從《衣裳哲學》看卡萊爾的思想與人生

文／中正大學歷史系兼任教授　方志強

本作對古文物學家、歷史學者和哲學思想家都同樣有趣，下筆大膽、眼光犀利、特立獨行，是一部講述日耳曼精神與博愛的傑作。

《衣裳哲學》，第一卷第一章

一、《衣裳哲學》的內容

《衣裳哲學》是十九世紀英國文學史上最具影響力的作品之一，對英美文學的發展產生深遠的影響。它是一部非常奇特的著作，以十九世紀的學術，甚至是現在的學術分類而言，此著作沒有既定的類型可以規範。它既是哲學論著，也是小說，也是自傳，因此有學者就稱此著作結合了此三種類型，亦有稱其為一部帶有自傳色彩的哲理小說。

對此，我們不妨先來看看卡萊爾自己是怎麼看此著作。卡萊爾最早在構思此著作時，在其箚記本上稱此著作為《論隱喻》（*Essays on Metaphors*）。等到比較完整成型後，才稱此著作為《衣裳哲學》。一八三三年五月，卡萊爾在致出版商弗雷瑟（James Fraser）的信中提到此書的名稱：「這本書目前叫做《衣裳哲學，或杜費爾斯德洛赫的生平與思想》（*Thought on Clothes; or Life and Opinions of Herr Teufelsdrockh*），不過略為改動應該無妨。」拉丁文*Sartor Resartus*（拼湊的裁縫）此書名的出現，最早見於一八三三年七月卡萊爾致彌爾（John Stuart Mill）的信中。等到此年十一月在《弗雷瑟雜誌》（*Fraser's Magazine*）分期連載時，卡萊爾將書名由原本是英文的*Thought on Clothes*改成拉丁文的*Sartor Resartus*。一八三六年，此書的單行本在美國波士頓出版。兩年後，此書的單行本在倫敦出版，書名改成《拼湊的裁縫：杜費爾斯德洛赫的生平與思想》（*Sartor Resartus: The Life and Opinions of Herr Teufelsdrockh*）。

因此，由書名的主標題看來，無論是*Thought on Clothes*（衣裳哲學）或是*Sartor Resartus*（拼湊的裁縫），它的副標題皆是「杜費爾斯德洛赫的生平與思想」。卡萊爾在書中指出：「只談衣裳哲學而不論及哲學家，只談杜費爾斯德洛赫的思想而不提及他的人格，豈不是注定讓兩者都遭到完全誤解？」（第一卷第二章）「這部作品明顯分成兩個部分：歷史敘述與哲學思辨」。（第一卷第四章）顯見此書應被視為是包含生平與思想的「傳記」，或可稱其為「傳記式的小說」；又或許更可稱其為「小說式的傳記」，以凸顯其為傳記的主題。

杜費爾斯德洛赫的思想（即卡萊爾的生命哲學）

卡萊爾在致弗雷瑟的信中也提到此書的題材，卡萊爾指出：「我之前都形容這是一本『論一般事物的諷刺狂想作品』（"Satirical Extravaganza on Things in General"），書裡提到我對藝術、政治、宗教和天上凡間的看法比本人過去所有作品都多。……這些見解背後的信條是我的，而且我深信不疑。……書裡的終極思想是宗教思辨激進主義。」書中所談的「論一般事物」，可說是卡萊爾的世界觀，也是他的生命哲學。書中編者（也就是卡萊爾）指出：「所有生命哲學，包括這套自封為衣裳哲學的學說，都源自於性格、對性格說話，因此唯有當其性格被認識和看見，當作者的世界觀及其如何主動被動形成這套看法被清楚掌握，也就是當作者生平被人哲學而詩意地寫下，並被人哲學而詩意地讀了，這套生命哲學的意義才能呈顯出來。」（第一卷第十一章）

卡萊爾承襲日耳曼哲學的世界觀

我們不妨先談談卡萊爾的世界觀，然後再來對照杜費爾斯德洛赫的思想。卡萊爾的世界觀可說是他歷史哲學的展現。卡萊爾歷史哲學的根源，除了他對自己生活經驗的理解與反省外，最主要的來源就是十八與十九世紀日耳曼哲學的影響，而這日耳曼哲學塑造了卡萊爾歷史哲學的呈現形式。卡萊爾的歷史哲學是奠基於「普世史是神聖理念的啟示」這個基本概念。柯靈烏在其《歷史的理念》（*The Idea of History*）書中，對於近代日耳曼「普世史」的理念發展有詳細說明。基本上，日耳曼哲學家對於「普世史」理念的闡發，由康德（I. Kant, 1724-1804）發其端，赫德（J. G. Herder, 1744-1803）、席勒（J. C. F. von Schiller, 1759-1805）、費希特（J. G. Fichte, 1762-1814）、謝林（F. W. J. Schelling, 1775-1854）繼之，而由黑格爾（G. W. F. Hegel, 1770-1831）集大成。

黑格爾是普世史理念的集大成者，並且實現了普世史的寫作。此普世史，展現從原始時代以迄現代文明的進程；此種歷史的情節即自由的發展；人類的自由就是人類對於自身的自覺，所以自由的發展就是自覺的發展。卡萊爾與黑格爾一樣，認為普世史具有「變遷」的觀念，貫穿了歷史的發展，有其意義、方向與目的。黑格爾的《歷史哲學》的主題：「世界的歷史，不外是自由意識的進展。」同樣地，卡萊爾認為普世史所呈現的是一種巨大的精神力量，推動歷史的發展。黑格爾強調此種精神力量是由「國家」來呈現，而卡萊爾則是強調此種精神力量是由偉人或英雄來呈現。

英雄具有天賦的能力，能洞悉宇宙的神聖奧祕。卡萊爾引用費希特的用詞，稱宇宙的神聖奧祕為「世界的神聖理念」（"the Divine Idea of the World"）。此神聖的理念為人們所忽略，唯有智者（或說是英雄、「裁縫」）能察覺，並將這個啟示宣揚開來。卡萊爾指出：「英雄的第一個特徵，事實上，我們或可說這是他英雄氣概的第一個和最後一個特徵，自始至終的全部特徵」為「他看穿了事物的表象，覺察事物的內涵」。

「衣裳哲學」的「象徵」與「變遷」

杜費爾斯德洛赫將「表象」視為「衣裳」：「所有能看到、能想像、能視為可見的東西，難道都不過是件外衣，是更高的神聖不可見之物的衣裳。」「正確來說，『衣裳』這個主題內容豐富：人所有想過、夢過、做過、成為過的事物，整個外在宇宙和宇宙裡的東西都只是『衣裳』。所有科學的精髓都包括在衣裳哲學裡。」衣裳是「隱喻」，是「象徵」：「從人身上最外層可觸摸的粗俗羊毛外殼開始，到他美妙的軀體外衣和社會裝飾，再往內到他靈魂中的靈魂的外衣，也就是時間與空間！褪去這些包裝之後，人類個體和全人類的永恆精神本質是否開始顯露了？」

上帝或永恆精神本質的呈現：「自然作為上帝的時間外衣，則是在愚人面前遮蔽上帝，只向智者開顯。」杜費爾斯德洛赫的傳記展現了他是「被命運逼著看穿事物的外表，直指事物本身。」「但這種看透外表或外衣直指事物本身，不正是衣裳哲學的預告？」也是「杜費爾斯德洛赫衣裳哲學的主旨與意涵」。

此外，與此密切相關的是杜費爾斯德洛赫的時間觀：「天地萬物和生命不過是一件外衣，是時間機杼不停織織拆拆的『活衣裳』。」「這不就是整套衣裳哲學的輪廓，至少也是它的活動場所？」然而，「時間基本上雖然能大幅提高象徵的神聖性，最終仍會讓象徵耗損，甚至失去其神聖性。象徵就和所有世俗衣裳一樣，會老會舊。」時間所編織的衣裳會破損毀壞，則須更新。因此，不同的時代有不同的衣裳，衣裳的象徵無論是語言、習俗、制度、政體、宗教、思想，皆在變遷的生命之流中。

對於「變遷」的說明，杜費爾斯德洛赫特別著墨於社會與宗教的變遷。書中的第一個推論為英國當時的社會面臨激烈的貧富對立的階級鬥爭，社會已瀕臨爆裂解體的邊緣。對此，杜費爾斯德洛赫呈現出激進的革命思想，因而主張「我們應當蓄意焚毀生病的舊社會……因為他相信社會是鳳凰，從灰燼裡將會生出天界的新鳳凰！」

在此，我們不妨回到卡萊爾的現身說法來加以說明。卡萊爾在〈日耳曼文學狀況〉（"State of German Literature"）（1827）一文中首次顯現他對時代的看法：「這是一個如許富憧憬與如許具威脅的時代，如此多善與惡的元素到處衝突著，而社會正為新生而掙扎。」卡萊爾於一八二九年所發表的〈時代的徵兆〉（"Signs of the Times"）中，首次明白揭示他對於英格蘭「工業主義」（Industrialism）的觀察。此文的主題「時代的徵兆」，也恰如其分地顯示他對於當代的危機的強調。他稱他的時代為「機械的時代」（the mechanical age），機械主義（mechanism）是時代的神祇。人的性格已成為「機械性格」，而此時代是一個病態的與脫節的時代。卡萊爾的〈特徵〉（"Characteristics"）發表於一八三一年十二月，此文是〈時代的徵兆〉的姊妹篇。卡萊爾在此文中明確地指出：「社會已到非毀棄不可的地步，新的社會已開始其新生的長久陣痛。」而當時社會的疾病最顯著與嚴重的徵候，即是因「自利」的時代風氣所造成的少數人富有，多數人貧窮的現象。

一八三一年二月卡萊爾在箚記簿上寫到：「社會的整個結構已經崩壞而必須毀棄，但是新的社會架構從何而來？我不知道，沒有人知道。」當一八三三年八月，美國著名的文人愛默生（Ralph Waldo Emerson, 1803-1882）突訪卡萊爾時，愛默生曾向他問到：從五年前他在《愛丁堡評論》（*The Edinburgh Review*）所發表的〈日耳曼文學狀況〉一文的結論，到最近的文章〈特徵〉一文所指出的社會問題之後，他想法的最新發展狀況為何？卡萊爾坦白地答以他自己也不知道，他要「靜觀其變」。不過，此時卡萊爾已深深體會到倫敦在這社會變化中所占的重要性；他認為倫敦是「世界的心臟」（the heart of the world），是社會新生的地方。其中又以貧苦大眾的問題最為迫切，這就是卡萊爾日後提出來的「英格蘭現狀問題」（The Condition-of-England Question）。當他居住在蘇格蘭時即已感受到此問題的嚴重性；在他遊歷英格蘭後，發現英格蘭的問題更嚴重。他認為「倫敦是社會新生之所在」，故於一八三四年六月遷居倫敦以觀世變。

有關杜費爾斯德洛赫對於宗教變遷的看法，就是卡萊爾所說的「書裡的終極思想是宗教思辨激進主義」。儘管「人的思想沒有高過基督教和基督教世界的，這個象徵恆久而無限。」但是，「永遠要求人重新追問，重新彰顯其意義。」這就是人的自覺，「人和人在塵世的這一生，不也只是一個象徵，是他內在神聖的『我』的外衣。」基督教雖已發展到最高形式，仍須不斷改變。在書中的第二個推論中，顯示「神」的象徵已轉為自由的個人意志，「神聖的我」就是神的象徵，裁縫就是英雄、先知、神。

由杜費爾斯德洛赫的思想，我們不難推知作者卡萊爾作為「英國維多利亞社會的先知」的角色。卡萊爾所處的時代正值十八世紀農業社會與十九世紀工業社會的過渡時期，舊社會秩序已逐漸消逝而新社會的秩序則尚未產生，人們處此脫序混亂的時代無所適從。而他正是這個時代最敏銳的觀察者與道德改革者。誠如樂耳（F. W. Roe）在其《卡萊爾與羅斯金的社會哲學》（*The Social Philosophy of Carlyle and Ruskin*）（1921）一書中所指出的，卡萊爾一生的志業即在恢復人們對人性的信心，並由此將人由毀滅性的工業化中解救出來；再透過推己及人的工夫致力建立一個以道德為人倫重心的新社會。

從「我是誰？」到浴火重生：杜費爾斯德洛赫的生平

在《衣裳哲學》書中，杜費爾斯德洛赫的生平似乎墜入五里霧中，雖然書中的編者（就是作者卡萊爾本人）好心好意費盡千辛萬苦要拼湊杜費爾斯德洛赫的生平，顯然「故意」力有未逮，好讓讀者去拼湊去經歷。讓讀者「自己傷腦筋，如何從混亂中理出秩序」。書中提到：「歷史事實是什麼？生平事蹟又算什麼？光是將你所謂的事實事蹟拼湊起來，就能認識一個人，甚至人類嗎？人之為人，在他行動其中的心靈；不是他做了什麼，而是他成為什麼。」（第一卷第四章）編者一再強調《衣裳哲學》是杜費爾斯德洛赫的生命哲學，是對個人生命經歷的反思：「因為這套學說似乎主要源自作者的個人特質；教導作者的不是理論，而是經驗。我們只能從原文裡挑出那些往往非常零散的論點和重要片段，加以彙整，希望藉此呈現這套學說的輪廓或徵兆。我們要再次請求聰明的讀者拿出最大的專注，仔細讀完並唯有讀完之後才來判斷。」（第一卷第八章）

書中第二卷的主題是杜費爾斯德洛赫的生平，卡萊爾是希望藉著杜費爾斯德洛赫的經歷，帶著讀者一同經歷他自己「浴火重生」的過程。首先，杜費爾斯德洛赫問到人類的存在之謎：「我是誰？這個會說『我』的東西是什麼？」或許在此導讀者可補充說明：幾乎所有卡萊爾早期著作中有一個一貫的主題，那就是「人如何在這有病與失序時代中生存？」此主題包含了幾個相關的問題：何謂人？這時代人的物質與精神環境是如何？人在以其自由意志對抗物質需求時如何獲得成功？人的真正責任是什麼？人與社會的關係為何？卡萊爾的平民思想、英雄思想、甚至他的歷史與傳記理論、社會哲學皆源於這個主題。

杜費爾斯德洛赫是如何探究這個人類的存在之謎？我們就得從其人生的經歷來看。相關的傳記資料，在《衣裳哲學》書中編者所整理出來零散的資料包括：「各種瑣碎紀錄、回憶片段、大學作業、課程表、教授評語、牛奶帳單和撕碎的短箋，有些很像是情書。」並且「所有資料混在一起，彷彿隨意兜成的，讓頭腦清楚的歷史學家也會因此發狂。為了從中拼湊出教授大學時及畢業後的生活樣貌，找出其中是否藏有衣裳哲學的端倪，其困難遠超過讀者所能想像。」編者進一步說道：「事實明擺在眼前，從這些資料裡榨不出任何杜費爾斯德洛赫的生平與自述，頂多就是一些輪廓、影子或狀似的描繪，而且還得由編者與讀者竭盡全力，部分靠頭腦、部分靠想像才拼湊得出來。」最後編者的結論是：「總歸一句，編者懷疑這些自述可能有部分是騙局！說不定其中許多所謂的事實只比虛構好一點，我們手上有的不是如照片般真確的教授生平，而只是一些或多或少帶著幻想的暗示，直接或間接將原貌遮蓋起來！」

儘管如此，至少從這些傳記資料中，我們得知此時期的杜費爾斯德洛赫似乎是一個有時會處在神經崩潰的狀態下，總是覺得自己是身體有毛病的人。並且經過編者的努力拼湊下：「我們就這樣跟著杜費爾斯德洛赫，在這種情況下盡可能令人滿意地緊隨他走過一個個階段與狀態，從成長、捲入愛情、不信到幾乎否定一切，最後進入一種他似乎自認為是皈依的清明狀態。」

在這人生經歷的過程中，細心的讀者可能會注意到杜費爾斯德洛赫的一些生平事蹟：小時被同學霸凌；是離群索居的孤鳥；靠著自學幾乎讀遍了所有主題、所有學科的書；與同學論學；他的第一次戀愛，但不久便失戀了；似乎決定以法律為業，但不久即放棄；他有慢性病（神經疾病）；他陷入憂傷與煉獄之中；他曾想過自殺；他經歷了由「永遠的否定」到「無感的中心」再到「永恆的肯定」的過程。

二、《衣裳哲學》的寫作與出版

本書是卡萊爾流傳最長久、最被廣為閱讀的著作，出版過程卻也是他所有著作中最備極艱辛的。在一八六九年版的《衣裳哲學》中，特別附上「作者題識」（Author's Note of 1868），卡萊爾提到：

這本頗受爭議的小書雖然確實是我一八三一年寫成的。當時我獨居山中，但出於種種自然和意外出現的阻礙，完成後有七年都無法在英國以書的形式出版，最後幾經掙扎只能拆成章節，由某家有勇氣的雜誌逐期連載。結果就是有些閒來無事的好奇讀者，乃至於我本人，都遇到一個瑣碎又惱人的問題：這本書究竟是何時寫成的，後續歷程又是如何？這個問題就算不是無解，也讓人不知從何下手。

山中孤獨的歲月

一八二八年五月到一八三四年六月是卡萊爾定居於蘇格蘭鄧弗里斯郡（Dumfriesshire）克雷根帕托（Craigenputtock）的時期。《衣裳哲學》就是寫於這個時期的作品。卡萊爾之所以定居於克雷根帕托，除了因城市花費較高，而其經濟拮据之外，還因為他不喜城市生活，難以忍受城市的擁擠與喧鬧。然而最主要的考量，應是城市生活害他喪失健康，鄉野生活則有助其恢復健康。

卡萊爾在克雷根帕托的鄉野生活，是其所謂的「新生活」。愛默生在其一八三三年八月訪問英國時，除拜訪倫敦與愛丁堡著名的文人外，也曾遠赴蘇格蘭偏僻的克雷根帕托，去拜訪他稱之為批判期刊中，「最晚近與最強烈的作者」。愛默生對於當地的荒涼，以及卡萊爾離群索居的印象非常深刻：「十六英里內，除了當地的牧師，沒有人可以交談。」卡萊爾在向歌德描述其居住環境時，稱此地為英國最孤立的地方之一。卡萊爾甚至用「厭人會」（the misanthropic society）來形容他們家的孤立，以及與世人隔絕的處境。

在克雷根帕托的鄉野生活，卡萊爾一天的生活作息非常規律。除了定時地吃飯睡覺外，其餘的時間就是用於早上看書，再來是騎馬、散步、做園藝，以及晚上寫作。卡萊爾認為文學在安撫心靈上甚至比醫藥還有效，文學是他沉澱焦躁不安心情與思緒的「安撫劑」。與此相關的就是「書寫」。對於此時期的生活，我們不妨以卡萊爾向其弟弟約翰（John Carlyle）的說明為例。卡萊爾在一八三〇年十月的信中提到：「我自己在這裡過著最寂靜的生活；當我在這幾乎是死寂的孤獨中散步時，我會在微弱的陽光中，或在十月撼動樹木的狂風中沉思；其餘的時候，則急於書寫。」

《衣裳哲學》的寫作

一八三〇年十月，卡萊爾在黃昏中沉思，開始構思他當時所謂的「杜費爾斯德洛赫」（"Teufelsdreck"，意思是「魔鬼的糞便」）。原先他只想寫成一篇文章，只是這篇文章愈寫愈長，因此決定將它分成兩個部分。經過一個月的努力寫作，卡萊爾在十一月初寫信向倫敦的出版商弗雷瑟洽詢此長文的出版事宜，並寄上手稿。經過兩個多月的等待，一直沒有收到回音。在這段期間，卡萊爾持續在構思此長文的結構與篇幅，以便最適當地呈現他的概念。最後，他改變此長篇文章的構想，而決定將此長文擴大成書，他當時稱此書為「衣裳哲學」（"Thought on Clothes"）。隨後，卡萊爾在一八三一年一月致其在倫敦行醫的弟弟約翰的信中，託付他從出版商將此手稿取回，並向出版商強調修訂版的「衣裳哲學」必能吸引世人的目光。同時，卡萊爾希望約翰能閱讀此手稿，並提供意見。約翰不僅自己讀了手稿，並讓在倫敦傳教的卡萊爾的好友歐文（Edward Irving）閱讀。

約翰在二月十二日的回信中，提到自己並轉述歐文的讀後感。兩人皆認為第一部分太長，且日耳曼的神祕色彩太濃厚，一般讀者恐難理解其中奧祕。甚至歐文要卡萊爾考量評論人對如此日耳曼風格的接受度。另外，歐文認為此手稿的缺失與採用雜誌文章的方式來發表有關，此手稿需增補一些小節，多一些說明，才會更為人所接受與更有效果。因此，以書的方式來呈現，可避免篇幅受限的雜誌文章會呈現的缺失。對於見多識廣如兄長般的多年摯友的意見，卡萊爾認為歐文中肯地指出「確實的」缺失。

一直要到一八三一年二月底，卡萊爾收到被寄回的手稿後，才開始修訂與增補的工作，其中特別是擴充虛構的教授生平描述，以及強化宗教與社會部分的討論。到三月中旬，卡萊爾修訂完成第一與第二章。儘管進度不是很快，但是他已掌握了改寫的方法，並對改寫後的成果深具信心。至於歐文與約翰所關切的評論人與閱讀大眾能否接受的問題，他一點也不在意。就像他在五月的信中向他母親所說的：「如果我還活著，此書就必定要寫成，至於購買與閱讀此書的事，就不是操之在我了。」卡萊爾在七月底完成了改寫的工作，原先是兩部分的長文，已改寫增補為總共三卷的書了。改寫完成後，卡萊爾很快地安頓好家中事務，便在八月四日前往倫敦處理此書的出版事宜。

《衣裳哲學》的出版過程

一八三一年八月至一八三二年初，卡萊爾待在倫敦。這段期間是英國全國，特別是首都倫敦，為改革國會而騷動不已的時候。卡萊爾在出版界的朋友已經事先警告他，此時不是出版文學著作的時機。卡萊爾自己也注意到這個問題，他在八月十三日致歌德的信中，提到整個倫敦皆隨政治改革而起舞，根本不會注意文學。但他還是會竭盡全力促使此書出版，因為此書正合時宜。

經過實際上與幾位倫敦的出版商接洽後，卡萊爾確實感受到這些出版商只專注在政治改革的議題，對於他的手稿幾乎不屑一顧。卡萊爾在家書中曾提到他與這些出版商洽談出版《衣裳哲學》的經過。有些出版商直接就拒絕出版，有些出版商雖同意出版，但是條件苛刻。有一家要求卡萊爾自己出資一百五十英鎊出版，有一家則是不要求卡萊爾出資，但他無法從出版的書獲益。實際上，後者的交涉，還是經過卡萊爾具有影響力的好友引薦才有的結果。這個名為莫瑞（John Murray）的出版商是倫敦的大出版商，他曾將卡萊爾的手稿交給同行的專家審查，這個專家的審查意見頗能顯示評論者對此書的看法。首先，審查人稱讚作者很有才華，「其作品不時展現思想與用語的巧妙得體，同時充滿想像力與知識。」然而，審查人批評：「作者抓不到要領，文中機鋒時常太過沉重。」因此，「是否能引起大眾興趣就值得懷疑了」。甚至，審查人還質疑「這是翻譯作品嗎？」

這位審查人的批評確實印證了歐文的先見之明。卡萊爾當時的經濟狀況可說是非常拮据，要他出資出版是不可能的。然而，與唯一可能出版此書的出版商莫瑞的協調，又出現了問題，促使卡萊爾放棄此書的出版。這次的倫敦之行從出版《衣裳哲學》的角度來說，可說是失敗收場。

一八三二年一月卡萊爾的父親去世，卡萊爾由倫敦返回蘇格蘭老家。不久，卡萊爾得知其精神上的父親歌德也已去世。卡萊爾隨後即撰寫有關歌德的幾篇文章，並且也翻譯了幾篇歌德的著作。一八三三年五月卡萊爾返回克雷根帕托。八月愛默生突然到訪。

一八三二年六月國會通過改革法案後，大環境開始較適合文學作品的出版。只是卡萊爾的《衣裳哲學》依舊沒有出版商願意青睞。卡萊爾試著接洽出版商弗雷瑟洽商此書的出版事宜，一八三三年五月，卡萊爾在致弗雷瑟的信中提到出版此書的構想：

您應該還記得我在倫敦時給您看過的那份書稿。因為改革法案的騷動（很不幸還沒結束，而且看來會持續下去），我始終沒能談成出版，書稿此時還在我抽屜裡。長考過後，我決定拆章分節，以連載形式發表，或許是更好的做法。書本來就分成三「卷」，同時再分成多個短「章」，怎麼拆都很方便。甚至我聽人說，每次幾章是讀這本書最有益的方式，而我也覺得有道理。我想可以分成八期連載。

弗雷瑟同意卡萊爾的構想，儘管雜誌社的編輯們極力反對。他此次所提的條件已較前次優渥，卡萊爾無須出資一百五十英鎊，反而能獲得八十二英鎊的酬勞，以及每期五十八分份作者的抽印本。卡萊爾於是將書名由原為英文的 *Thought on Clothes* 改成拉丁文 *Sartor Resartus*，一八三三年十一月起開始在《弗雷瑟雜誌》分八期連載。一八三六年透過愛默生的協助，此書的單行本在美國的波士頓出版，此書在美國的銷售頗佳。兩年後，此書的單行本在倫敦出版，書名改成現今我們所知的版本：*Sartor Resartus: The Life and Opinions of Herr Teufelsdrockh*。

歷盡艱辛之後，《衣裳哲學》總算出版了。然而當時此書出版不僅沒有提升卡萊爾的知名度，恐怕負面的影響還比較多。在《弗雷瑟雜誌》分期刊載後，困惑的讀者幾乎一面倒地只有負面評論，有的甚至因而取消雜誌的訂閱。儘管如此，《弗雷瑟雜誌》仍按照原定計畫從一八三三年十一月到一八三四年八月分期刊出。值得注意的是，雜誌所刊出的《衣裳哲學》的作者是匿名的。

卡萊爾在出版此書前，就已經預知英國讀者與評論者的可能反應。誠如卡萊爾在出版前致弗雷瑟的信中所說的：

我個人猜想，這本《杜費爾斯德洛赫傳》不論何時刊載，書中內容都會讓大多數讀者深感震撼，即使讀懂的人少之又少。有些讀者震撼之餘會感到（近乎最深刻的）精神啟發，有些感受則完全相反。我想我可以大膽預言，接下來六到八個月（因為這本小說必須一口氣連載完畢）您的雜誌至少會牢牢吸住大眾的目光。

然而，此書分期刊出後，讀者的負面反應似乎超出卡萊爾的預期。他在一八三四年八月致愛默生的信中說到：

杜費爾斯德洛赫這粒種子落在的土地太不友善，沒有半個人祝他好運，感覺就連最差勁的蕁麻或毒芹種子落在這塊土地上，也更受歡迎。我們英國的報刊評論家，尤其是《弗雷瑟雜誌》的讀者（我覺得我已經受夠了）真是令人無言，連輕蔑都不值得，最好直接忘掉。可憐的杜費爾斯德洛赫！彷彿天生就要面對不幸、誤會和重重阻礙！

《衣裳哲學》出版後當時的評論者與讀者的反應，再次驗證歐文與約翰的先見之明。然而，如同《衣裳哲學》第三卷第一章中所說的：「還是我們的教授其實另有深意，此時正掩嘴嘲笑我們的非難與批評，因為一切都正中他下懷？」

《衣裳哲學》的流傳

卡萊爾在《衣裳哲學》的封面，刻意引用出自歌德書中這樣的題辭：「我承繼的何其廣大、何其無邊！時間是我的資產，我的良田。」卡萊爾充分自覺到：「對心靈高貴的人而言，在不信的寒冬出生、醒覺與工作或許頗為不幸。」但是這就是先知先覺者（或說是英雄）所必須面臨的挑戰。卡萊爾在《衣裳哲學》中說明了時間的意涵：

> 既然我們這個時代是不信的時代，又何必抱怨呢？更好的時代不是就要來了？甚至已經降臨？就像長期收縮之後是長期舒張，信仰的時代必然和不信的時代相互更迭。……人生活在時間裡，肉體、努力和命運都受時間形塑。唯有在變動的時間象徵裡，才能顯現我們所立足的不動永恆。（第一卷第一章）

不是時間帶來了改變，而是改變發生在時間裡！因為不只人類，連他所為所見也時時在成長、再生與自我完善。將你的行動和話語種在生生不息、運轉不停的宇宙裡吧。它將是一粒不死的種子，縱使今日（有人說）沒人看見，千年之後卻會茁壯成茂盛的大榕樹，甚至是一片鐵杉林！（第一卷第五章）

卡萊爾在《衣裳哲學》的第一章楔子透過編者說出：「這本卓越的論著及書中的學說，無論得到公允的肯定或否認，都不可能不留下影響。」誠如前文所說，縱然《衣裳哲學》的出版是備極艱辛並且幾乎面臨一面倒的負評，日後它卻成為卡萊爾流傳最長久、最被廣為閱讀的著作。

三、導讀者的拼湊：浴火鳳凰——卡萊爾的「憂傷」與「轉變」

導讀者正好對於卡萊爾的生平與思想做過研究，似乎可以把卡萊爾的生平拼湊得較完整，提供讀者參考，甚至與《衣裳哲學》的內容做個比較。先前提到卡萊爾的早年著作基本上是圍繞著「人類的存在之謎」這個主題。有興趣的讀者不妨去查考他的著作。

一般而言，《衣裳哲學》被視為是「自傳式的小說」（或是導讀者所稱的「小說式的自傳」）。有關《衣裳哲學》中杜費爾斯德洛赫的生平是「事實」（fact）還是「迷思」（myth），卡萊爾的研究者的態度有些不同。先前的研究者比較重視卡萊爾回憶錄上保守的說法，因此對於杜費爾斯德洛赫的生平是「事實」還是「迷思」的問題上，採取過嚴的態度。卡萊爾在其回憶錄中曾經警告說：「《衣裳哲學》在細節上是相當不妥當的！（書中的）虛構或許是建立在事實之上，只是離事實很遠。」卡萊爾甚至非常明確地指出：

《衣裳哲學》此部分除了「聖多瑪地獄街事件」外，沒有一樣是事實（全都是象徵的迷思），此事件確實就是於雷絲路在我身上所發生的。在那全然失眠的三星期中（3 weeks of total sleeplessness），幾乎我唯一的慰藉是每天在雷絲（Leith）與波多貝洛（Portobello）間的沙上海浴。事件是發生在當我走下去的時候（走上來時，我通常會覺得短暫獲得抒解）；我對此事件仍有很好的記憶，並且能找到事件發生的所在。……當年（或許是事件發生前的第二年或第三年）我曾想成為律師。……我是一個孤魂野鬼，在一片如鉛般沉重的天空下，在無窮盡的、堅硬的、多泥的、多刺的迷宮中徘徊。

近年來，學者對於此問題的態度則轉為寬鬆，主要是因為卡萊爾的相關書信被大量的整理、箋注與出版，提供了前所未見的生平資料。因此，杜費爾斯德洛赫的生平中所含「事實」的成分很多被考證，或說拼湊出來。專門研究此問題的學者甚至說，卡萊爾本人在晚年回憶中低估了杜費爾斯德洛赫的生平中所含「事實」的成分。

有關卡萊爾的早年經歷，現代的學者們已發現與整理了各式各樣的資料，導讀者可以像《衣裳哲學》的編者一樣，將各種資料詳細列出如下：他早年的書信、箚記、他的回憶錄、他獲選為愛丁堡大學名譽校長時對愛丁堡大學師生的演講詞、他晚年與好友的有關談話、學者所謂的「自傳式的小說」：《雷恩佛瑞德》（*Wotton Reinfred*）與《衣裳哲學》、卡萊爾當年的圖書館借還書紀錄卡、他早年的讀書書目、他好友的回憶資料，並且研究他早年的著作。

在這些資料中，卡萊爾當時的書信實為最直接與最可靠的資料，而此種書信資料又因現存的數量與種類眾多而更具史料價值。學者們對於這些書信資料做過各種不同的整理、編輯與出版，產生了各式各樣的卡萊爾書信集，其中以自一九七〇年以來陸續出版的《卡萊爾夫婦書信全集》（*The Collected Letters of Thomas and Jane Welsh Carlyle*）最為重要，其中收集了所知所有現存的卡萊爾夫婦的書信，按照年代先後加以箋注出版，對卡萊爾的生平與思想提供了許多前此所未知的寶貴資料。卡萊爾在愛丁堡求學時期書信的寫作對象主要為其父母、兩個弟弟（John and Alexander）、朋友（Robert Mitchell, James

Johnston, William Graham, Thomas Murray, Edward Irving與初戀的女友（Margaret Gordon, Jane Welsh）。《全集》也盡可能地收錄這些通信者的重要書信，因此提供了更多元的視角。

我們不妨運用這些資料，來拼湊卡萊爾早年的生平與思想。首先，卡萊爾在他的回憶錄中回顧他的一生時指出，他的一生「自孩提以來，一直處在持續的陰鬱與冷酷之中，好像一個人毫無防備地在對抗魔鬼與所有人。」卡萊爾在精神上的孤立感是始終存在的。卡萊爾精神的孤立，一部分是受到從小宗教信仰中喀爾文主義的影響。喀爾文主義中許多悲觀的成分，來自於喀爾文認為邪惡無所不在的信念；喀爾文甚至否認人會期望自己行為正當；唯有少數被選擇的人才能享永恆的恩寵。喀爾文主義的信仰者與神的交通，是在一種深沉的精神孤立狀態下，完全依靠自己，不信任朋友的協助。此種極端非人性的喀爾文主義帶來的結果，就是「單獨的、個人史無前例的、內在孤寂的感覺」。

除了來自於喀爾文主義的影響外，卡萊爾將他的孤立歸因於他的個性與所受的教育。卡萊爾自認為是「一個羞怯與彆扭的人」。他在愛丁堡學生時期，與同儕和老師的交往狀況並不是很好。譬如，在一八一三年時，卡萊爾當時的同學就曾指責卡萊爾缺乏同學愛，認為卡萊爾「太過於嘲諷」，並且有「一種貶抑他人的強烈傾向」。他的人際關係不佳，他的初戀女友瑪格麗特（Margaret Gordon）在一八二〇年就曾指出，他與一般人間有「一個可怕的鴻溝」。因此，在對人際關係上，他自謂是「多疑的湯姆士」。由於不良人際關係上的影響，促使卡萊爾更專注於閉門苦讀。

卡萊爾的孤獨與他所受的愛丁堡大學教育有關。此種教育制度下的教育方針是啟發學生的思想，著重學生自己在檢驗各種概念、分析各種思想、擴大自己知識領域上的努力。一八六六年四月，卡萊爾以名譽校長的身分為師生們演講時，他告訴他們愛丁堡大學在他當學生的時候教他「廣閱各種語言與各種科學」，使他得以自學研讀書本，逐漸掌握各種他有興趣的學問。卡萊爾在愛丁堡求學時期（一八〇九至一八二一年間）主要是重智，以智識來求真理。因愛丁堡大學當時的學風，與卡萊爾本身對各種學術的好奇心，而養成「百科全書式」的求知態度，亟欲廣拓其知識領域，因此促使其閉門苦讀。

一八一四年，卡萊爾與同窗好友密齊爾（Robert Mitchell）約定兩人彼此評閱對方文章的計畫，卡萊爾反應很熱烈，他在信中說：「我們不要特別選擇科目……我們是不會缺少科目的，文學、形上學、數學與物理學皆在我們的面前。」當他於一八一五年準備按學校規定，做聖經解說（Exegesis）報告時，他同時研讀六種科目並且與「各古代語文、化學實驗、蘇格蘭哲學與柏克萊式的形上學纏鬥。」卡萊爾在一八一九年曾大言不慚地告訴同窗好友密齊爾：「六年的閉門讀書（solitary reading）」，已使我具有最大的勇氣來漠視任何大部頭的書，並且輕而易舉地讀完。其實，為應付如此廣泛與大量的讀物，卡萊爾養成一種跳讀與略讀的習慣。他不斷跳讀各種不同的學科，此種閱讀習慣在當時的學風下是常見的現象。另外，他的研究方向是「調查任何生活與習俗上的任何問題」，並且「由書本觀察與其他任何方法收集知識，並運用在實際生活中。」他利用他人的研究成果加強或形成自己的觀點。當他如此做時，他經常為借用一種外來的觀念，先將此觀念改變以便適合他自己的系統。

卡萊爾百科全書式讀書的優點讓他獲得了「全面性的知識」。他於一八一六年經過幾年的苦讀後，獲得如下的讚譽：「在學問的廣度與深度上很少年輕人能出其右」。他的博學，不僅使他勝任於教書，同樣適合其他多種職業。但此種讀書法亦有其缺點，他稱此缺點為「思想的放蕩與虛空」（the romantic turn of mind）。它是一個陷阱，使高貴的心靈頹廢，對世界極端的冷漠，甚至到與世俗生活隔絕的地步。卡萊爾認為這對於有志向學的年輕人的傷害是最惡毒的。卡萊爾在《衣裳哲學》中曾諷刺此種學風：

> 除此之外，我們還自詡為理性的大學（a Rational University），對神祕主義抱有最大的敵意。於是，空白的年輕腦袋被塞進許多關於物種進化、黑暗時代與偏見等等的高論，並隨即變成浮誇的爭辯，好一點的不久就走向病態虛無的懷疑論，壞一點的就爆發成自大狂，所有心靈內涵都死了。

在此期間，他意識到智識真理的短暫與變遷，於是他在一八一九年放棄愛丁堡大學哲學體系的主導原則：牛頓的思想系統。此時正值他放棄研讀神學、放棄神職之際，前途茫茫、身體不佳與初戀女友分手之際。然而其近十年來近乎獨居閉門讀書的生活，已塑成其智識極高但卻貶抑他人的習慣，帶來遠離鄙視人們的結果，造成其情感的枯竭，這是他所最憂慮的問題。

除了上述宗教的、個性的與智識的因素外，還有一項因素，那就是「身體的」因素，來補充說明卡萊爾的孤立。以身體的角度來研究卡萊爾，學者們習慣於專注在卡萊爾的「胃腸病」上。其實，卡萊爾的病應該是屬於更廣泛且深刻的身體疾病——駭伯症（hypochondriasis）。卡萊爾很早就自稱為「一個步履闌珊的駭伯症患者」。然而，由於過去對於駭伯症的偏見，駭伯症常被視為「疑病症」，認為是「想像」的產物，故重點始終擺在胃腸病的治療上。甚至現代的海里岱醫生（James Halliday）在其專論卡萊爾的書中，也只進一步將卡萊爾的病視為是胃的神經症，並且也認為卡萊爾對其胃病具有疑病症的偏執，具有誇大的妄想症。在此狀況下，過去稱卡萊爾誇大病情實屬自然。然而，在卡萊爾親身受到病魔愈來愈可怕的折磨過程中，使他愈來愈了解他的駭伯症不是想像的，而是真實的；因為「神經疾病」的痛苦，實非胃腸病所能比擬。他才知道，真正的病魔並非（折磨胃的）「老巫婆」，而是「憂鬱的魔鬼兵團」。

在各種因素的匯聚下，使卡萊爾陷入極度孤獨的憂傷之中。當卡萊爾陷入愛丁堡「煉獄」這個時期，他的孤獨感更是處在最強烈的顛峰：「如此無用的、沮喪的孤獨，它是朦朧的與混亂的，是一種全然鬼魅般混亂的景象，像是地獄冥河岸邊，也像是夢魘般的哀傷、朦朧與醜陋，而這惡夢卻成為真實！」以卡萊爾的話來說：孤獨「吞噬我的心」，並且犧牲了健康與心靈的平靜。

對於他的「憂傷」，卡萊爾在其《衣裳哲學》中，有如下的描述：

> 宇宙在我眼中已經徹底沒了生命、目的與意志，甚至惡意也沒有了，就只是個沒有生命又無法度量的巨型蒸氣機，死寂無情地將我輾磨殆盡。哦，這廣袤陰森孤寂的各各他，死亡的磨坊！為什麼生命會在這裡神智清醒地孤單漂流？……我一直活在無止無盡、令人憔悴的恐懼中，不知道自己為何顫抖、膽怯與擔憂，感覺天上和地上所有事物都準備傷害我；天地本身是巨獸的貪婪大嘴，而我心臟狂跳，等著被它吞噬。

嚴重的駭伯症患者的行為表現為：孤立而畏縮、喜歡獨處、一副「萬念俱灰」的「死寂」模樣，嚴重時會顯示出意念完全停止的狀態。病患對任何事物都沒有一點企圖，甚至對於生活上最基本的事物也一樣。在這方面，卡萊爾的病情正是如此。對他而言，生命不已具有任何意義。他的心智是「衰弱的」與「黑暗的」，他的精神是分裂的、是恐懼的。他已瀕臨自殺的邊緣，死神已經盯上他了。

卡萊爾確信他所處的困境是人一生中「最重大的災難」，「沒有任何事情會讓我內心深處顫慄，沒有任何事情，唯有這件事。」接著，我們來了解卡萊爾是如何描述遭受「最重大的災難」的自我。首先讓我們最怵目驚心的是，在這些資料中卡萊爾對自己的稱呼：「我是一個孤魂野鬼」、「悲慘世界的惡魔」或「瘋人院的病人」。卡萊爾稱自己是「孤魂野鬼」、「惡魔」被囚禁在煉獄之中，這是「魔鬼的」（demonic）卡萊爾。卡萊爾承認，對於自己奇怪的與黑暗的情緒，他本身無法控制。卡萊爾的作傳者弗路德（J. A. Froude, 1818-1894）在探討此時期的卡萊爾時，發現卡萊爾性格上的黑暗面，他稱之為「魔鬼的成分」（"something demonic"）。

卡萊爾認為他被囚禁在煉獄之中，他如何為自己奮鬥出一條活路，從煉獄中解脫？首先我們可以發現卡萊爾的求生意志。卡萊爾其一八二三年的日記中提到其在「煉獄」所受的苦難：

「先生！那麼為什麼你不自殺呢？難道沒有砒霜？難道沒有各式各樣的滅鼠藥、上吊索與鐵器？」確實如此，撒旦（Sathanas），所有這些東西都有：不過當我輸掉（lost）

這個遊戲的時候，有足夠的時間來用它們；而我現在只是正在輸（losing）而已。先生，你知道我仍存有一絲希望；以及當我的朋友（我的朋友、我的母親、父親，弟弟、妹妹）還活著時，儘管我的希望完全落空，我仍須履行不讓他們傷心的責任。就是這些原因，儘管沒有其他的了，仁慈的撒旦將會饒恕我。

雖然承受如此的苦難，卡萊爾「不想成為一個自殺者：這是天上之神所禁止的！我從未企圖走這條路。」除了「不想成為一個自殺者」的堅持外，卡萊爾對於恢復健康有一個非常強烈的、決不放棄的訴求。儘管健康似乎無望，卡萊爾仍「抱有一絲希望」，卡萊爾在日記中反省：「但是這樣耗下去有什麼用呢？我現在這樣寫不像是一個有理性的人：如果我是不幸的，就更有理由匯聚我的能力，以便幫助自己。我要健康、健康、健康。對這個問題我變得相當狂暴：我所受的折磨遠大於我所能承受的，如果我無法很快康復，我會永遠悲慘下去。」卡萊爾從一八二〇年年底以來，就把健康問題視為是生活中最重要的問題。卡萊爾從未厭倦於向自己與親友一再地重述他將恢復健康的信心，這與他對於「意志」的體認有關。

卡萊爾認為改善困境的意志是改善困境的先決條件。要改善困境，改善之道最首要的關鍵就是人們「相信」改善是可行的。接下來就是堅持下去，不達目的絕不終止。此種「強烈地不斷努力的求生意念」顯示在卡萊爾永不向病魔屈服，咬緊牙關苦苦支撐的態度，是他掙脫出煉獄最重要的心理基礎。卡萊爾認為，在煉獄中與病魔的鬥爭是痛苦的與無望的，他只能如「困獸猶鬥」般耗著。卡萊爾在回憶錄中提到：「這實在不能稱為希望，只是拒絕退縮不顧一切的頑強激勵了我。卡萊爾戲稱此時他有十隻驢子般的頑固。卡萊爾也勉力貫徹其父的生活原則：「任何種類的懷疑，唯有行動才能去除。」不要空想，「完成你手邊的任務」。就像卡萊爾在一八二三年三月給母親的信中所說的：「縱然我深受消化不良、神經緊張與駭伯症之苦，我仍盡力地使我自己有用。」

卡萊爾具有堅強的意志與實際的生活原則，但是在面對孤立的、否定的、破壞的、黑暗的思緒上，根本無能為力。他要如何戰勝這個「憂傷」呢？首先須找出病因，才能對症下藥。卡萊爾當時就認為煉獄的苦難源自於孤獨，因為孤獨使他與人疏離，感情枯竭。至於他的孤獨乃因他高傲與孤僻的個性，以及長期閉門苦讀的習慣使然。既然已成為世上「最無目標與冷漠的人」，卡萊爾本身並不知道要如何改變自己的性格及改善他的人際關係。卡萊爾只得靠好友指點迷津。卡萊爾的第一位女友瑪格麗特就曾於一八二〇年勸告他：「培養你較弱的情感，壓抑理智過盛的看法。……除去你與他人之間的藩籬，待人和藹與禮貌些，讓你的內心情感流露。」要適度地尊敬他人，以便將他「從不愉快的交往與誤解中拯救」。

很顯然地，卡萊爾接受了友人的忠告，想要來改變孤立的、否定的、黑暗的、消極的心態。然而，在人際關係上，心態的改變必須以情感為基礎，卡萊爾對人的仁愛心已被破壞，情感已經枯竭，如何恢復情感應是改變的第一步。卡萊爾這個「最冷漠的人」該如何做，才能「培養」他的情感，並讓他內心的情感流露？對於卡萊爾而言，德國的浪漫思想正好滿足他的需要，為他開啟了豐沛的感情。

卡萊爾從一八一九年春天開始學習德文，他在日耳曼文學中發現了新天地，尤其歌德的人文思想對於一八二〇年代的卡萊爾而言不啻是一種福音。卡萊爾說：歌德「愉悅的理智與悲憫的胸懷打開我的同情心的所有疏洪口」。卡萊爾在一八二一年閱讀歌德的《威廉．邁斯特的學徒歲月》（*Wilhelm Meister's Apprenticeship*），推崇此書為過去幾百年來最傑出的著作，並深受此書的影響，尤其是書中「敬人」（the reverence for comrades）的教誨，更是對他多所啟發。卡萊爾在與歌德通信中，感謝歌德的教誨，首先提到的就是：「由你那兒我學到一個人對其同胞的價值在那裡」。卡萊爾在一八二三年寫到：「愛我的朋友，現在幾乎是我的心靈的唯一宗教。」

我們可以發現卡萊爾的愛心、同情心在一八二〇年開始開啟與滋長。但是，另一方面，冷漠與孤立的黑暗面依舊存在。溫情與冷酷，光明與黑暗，就像情感與理智一樣，兼容並蓄在卡萊爾身上。就像是卡萊爾在《衣裳哲學》中所說的：「人與人的聯繫真是很奇妙，可以是愛這種溫柔的連結，也可以是需要這種鐵鏈式的聯繫，這隨我們的喜好來選擇。」在卡萊爾的煉獄時期，他的心靈是冷酷的，但是卡萊爾也逐漸具有樂觀的心理基礎；而如何突破煉獄的牢籠，尚須表現出堅決的態度，亦即對煉獄的憤怒，這就表現為卡萊爾在雷絲路事件中意志的迸發。

一八二一年，卡萊爾在蘇格蘭愛丁堡的雷絲路（The Leith Walk）經歷了深刻的心靈改變，感受到《衣裳哲學》中第二卷第七章提過的「永遠的否定」。在對卡萊爾的研究上，其年輕時所遭遇的「憂傷與改變」（sorrow and conversion）為學者們探討其思想發展的關鍵。在一八三〇年卡萊爾完成的小說《衣裳哲學》中，主人翁也經歷了「憂傷與改變」的過程。在對卡萊爾的「憂傷與改變」的研究上，卡萊爾的《衣裳哲學》始終是學者們用來了解卡萊爾智識與道德發展的最重要資料。學者們用來解釋卡萊爾「憂傷與改變」的模式中的三階段（喪失信仰、陷入極深的憂愁、新生），就如同《衣裳哲學》中主人翁心智發展的三階段：「永遠的否定」、「無感的中心」與「永恆的肯定」。

卡萊爾在《衣裳哲學》中，以一種神祕的方式呈現其所經歷的雷絲路事件。此後隨著卡萊爾個人聲譽與影響力的持續不墜，雷絲路事件遂成為「整個英國文學史上最為人所知的個人經驗之一」。有關卡萊爾與雷絲路事件，《衣裳哲學》一書自然是最受重視的史料。加上卡萊爾曾非常明確地指出：《衣裳哲學》中的「聖多瑪地獄街事件」，「此事件確實就是於雷絲路在我身上所發生的。」因此，《衣裳哲學》書中有關「聖多瑪地獄街事件」的描述，就成為大家了解雷絲路事件最基本的史料。茲引錄其中最重要的部分：

> 我心裡滿是這種情緒，感覺自己是整個法國都城及周邊區域最不幸的人。某個悶熱的三伏天，我在城裡閒遊了好一陣子，沿著骯髒狹窄的聖多瑪地獄街（Rue Saint Thomas de l'Enfer）踽踽而行，地上全是人們製造的垃圾，空氣不流通，人行道悶熱得像是尼布甲尼撒的火窯。走在那種地方，我心情當然快樂不起來。但忽然間，我心裡冒出一個念頭：『你到底在怕什麼？為什麼像個懦夫嗚咽煩惱，瑟縮發抖？你這個可悲的兩足動物！前方所有苦難加起來會是什麼？死亡嗎？好吧，就算死亡再加上地獄的刑罰，所有人和魔鬼都會或都能對付你，你不是還有心靈，不是還能承擔這一切，即使遭到放逐，即使被地獄吞噬，仍然能將它踩在腳下，只因你是自由之子？來吧，看我如何迎頭痛擊！』當我這樣想著，一道烈火流過了我整個靈魂，心底那股卑劣的恐懼就此消失。我體內湧起一股莫名的力量，使我剛強，靈魂可比神明。自此之後，我的不幸改變了，不再是恐懼與悲傷，而是憤慨及兩眼冒火的鄙視與反抗。
>
> 永遠的否定就這樣蠻橫響徹了我存在的最深處，響徹了我的自我的每個角落。但我的整個自我都站了起來，帶著神所賜予的威嚴，大力出聲抗議。這聲抗議是我生命裡最重要的作為，從心理的角度看，稱之為憤慨和鄙視毫不為過。永遠的否定這樣說：

> 「看哪，你是孤兒棄子，整個宇宙都是我（魔鬼）的。」但我的整個自我如此回答：「我不是你的。我是自由之身，而且永遠恨你！」或許就是這一刻—我想將這一刻訂為我靈魂新生之日，巴弗滅（Baphomet）的浴火洗禮式—我直接開始成為一個人。

卡萊爾在雷絲路事件中，「但忽然間，我心裡冒出一個念頭：『你到底在怕什麼？』」這是他內心突然迸發出的意念，警醒自己去面對恐懼的問題。這個恐懼是什麼？是他現實世界中的惡劣環境嗎？還是他對於這惡劣環境的憂慮？首先他意識到自己對於這惡劣環境的憂慮所帶來的苦難：「為什麼像個懦夫嗚咽煩惱，瑟縮發抖？」並且對自己的如此反應表現出不滿與憤怒：「你這個可悲的兩足動物！」進而能夠勇敢地去面對現實世界：「前方所有苦難加起來會是什麼？死亡嗎？好吧，就算死亡再加上地獄的刑罰，所有人和魔鬼都會或都能對付你。」當他對於恐懼的狀態表現出不滿與憤怒，並勇敢地面對現實世界時，他發現了自己的力量：「你不是還有心靈，不是還能承擔這一切，即使遭到放逐，即使被地獄吞噬，仍然能將它踩在腳下，只因你是自由之子？來吧，看我如何迎頭痛擊！」他不僅擺脫了恐懼：「那股卑劣的恐懼就此消失」，並且發現他不再是「殘骸」（a wreck），而是英雄，由「魔鬼的我」（a demonic me）成為「神聖的我」（a divine me）：我是強大的，具有不為人所知的力量；一個精靈，幾乎是一個神。自此之後他對待苦難的態度完全改變，從消極改變為積極：「自此之後，我的不幸改變了，不再是恐懼與悲傷，而是憤慨及兩眼冒火的鄙視與反抗。」

對卡萊爾來說，雷絲路事件之所以那麼重要，正是因為在雷絲路事件中，卡萊爾克服了恐懼，因此「神經疾病」才得以逐漸被克服，卡萊爾才得以逐漸恢復正常的睡眠，逐漸恢復健康，而免於淪為「瘋人院的病人」。這是為什麼當卡萊爾以驚懼之心來回顧其一生最悲慘的愛丁堡時期時，他首先提到的就是最令其恐懼的「三個星期不曾闔眼」。雷絲路事件的改變是卡萊爾對抗「神經疾病」，並開始掙脫煉獄的關鍵，因此他認為：「從此時起，我視此為我精神上的新生」。

卡萊爾藉由意志的控制，以及閱讀與書寫（文學與書信）的行為，找回對自己的信心，克服了恐懼，逐漸以一己之力與病痛保持一定程度的平衡狀態。在這過程中，卡萊爾在雷絲路事件的改變是一個關鍵。雷絲路事件之後卡萊爾獲得新生，這並不意味他已戰勝病魔，掙脫煉獄，百病全消。實際上，雷絲路事件之後，才是他真正面對神經疾病魔鬼挑戰的開始。儘管不再發生令其極端恐懼的瀕臨瘋狂的神經疾病，但神經疾病仍無法痊癒，而困擾其一生，因此卡萊爾仍不時認為自己是「神經緊張的人」、「可憐的駭伯症患者」。以弗路德的說法而言，卡萊爾黑暗面的「魔鬼的成分」，已成為他性格的一部分，無法完全擺脫牠的魔掌。

然而，弗路德在運用卡萊爾的回憶錄時，過於強調卡萊爾的黑暗面。卡萊爾當時的好友，愛丁堡大學教授梅森（David Masson, 1822-1907）就指出這個問題。因此，對於卡萊爾獨特個性的研究，我們不可局限於某個類型。就像前文所說的，卡萊爾的愛心、同情心在一八二〇年開始開啟與滋長。但是，另一方面冷漠與孤立的黑暗面依舊存在。溫情與冷酷，快樂與憂鬱，光明與黑暗，就像情感與理智一樣，兼容並蓄在卡萊爾身上。卡萊爾在雷絲路事件中的轉變，就是頓悟到只有透過堅決的對抗，才能抑制「魔鬼的我」，而使「神聖的我」茁壯，此後即對「魔鬼」展開一生的鬥爭。

此外，卡萊爾在對其一八二五年至一八二六年居住在荷頓山丘（Hoddam Hill）的回憶中，提到雷絲路事件與荷頓山丘轉變的關係。首先，卡萊爾在四十幾年後對此時期的回憶中，曾指出荷頓山丘時期在其生命大轉變中的重要性：

> 我的翻譯工作穩定地進行著……同樣地，對內在而言，也有遠為高深的事情在發展；一個偉大的與歡樂永在的勝利最後終於達成了！所有我的精神惡龍（Spiritual Dragons）終被鏈住，並永遠踹回牠們的巢穴。過去十年來，這些精神惡龍帶給我如此的悲痛，使我的生活是黑暗的與痛苦的。在一八二六年這年，這些皆已結束。對我而言，如此的感覺是我夢寐以求的。本質上，我發現這就是衛理公會會眾（Methodist

people）所稱的「改變」（Conversion）：將他們的靈魂由魔鬼與地獄中解放出來；這是再真確不過了，只是我是採取新的形式。因此，我的內在燃燒著神聖的快樂火焰（a sacred flame of joy），儘管在最內在的我是保持沉默的；這種內在已較命運高超，以寬恕與鄙視的態度，幾乎是一種感恩與憐憫，來俯察命運所造成的愚昧的傷害。這「神聖的快樂」（"holy joy"）我隱忍不發，在我的內在有意識地持續好幾年，足以平衡痛苦與挫折；並且此後它也不去證明我所稱為謬誤的事物。（感謝上天！）我的「精神惡龍」仍被嚴厲地囚禁在牠們的巢穴中，被遺忘與死去；這確實是一種征服，並且是其他征服的開始。

弗路德在其《卡萊爾傳》談到荷頓山丘時期時，已經有引用這個資料。特別值得注意的是，在他所引的上文中，對於卡萊爾所稱的：「我的生活是黑暗的與痛苦的」這個部分，弗路德又引證了卡萊爾另外一個注解。在此注解中，卡萊爾回憶到：「第一場戰爭的勝利是在四年前的雷絲路，直到現在戰鬥才結束。」因為檢證了在卡萊爾有關荷頓山丘的回憶中，雷絲路事件與荷頓山丘轉變的關係，學者們因此主張以此來解釋《衣裳哲學》書中「三階段」的說法，而認為雷絲路事件為第一階段，即是「永遠的否定」（the Everlasting No）階段，是發生在一八二二年八月；第二階段為「無感的中心」（the

Centre of Indifference），是發生在一八二二到一八二五年；第三階段「永恆的肯定」（the Everlasting Yea）即是完全的改變，是發生在一八二五到一八二六年荷頓山丘時期。

另外，有些學者更進一步驗證從荷頓山丘時期之後，一直到一八三〇年卡萊爾完成《衣裳哲學》的寫作為止的發展，而認為卡萊爾完全的轉變要在一八三〇年才完成。如前文所述一八二八年五月到一八三四年六月是卡萊爾定居於蘇格蘭的克雷根帕托的時期，《衣裳哲學》就是寫於這個時期的作品。卡萊爾認為，治療個人疾病的唯一的方式，就是激烈地改變他的飲食與生活方式，回歸自然。定居於克雷根帕托共六年，目的在實現他的「新的生活計畫」（a new plan of life）；此計畫乃是卡萊爾自我解救的作法。從他年輕以來與疾病奮鬥的經驗，並經過長期的考量後，卡萊爾確信「除非我能為自己設計出一個較為我所規範的生活，否則我必定會很快地淪落到心靈與身體被完全摧毀的地步。」卡萊爾始終處在此種壓制人的「疾病的夢魘」（nightmare of disease）中，不過他亟欲由疾病的牢籠解脫的意念非常強烈；而恢復健康最可能的機會就是鄉野生活，克雷根帕托可提供他所需要的環境。他就曾在家書中提到：「對於有病的神經而言，兩匹快馬，加上山裡的空氣，已勝過所有的醫生。」隨者身體的逐漸康復，以及《衣裳哲學》的完成，卡萊爾在此時期已克服了無論是身體或心靈的「夢魘」。

卡萊爾在晚年回顧其一生所受疾病折磨時，儘管充滿哀傷，但是也認為從巨大的痛苦中，他獲得無價的益處。卡萊爾認為：「這種建立在真正的信仰與洞識的『堅持』是善的與最好的」，這是卡萊爾在雷絲路事件後的覺悟；而對邪惡的堅決對抗，也成為其一生奮鬥的目標。這不僅使卡萊爾找到人生的意義，並使其成為英國維多利亞時期的「社會導師」。因此，卡萊爾認為折磨他一生的疾病，並非全然只是詛咒，而是必要的經歷；縱然這些經歷是嚴酷的與艱苦的，但也是一種神恩。這種發展，就像在《浮士德》的「天上序幕」中，天帝所說的：「人們的精神總是易於弛靡，動輒貪愛著絕對的安靜；我因此才造出惡魔，以激發人們的努力為能。」彷彿在詩人歌德「挑戰與回應」的靈見中，我們不僅看到人生的奮鬥歷程、文明的創造與變遷，以及卡萊爾如浴火鳳凰般先知的誕生。

本文作者為英國薩塞克斯大學（University of Sussex）歷史學博士，現任國立中正大學歷史學系兼任教授。研究領域為史學史、英國史與世界史。研究卡萊爾思想多年，著有卡萊爾研究專書《平民的先知：卡萊爾與英國維多利亞社會》（由國立臺灣大學出版中心出版），及〈時代與卡萊爾〉、〈卡萊爾的蘇格蘭背景〉、〈西洋史學史的定義及其內涵的演變——兼論歷史與史學的定義〉、"Carlyle's Sorrow and Conversion-Myth and Fact"、〈「進步」的理念：內涵與定義〉、〈「進步」的理念——二十世紀的挑戰〉、〈「歷史事實」——「事實」與「解釋」的互動〉、〈時代中的史家——巴特費爾德與英國歷史的解釋〉、〈論卡萊爾雷絲路事件的年代——迷思與事實〉、〈煉獄與新生——卡萊爾的病（1814-1823）與雷絲路事件〉、〈歐洲的孔子—威爾森對於卡萊爾形象的塑造〉、〈浪漫的文人—卡萊爾的前期形象〉等論文。

衣裳哲學

我承繼的何其廣大、何其無邊！
時間是我的資產，我的良田①。

注釋

① 出自歌德《威廉·邁斯特的學徒歲月》題詞，原文為 Mein Vermächtniss, wie herrlich weit und breit!
Die Zeit is mein Vermächtniss, mein Acker is die Zeit.

卷一

第一章　楔子

儘管我們有各種學問，卻還沒有衣裳哲學；我們忘了人本質上是裸裎的動物，這點很奇怪；英國人的心靈太實際，對這類研究不感興趣；喜歡深思的德國人則不然；自由思辨的好處；編者收到杜費爾斯德洛赫教授論衣裳的新作。

當前文明如此進步，科學之火或大或小延燒了五千多年，至今仍然發光發熱，甚至比過去更加熾烈，連帶點燃了無數的芯火磷光，照耀各個方面，以致再小的縫隙孔洞，從自然到藝術，都逃不過火光的照耀。這不免讓一個敏於思考的心靈感到驚訝，世人對「衣裳」的根本探討竟如此缺乏，迄今的哲學或歷史論述是如此之少，近乎闕如。

我們的萬有引力學說幾近完美。眾所周知，拉格朗日①根據這套法則證明了行星系永遠不會停歇。拉普拉斯②更為巧妙，甚至推斷唯有這套法則才能形成現有的行星系。別的不提，這至少讓我們的航海日誌更精準，各種水上交通更便利。我們對地質學和地球構造也有充分的認識。多虧了維爾納③和赫頓④們的努力，以及門徒的勤奮與天才，世界的誕生對許多皇家學會成員來說已經不比烤餃子還要令人費解，甚至有人認為「什麼時候該放蘋果」[5]更困難。更別說我們對社會契約、品味標準與鮭魚遷徙的研究，以及租賃學說、價值理論[6]、語言哲學、歷史哲學、陶器哲學、顯現哲學和烈酒哲學等等。人類的生命與周遭一切都已經敞開闡明，從靈魂、身體到物品，幾乎沒有一個片段或分毫未曾獲得探索、剖析、精煉、脫水和科學地拆解。我們看來不算單薄的心智能力有史都華[7]、庫贊[8]和華耶－寇拉[9]們的鑽研，身上每個組織，細胞的、血管的、肌肉的，也有勞倫斯、馬瓊帝和比夏們的奉獻。

於是，那個敏於思考的心靈又不免要問，科學研究了那麼多組織（tissue），為何獨獨漏了所有組織裡最偉大、最名副其實的組織，也就是羊毛衫等服飾裡的衣料「組織」呢？「衣裳」難道不是人類靈魂最外層的包裝與包覆，人體所有組織都收容其內，得其庇護，所有心智能力與自我都寓居其中，在其中運作與行動？從過去到現在，就算偶有迷途的思想家如折翼的貓頭鷹不慎闖入這片冷僻之地，大多也只是匆匆掠過，毫不留心，將衣裳看成和樹葉或羽毛一般天生自然，而非偶然誕生的事物。這些思想家不論想法如何，都隱然將人視為著衣的動物，渾然忘了人其實是裸裎的動物，是在某種環境下為了某些目的與計畫才用衣裳包裹住自己。莎士比亞有言[10]，人總是望前顧後，卻不知怎地很少看看左右，看看從我們眼前經過的東西。

幸好在這件事上，就如同其他許多事情一樣，還有奮發不懈、博學深思的德國助我們一臂之力。畢竟在這個革新的時代，抽象思想還能找到一個安身的國度，可以說實屬萬幸。當天主教解放運動、廢除衰廢選區及法國暴亂⑪的喧囂紛擾震聾了每位法國人和英國人的耳朵，德國人卻能站在科學的鐘塔上，清閒俯瞰憤怒掙扎的芸芸眾生，按時舉起預備好的牛角，莊嚴吹響「聽著，各位，聽我道來」⑫的高調，告訴經常忘記時間的宇宙萬物這會兒到底是幾點幾分。對於德國人這份徒勞的勤勉，批評者不在少數；不是說他們就像兜了一大圈路，除了旅途辛勞什麼也沒有得到，就是笑他們放著財稅金雞母和能揩油的政治肥牛不理，只會在長滿覆盆子和紅莓苔子的野地獵雁鳥，結果踩進偏僻的泥煤沼澤而滅頂。至於那愚蠢的科學探究，咱們幽默作家口中的「用幾何計算啤酒瓶大小」⑬，還有那搞錯方向的勤奮，那嚴格說來的多此一舉，就更沒有什麼好辯駁的了。德國人既然有這些個毛病，就讓他們自作自受吧。不過，我們還是不要忘了，即便是有著古墓與金飾的乾草原，從遠方看去也多半是沙漠及岩石，唯有走進深幽的山谷才會看見。是啊，批評除了替人的心靈設下路標與關卡，不也立下了無法通過的柵門及障礙？聖經說：「必有多人來往奔跑，知識就必增長⑭。」因此，最簡單的法則顯然就是讓慎思之人自行摸索，看他們最後會走到哪裡。因為人類不是這個人或那個人，而是所有人；所有人合起來的任務，就是人類的任務。不知有多少時候，我們看見某位大膽走上岔路（因而備受譴責）的旅人照亮了原本無人問津卻很要緊的偏遠疆土，由他發現了寶藏，並不停昭告天下，直到眾人的目光與努力被引了過來，於是征服大功告成。正是他看似漫無目標的閒遊，才能在遍納無際的空無黑暗裡插下新的旗幟，建立新殖民地！這才是真智者，明白要放任思緒遊走，不論羅盤指向三十二方位裡的哪一方、前路如何，他都無所畏懼一往直前。

如今《衣裳哲學》終於首度以英語出版，但單憑我們從未有過這類哲學，或許就足以證明純科學，尤其是純道德科學，在我們英國凋萎的慘狀，也證明了我們在商業上的斐然成就與無價的憲法，讓整個英國文化與實踐染上了政治或只求立即實效的傾向，以致箝制了思想的自由飛翔。有哪一位英國知識份子會選擇或碰巧遇上這樣一個主題呢？就算和德國博學者一樣不受拘束，遠離喧囂擾攘，可以在各種水裡用各種網子打魚，如此艱深的思想探究也可能永遠沒有出現的一天，不論它會帶來何種果實。就連本書編者，即使自認熱愛玄想，想法常漫無邊際，也得坦白承認直到這幾個月，我國完全欠缺「衣裳哲學」的想法才首次出現在他腦中，而且還是來自外來的提醒，亦即威斯尼希特沃大學杜費爾斯德洛赫教授（Professor Teufelsdröckh of Weissnichtwo）[15]的新書。這本著作不僅專為這個主題而寫，風格更是連再駑鈍的人（不管理解與否）也不可能無動於衷。就編者目前看來，這本卓越的論著及書中的學說，無論是否得到公允的肯定或否認，都不可能不留下影響。

《衣裳及其起源與影響》（*Die Kleider, ihr Werden und Wirken*）：雙法博士第歐根尼・

杜費爾斯德洛赫著，斯第爾許維根公司出版：威斯尼希特沃，一八三三年⑯。

《威斯尼希特沃文宣報》寫道：「本書內容之豐富、印刷之精美、思想之嚴謹，可以毫不自誇地說，唯有在德國，甚至唯有在威斯尼希特沃才見得到；加上由無可挑剔的斯第爾許維根公司出版，不僅外觀出眾，內容的品質更讓人無法忽略……」那位書評以近乎熾熱的口吻結尾：「本作對古文物學家、歷史學者和哲學思想家而言都同樣有趣，下筆大膽、眼光犀利、特立獨行，是一部講述日耳曼精神與博愛（derber Kerndeutschheit und Menschliebe）的傑作。儘管難逃上流社會的反對，卻必然能讓此前近乎沒沒無聞的杜費爾斯德洛赫一舉成名，躋身德國一流哲學家之列。」

這位出色的教授雖然聲名鵲起，卻沒有因此昏了頭，反而惦記著往日情誼，送了這本書來，還不忘附上對編者的溢美之詞（為免老王賣瓜，在此就不贅述了）。教授始終沒有明言，只在結尾處委婉說了一句：願它（這本卓越的論著）也能在英國的土地上開花結果⑰！

注釋

①拉格朗日（Joseph-Louis Lagrange, 1736-1813），義大利數學家，促進力學、天文學的發展。

②拉普拉斯（Pierre-Simon, marquis de Laplace, 1749-1827），法國數學家、天文學家。

③亞伯拉罕・維爾納（Abraham Gottlob Werner, 1749-1817），德國地質學家，將地質學建立為一門系統化的學科。

④詹姆斯・赫頓（James Hutton, 1726-1797），蘇格蘭地質學家，人稱「現代地質學之父」。

⑤典出約翰・沃爾科特（John Wolcot）諷刺英王喬治三世的詩作〈蘋果餃子與國王〉，出自《彼得・品達作品集》。詩中喬治三世找不到餃子的封口，便問：「蘋果到底是怎麼進去的？」

⑥盧梭《社約論》於一七六二年出版，休謨《論審美品味的標準》於一七五七年出版，其餘主題則散見各種「專題論文」。

⑦杜格爾德・史都華（Dugald Stewart, 1753-1828），蘇格蘭哲學家，曾任愛丁堡大學教授。

⑧維多・庫贊（Victor Cousin, 1792-1867），法國折衷主義哲學家。

⑨華耶－寇拉（Pierre Paul Royer-Collards, 1763-1845），法國哲學家、政治家。

⑩《哈姆雷特》第四幕第四景。

⑪這三起轟動一時的政治事件均發生於一八二〇年代末至一八三〇年代初之間。英國國會於一八二九年通過法案，讓天主教不再受褫奪公權的限制；一八三二年的「改革法案」基本上清除了選民極少卻能選派國會議員的衰廢選區；法國暴亂則是指一八三〇年七月發生的三日革命，查理十世因而遜位。

⑫原文為德文：Höret ihr Jerren und lasset's Euch sagen。出自某首民謠的第一句，為更夫夜巡時的口號。

⑬塞謬爾・巴特勒（Samuel Butler）的嘲諷敘事詩《胡迪布拉斯》（*Hudibras*）。

⑭舊約〈但以理書〉十二章四節。

⑮原文直譯為「不知何處大學的魔鬼糞便教授」。

⑯原文為德文。其中第歐根尼．杜費爾斯德洛赫、斯第爾許維根和威斯尼希特沃直譯分別為「從神生的魔鬼糞便」「寂靜」和「不知何處」。另外，後來版本的年份改為一八三一年，而非一八三三年。

⑰原文為德文：Möchte es auch im Brittischen Boden gedeihen!

第二章　編輯的困難

如何讓英國讀者熟悉杜費爾斯德洛赫和他的著作，特別是這樣一本書？編者收到賀夫拉特‧霍伊許瑞克來信，信中承諾提供傳記資料；和奧利佛‧約克商談；構思《衣裳哲學》；編者對英國讀者的保證與建議。

如果（用大詩人的話說）「時間」是敏於思考者的「良田」①，而所有征服都比不上征服新觀念，那麼杜費爾斯德洛赫這本著作的到來，或許就值得編者用粉筆在日曆裡記上一筆。這本書確實「豐富」，內容無邊無際，幾乎不具形式，是一片真正的思想汪洋，而且海水可說既不平靜，也不清澈。但當最強壯的採珠者潛到最深處，帶回的或許將不只是沉船碎片，還有真正的珍珠。

打從第一次拜讀，幾乎在開始細讀的當下，就能明顯看出書裡披露了一套相當嶄新的哲學，其結論更是前所未見的玄祕。同樣有意思的，是書中還呈現了一種相當新穎的個體性，一種幾乎未見前例的個人性格，表現在作者杜費爾斯德洛赫教授身上。但人作為一種極其善變的生物，即便我們決定竭力挖掘這兩個新穎之處的意義，也會立刻遇上一個新的問題，那就是如何將得到的益處傳給或許有同樣需要的其他人？如何將這套衣裳哲學，以及它的作者，盡可能注入到我國事務上，灌輸到英國人心中？若說新得的金子放在口袋只會起火，非得用出去讓它流通，那麼真理或許更是如此。

然而，這下問題就來了。編者最初的想法自然是將書中論文逐篇發表在銷路好的評論刊物上，不論是編者有往來的雜誌，或靠錢或關愛可以談得攏的書商。但另一方面，事實不是明擺著嗎？這些論文所展示與處理的議題可能會危及刊物的銷路。要是我國所有黨派②都能消弭，輝格黨、保守黨和激進黨異夢仍能同床，所有刊物都能整合成一份刊物，讓這部衣裳哲學如滔滔江河連載下去，逐篇發表或許可行。唉！可惜這樣的傳播工具除了《弗雷瑟雜誌》又有誰呢？它就好比一輛車，載滿了最瘋狂的滑鐵盧煙火③，其爆炸威力之大，不明所以的路人或坐或立都會被吸引，甚至毀滅。只是它近年來連年超載，以致不得不停手！再說，只談衣裳哲學而不論及哲學家，只談杜費爾斯德洛赫的思想而不提及他的人格，豈不是注定讓兩者都遭到完全誤解？就算決定納入作者生平，我們也礙於條件欠缺相關材料，更不可能取得，只會徒增絕望。因此有段時間，編者自認完全無法將這套非凡的學說公布於世，只能不免忐忑地將之留在心底深處任其盤桓。

這種情形維持了幾個月。這部論衣裳的作品經過一次次拜讀，有好幾處地方變得清晰透徹了起來；作者的性格愈來愈使人驚嘆，卻也愈來愈像個謎團，再怎麼回想與揣測也解不開。正當原先的忐忑迅速變成膠著的不滿，德國方面忽然來了一封署名為賀夫拉特・霍伊許瑞克（Hofrath Heuschrecke）④先生的信。他是教授的好友，也是教授在威斯尼希特沃大學的同事，之前不曾與我們書信往來。他在信裡先是一番閒話家常，隨即開始詳述衣裳哲學在德國知識界造成的「騷動與關注」、他朋友這部作品的深刻意涵與取向，接著才以極其迂迴的詞句，暗示將杜費爾斯德洛赫「其書其人介紹給英國，再從英國傳到遠西」的好處。他說，這樣一本著作「肯定會受到《家庭》、《國家》⑤或其他作為當代英國文學之光的愛國叢書的青睞」，甚至能帶來思想革命等等。信末他更隱隱暗示，編者若是有意撰寫杜費爾斯德洛赫的傳記，他，賀夫拉特・霍伊許瑞克本人將可提供必要的文獻資料。

如同有些化合物一直汽化，遲遲無法凝結成固體，但只要放進鐵絲或其他觸媒，就會急速結晶，一氣呵成，霍伊許瑞克的提議和編者的心意也是如此。空空如也的液體中忽然冒出了形體，彷彿同類無限匯聚，整件事立刻浮現了輪廓，成為定形，既是真實的遠景，也是堅定合理的期許。於是，編者謹慎而大膽地寫了信，求見大名鼎鼎令人敬畏的奧利佛・約克⑥。這位特出之士不僅不只一次約見編者，對我們更是肯定多於挖苦，至少不曾明白嘲諷，令我們始料未及，結果就是各位眼前所見的連載了。至於那些「愛國叢書」，我們只能默默驚奇賀夫拉特的提議；對他提供的文獻資料，我們倒是欣然接受，幾乎立刻就講定了。憑藉著這些確切的預期，我們知道任務開始了，而這部《衣裳哲學》，其實就是《杜費爾斯德洛赫先生的生平與思想》，也時時刻刻有所進展。

對於這份任務，我們何德何能一肩挑起，又能否勝任，再說下去或許就多餘了。且讓英國讀者帶著一顆單純的心，去鑽研與欣賞呈現在他們面前的東西。但看他們有多少形上的直覺與思考的天分，能力保自由開放的意識，破除偏見的迷霧，尤其不受矯言空話所麻痺，將思考放在書的本身，而非編者之上。編者的姓名與身分必須留給讀者揣度，甚至無關緊要⑦。他就是個傳揚「衣裳哲學」的聲音，一個心靈對心靈的呼喊：誰願意聽，就讓他聽吧！

還有一點，編者認為也要在此提醒，那就是這一切都出自他對傳統制度的傾慕。這份傾慕或許薄弱，卻是實實在在，因此他會不計代價竭力捍衛這些制度。接下這份任務部分正是根源於此。為了逆轉革新的浪潮，至少將之導引到有益的方向，諸如《衣裳哲學》的作品只要引入得夠巧妙，就不會是思想大壩上一團無用的廢物或破口。

最後，請讀者無須掛慮，我們跟杜費爾斯德洛赫、霍伊許瑞克或這部衣裳哲學的關聯從來不曾扭曲我們的判斷，使我們做出任何美化與誇大。我們可以拍胸脯保證，那些私下恭維是無用的，頂多只令我們心懷感激，滿足我們對友誼的虛榮，勾起往日聚會的美好回憶，想起那些仙境般的餐宴夜晚，沉浸在哲學雄辯譜成的樂章之中。只可惜知音難尋，編者就算懷念那場智性饗宴，也再未重獲那樣的歡愉！但那又如何？古諺有云：「柏拉圖是好友，真理才是至交⑧。」杜費爾斯德洛赫是好友，真理是上帝。在歷史與批評的能力上，我們期許自己對世界完全陌生，不嫌惡或偏愛任何人，除了魔鬼之外。對這位謊言與邪惡之尊，我們時時都和他決一死戰。在這個吹噓者與騙子多到史無前例，連英國編者也像中國掌櫃得在門楣上寫著「童叟無欺」的年代，這份保證或許有其必要。

注釋

① 改寫自歌德《威廉．邁斯特的學徒歲月》題詞「時間是我的良田」。見本書題詞頁。
② 作者在後來的版本改為「黨派之分」。
③ 英國為慶祝一八一五年戰勝法國而放的大型煙火。《弗雷瑟雜誌》以離經叛道和嘲諷挖苦聞名。
④ 直譯為「蚱蜢議員」。
⑤《家庭》和《國家》都是當時典型的「叢書」，性質類似百科或書刊。這類叢書有不少是由實用知識傳播會（Society for the Diffusion of Useful Knowledge）資助出版。
⑥ 奧利佛．約克（Oliver Yorke）為《弗雷瑟雜誌》編輯威廉．梅金（William Maginn, 1793-1842）的假名，但署名奧利佛．約克的腳注應該為卡萊爾本人所寫。
⑦ 原注：至今他和我們通信仍然遮遮掩掩，而且我們有理由相信他用的是假名！（奧利佛．約克）
⑧ 原文為拉丁文：Amicus Plato, magis amica veritas.

第三章　追憶

杜費爾斯德洛赫在威斯尼希特沃；他在那裡擔任一般學教授；外表與性格；值得紀念的咖啡館發言；住處和瞭望塔：從那裡見到的城市日夜景況；對所見的省思；老麗莎和她的作風；賀夫拉特．霍伊許瑞克的性格，以及他和杜費爾斯德洛赫的關係。

這本論衣裳的奇作在作者私人圈子裡引起的驚訝，肯定不小於它在其餘地方所造成的震撼，至少我們可是再意外也不過了。杜費爾斯德洛赫教授在和我們往來那段期間，生活似乎過得十分平靜單調。他全心投入高等哲學，就算發表過什麼作品，也是反駁黑格爾和巴地里的文章，而且（也夠怪的）將兩人湊在一起反對，從不會像現在這樣直接闖入硝煙密佈的論辯戰場，發表只會引發怒氣與分裂的言論。印象中，他從未和我們談起衣裳哲學。就算我們從這位寡言慎思的超驗論者朋友身上嗅到一絲人間事務的味道，也多半和政治有關，而且以現今標準來看，往往是純屬清談未來的激進論。雖然他和耶拿的奧肯先生①的通信裡確實有此端倪，但他曾為《伊西斯》期刊撰寫特稿一事始終純屬臆測。不論如何，在他身上見不到任何道德色彩，更別說宗教式的教條主義了。

我們還清楚記得最後一次見面時他說的話。事實上，他說這些話的那個夜晚我們永遠不會忘懷。他放下菸斗，舉起裝著「古克古克」②的大酒杯，在滿座的咖啡館裡（小鵝咖啡③，是威斯尼希特沃最大一間咖啡館，當地所有藝文人士和大多數知識份子每晚都會上門報到）站起身來，以動人心弦的低沉嗓音和天使般的神情（只不過是白天使或黑天使就不得而知了）敬酒道：「以上帝和——④之名，敬窮人！」一聲吆喝打破了沉重的肅靜，隨即是數不清的乾杯聲，然後又是一陣滿堂歡呼，向他大聲喝采。那天晚上至此落幕。眾人亢奮之餘又抽起菸斗，各自吞雲吐霧，雲裡霧外倚著靠墊陷入了沉思。幾位朋友說，「那傢伙還是那麼愛開玩笑，語不驚人死不休⑤。」意思是或許哪天他就因為這份民主情緒而問絞了。他們左右看了看，接著又說：「那流氓躲哪兒去了⑥？」但杜費爾斯德洛赫早已不知所蹤，編者自此再也沒有見到過他。

我們命中注定只能在那樣的場合和這位哲學家在一起，只能從那些聚會推斷他的意圖與能力。但勇敢的杜費爾斯德洛赫啊，誰能道出潛藏在你裡面的是什麼呢？在那有如屋頂般平直濃密的頭髮底下，是我們在這世上見過最嚴肅的一張臉，住著一個最忙碌的大腦。而在那粗濃眉毛底下的眼眸，看來是那麼沉靜夢幻，難道不是同樣可以瞥見幾許亦正亦邪的火光，讓人隱隱覺得沉靜只是無盡動作後的暫停，好比陀螺的休止？你穿著沒刷乾淨、脫線磨損的寬垮衣服，鎮日對著滿室雜物「抽菸沉思」，但那短小的身軀裡卻有著強大的心靈。你獨覽人生的祕密，看穿宇宙的玄奇，看得比誰都深，卻將高明的衣裳哲學暗藏在心底。不對，在你邏輯分明的超驗論裡，溫和低調又頑固的激進主義（Sansculotism）⑦中，以及王子般的謙沖大度裡，豈不是能見到那些思想的雛形？然而，偉人往往沒沒無聞，甚至為人所誤解。在我們連做夢都沒想到的時候，你的大作早已上了機杼，催促著神祕的梭子唧唧來回！

賀夫拉特．霍伊許瑞克如何拿到這些傳記資料似乎蠻有意思，但幸好這個問題用不著我們操心。就我們所知，即便一再嘗試，但在威斯尼希特沃不論挖掘檔案資料或消息靈通人士的記憶，都蒐集不到杜費爾斯德洛赫的生平事蹟，甚至連假訊息也找不到。他在那裡是個局外人，儘管的確有人出於好奇問過他的出生地、願望與追求，卻都只得到模糊的答覆。他太過安靜，從不參與任何活動，讓人覺得即使問他這些瑣事都得特別小心。更別說他常以古怪別緻的話語巧妙轉移這類刺探，甚至帶著點挖苦，讓你知難而退。有些人私底下戲稱他是麥基洗德⑧第二，無父無母；而由於他對歷史和統計知識淵博，常活靈活現描述某些久遠的情景與過程，彷彿親眼目睹一般，因此也有人叫他永恆的猶太人（ewige Jude），或我們常說的「流浪的猶太人」⑨。

的確，對大多數人來說，他更像個「物」而不是人，並且是他們習以為常，甚至帶點滿足見到的事物，但也只是將他看成《匯報》⑩裡的故事或日照時的居家慣習之類的東西——是個受歡迎的存在，大家都享受它帶來的好處，但也就如此而已。杜費爾斯德洛赫在他那個小圈子裡一再被當成怪人與異類。這種人在德國大學特別多，雖然你看到他們活著，也感覺他們肯定有來歷，卻挖掘不到任何東西，和山上的石頭或洪荒時期的遺跡一樣是某種未知力量創造出來的，正逐漸衰敗，只是目前還能反射光線和承受壓力，還是這個虛幻世界裡具體有形的物事，而這世界有著太多其他的奧祕。

必須說明的是，雖然杜費爾斯德洛赫的頭銜和學位是一般學教授（Professor der Allerley-Wissenshaft），但他從未開過任何課程，甚至不曾因此受到大眾的催促與要求。英明的威斯尼希特沃政府創立了這所新大學之後，顯然認為任務已了。正如半正式的課綱裡寫到的，「在這個一切事物或快或慢陷入混亂的時代設立這個教職，或許能在必要時發揮功用，哪怕用處只有些微，也能協助我們擘畫擺脫混沌後的景象。」不過，他們顯然認為開課和開班還為時過早；只設立教職卻沒有提供經費，也是出於同一考量。因此，杜費爾斯德洛赫雖然「受到聲譽崇隆者的一致推薦」，所得到的也不過就是個頭銜而已。

開明之士都對這個新設的教職稱許有加，讚嘆竟然有這樣英明的政府，能見到時代的需要（Zeitbedürfniss），總算將有肯認與重建的科學取代否認與破壞，而德國和威斯尼希特沃果然是世界的先鋒。對於新任教授，他們同樣深感好奇，這個幸運兒竟然能空降新大學，時候一到就能授課，卻又因為英明的政府覺得時機尚未成熟，而得以無限期享受清閒。然而，由於缺乏後續，眾人的讚許與好奇只維持了九天，早在我們造訪前就消逝殆盡了。有些精明的人認為這只是某位大臣為了挽救民心的無益嘗試。而那位大臣不久後便因為家務醜聞、法庭糾紛和年邁水腫而下台了。

至於杜費爾斯德洛赫，除了晚上光顧小鵝咖啡，威斯尼希特沃人很少見到他，也很少察覺到他的存在。他總是點一大杯古克古克，坐著看報，偶爾望著自己抽菸斗吐出的煙霧出神，此外就沒見到其他動作了。如此平淡的享樂方式，使他成為咖啡館裡一幅宜人的景致。唯一特別的是他開口說話的時候，整間咖啡館都會安靜下來，彷彿深信隨後的發言值得一聽，甚至將會聽見畢生難忘的言論，從他嘴裡奔瀉而出。每當遇到合適的聽眾，他就會如冰河解凍一般滔滔連講數個小時。但更令人難忘的，是他其實對他們不感興趣，也感覺不到他們存在，只是跟噴泉裡咬著黃銅水管的石雕頭像一樣對著所有人噴水，不論對方值不值得，也不管水是用來煮飯或撲滅大火；甚至不論有沒有噴水，他都始終保持著那副認真勤勉的神態。

不論這份坦誠是否值得，杜費爾斯德洛赫對待這份手稿的編者，或對待任何一位懷抱熱情的英國年輕人，都比他對待大多數人還要直率。只可惜當時的我們對他這個人的重要性連一半也看不透，從未用該有的眼光去鑑賞他！我們幾個多少算是進過教授的家門，全威斯尼希特沃能拿這事來炫耀的可不到三個人！他的住處在瓦恩巷⑪最高那棟房子的閣樓，真可說是威斯尼希特沃的最頂點，因為那一帶本來就地勢較高，他家又聳立在櫛比鱗次的屋頂之上，而且因為窗的緣故，閣樓遠眺四方（Orte），用蘇格蘭話來說就是四合（Airts）⑫。其中起居室俯瞰三方，第四方在對面盡頭的臥房（Schlafgemach），廚房沒什麼好說的，兩間一模一樣，了無新意。總之，那間閣樓就好比威斯尼希特沃的觀測鏡⑬或瞭望塔，只要輕鬆坐在房裡就能將偌大城市的生活盡收眼底，所有大街小巷和街上巷裡的各種人往車來（Thun und Treiben）幾乎都一覽無遺。

我們曾經聽他這樣說：「我俯瞰所有蜂窩與蜂房，看他們佈蠟釀蜜、培養毒素、吸入硫磺而窒息。從樂聲悠揚的王宮廣場到市井小巷，從愉悅用膳的王子殿下到為了糊口坐在午後陽光下編織的年老寡婦，統統逃不過我的目光。除了城堡教堂（Schlosskirche）的風信雞，沒有其他兩足動物比我還高。郵差們穿著皮靴、繫著背帶，皮袋裡裝滿了喜樂與哀愁；男爵和家眷騎著四匹快馬在鄉間馳騁；一名裝著木腿的士兵痛苦地瘸腳行走，沿門乞討；成千的馬車、貨車及二輪車載著糧食、新生的農作物與其他未加工的農牧產轆轆進城，活的死的都有，又載著加工過的產品離開；生命的潮水湧入這些街道，各種身分各種年齡都有，你知道他們來自何處，又要流向何方嗎？來自永恆，又奔向永恆（Aus der Ewigkeit, zu der Ewigkeit hin）！這些除了是幻影還會是什麼？他們豈不都是藉由肉體而成形的靈魂，終究會再失去皮囊散逸在空氣中？堅硬的鋪石路面只是感官的想像，他們其實走在空無之上，前後的時間都是空洞。還是你可曾想像那穿紅披黃、鞋帶馬刺、頭戴羽毛冠冕的人偶只存在於今天，沒有昨日和明天？亨吉斯特和霍爾沙（Hengst and Horsa）蹂躪你的島嶼時，活著的豈不是它的祖先？朋友，你在歷史的組織（tissue）裡可以見到活生生的關聯，一切存在都交織在一起。仔細看好，否則它將從你眼前晃過，再也不會見到。

「啊，親愛的（Ach, mein Liber）！」有次午夜，我們從咖啡館裡結束了一次相當熱烈的談話後出來，他開口說道：「住在這裡真是太美妙了。當路燈的光芒穿透重重煙霧，照射到九天之上，滲入遠古的夜晚，用星鍊牽著獵犬⑭橫越天頂的牧夫將作何感想？當車來人往已然靜止，午夜開始低聲哼鳴，四輪馬車的車輪仍在遠方街道四處轉動，載著虛榮到有屋頂的廳堂，並適度點亮燈光，只有邪惡與不幸在外面如夜鳥一般四處覓食或呻吟。我說那呻吟就像病患令人不安的鼾聲，在天堂都聽得見！在那由水氣、腐臭和難以想像的氣體編織成的醜惡天幕底下，藏著的是怎樣一個翻騰的發酵桶啊！那裡面有人歡喜有人憂傷，有人死有人生，有人在磚牆這邊禱告有人在另一邊咒罵，而所有一切都被虛空廣漠的黑夜所包圍。驕傲的大公仍然在噴了香水的沙龍裡流連，或是已經在掛著花緞帷幕的床鋪上安眠。可憐人縮著身子在矮床上或在稻草堆裡餓得發抖，餓到發昏的宵小在陰暗地窖裡聽從紅與黑（Rouge et noir）⑮意興闌珊發出的命運之聲。大臣對著棋局心有盤算，只不過棋子是人。男子低聲說馬車已經備好了，情人滿懷希望與恐懼悄聲下樓，準備跟愛人直奔九霄雲外。小偷動作更輕，拿出撬鎖器和撬棍，或是躲在暗處等待崗亭裡的守衛發出第一道鼾聲。歡騰的府第裡，餐室舞廳裡滿是燈光、樂聲與高漲的心情；囚室裡的罪犯卻是脈搏微弱顫抖，充血的眼眸環顧著周圍與室內的黑暗，等候生命最後一個嚴酷早晨到來。天明時將有六人問絞，絞刑台（Rebenstein）⑯應該正在搭設，卻沒有聽見敲打聲傳來。五十多萬沒長羽毛的兩足動物正平躺在我們周圍，頭上戴著睡帽，腦袋裡充滿了愚蠢至極的夢境。騷動高聲喧騰，在臭氣薰天的恥辱巢穴裡高視闊步。披頭散髮的母親跪在面無血色的嬰兒身旁，只有淚水能滋潤愛子的雙唇。所有這些統統堆在一起，彼此只隔著一些木作與石工，擠得有如桶裡的沙丁魚，我覺得更像埃及人養在大水罐裡的毒蛇，每隻都爭著把頭伸得比對手高。這些都發生在那片煙霧天幕下！只有我，親愛的朋友（mein Werther）⑰，高高坐著俯瞰這一切，獨自和星星同在。」

我們注視教授的臉，想看他在如此夜思泉湧的時候是否會透露什麼情緒。但在當時的光線下（其實就是房裡的一盞燭光，而且離窗很遠），我們在他臉上除了原有的沉著與靜定之外見不到任何表情。

剛才說的這些都是教授談興來的時候。但泰半時間他都惜字如金，甚至只是靜靜坐著抽菸。訪客不是自顧自地把話說完，偶爾得到教授哼哈兩聲作為回應，就是找個空檔趁機告退。那是個奇怪的寓所，遍地是書和碎紙，以及各種你想像得到的雜七雜八物品的破片，並且「一概添了灰塵」。桌上桌下都是書，這裡翻動著一張稿紙，那裡有一條破手帕，還有一頂隨手亂扔的睡帽。墨水瓶夾在麵包屑、咖啡壺、菸盒、文學刊物和半筒靴（Blücher boots）[18]之間。老麗莎（Lieschen, Lisekin, 'Liza）除了替他鋪床，還會幫忙生灶、洗衣晾衣、煮飯與跑腿，基本上是個好幫手。她本身很愛整潔，但對杜費爾斯德洛赫待的這座最後堡壘沒有主宰權，每個月頂多一次帶著掃把和抹布半強迫地闖進這裡，趁他慌忙搶救手稿時稍微清理幾分。那種橫掃雜物的氣勢，說是劫獄一點也不為過。杜費爾斯德洛赫雖然對這種大地震（Erdbebungen）比對瘟疫還害怕，卻總是乖乖配合。他當然寧願一直坐著哲思玄想，懶得理會愈積愈多的雜物最後可能將他擠出家門。但老麗莎是他的右手和飯碗，也是生活裡的必須，從來不輕易妥協。我們現在還記得那位老婦人。她沉默得讓人以為她是啞巴，也常讓人以為她是聾子。她只侍候和關心杜費爾斯德洛赫一個人，而且似乎多以手勢和他交談，有時甚至讓人覺得她有什麼神通，可以猜到他要什麼，立刻提供。她真是個勤勉的老婦人！她在廚房裡擦拭整理打掃，盡量不打擾教授的耳根子，卻能將廚房整理得有條不紊，並永遠適時遞上熱騰騰的黑咖啡。這位老麗莎沉默寡言，臉龐潔淨而憔悴，滿是皺紋。當她從潔白的垂布帽下望著你，眼神總是流露著近乎仁慈的善心與智慧。

前面提到，很少有陌生人能踏進那裡，除了我們就只有賀夫拉特．霍伊許瑞克。本書讀者應該知道也想得到會聽見這個名字。對我們來說，霍伊許瑞克先生只是當時那群抿著嘴唇、伸著脖子、梳洗整潔、神情溫和的紳士之一。他們最顯眼的一點就是不論晴雨「雨傘從不離身」。要不是我們明白統治世界只需要一點「小智慧」，不論德國或其他地方，百分之九十九的官員都只是群牽紗者，甚至只是傀儡和有意無意的騙子，我們或許就會覺得霍伊許瑞克先生要是當上顧問、議員或參事該有多好，哪怕只是在威斯尼希特沃。這位賀拉夫特又能為男人或女人提供什麼建議呢？他身材鬆垮歪曲，臉龐削瘦，腦袋經常前後抽搐，不停微微晃動，讓人感到困惑甚至不解，心想他到底是膽小還是發冷？但確實有人說他是「精神之愛的化身」：熱誠的藍眼睛充滿憂鬱與仁慈，皮夾總是敞開著等等。我們如今大有理由希望這一切都不是全無根據。不過，他朋友杜費爾斯德洛赫對他的描述或許是最貼切的，很少有人像他刻畫得那麼精準：「他有心也有才氣，至少確實具備，只是缺乏適當的呈現方式，也沒得到幸運女神的恩寵，因此一半碎裂一半凝結了。」讀者或許會好奇，賀夫拉特看到這些話不知會作何感想。但我們只需恪守忠實轉述，其餘就不是我們要擔心的了。

對我們眾人而言，重點當然是他對杜費爾斯德洛赫的愛。這的確也是霍伊許瑞克本人的最大特色。我們可以肯定地說，他對教授的欽慕就好比博斯威爾⑲對約翰遜⑳的關愛，得到的回報或許也差不多，因為杜費爾斯德洛赫對這位憔悴的仰慕者幾乎不屑一顧，只把他當成半理性甚至不理性的朋友，對他的愛也頂多出於感激或習慣。另一方面，我們卻看到霍夫拉特明明年紀更長、家世更好，在外人眼中應該遠較有影響力，卻像父親似的對他的小聖人百般呵護，又敬又愛，彷彿將教授當成了活菩薩。只要杜費爾斯德洛赫一開口，他就立刻心門大開，眼睛耳朵都全神貫注，深怕遺漏了任何東西。只要高談闊論稍微停頓，他就會喘著氣咯咯發出咳嗽似的笑聲（因為笑需要一點時間暖機，而且機件似乎鬆了），不然就是帶著鼻音喊道「說得好！我也有同感」，不論如何都是衷心讚嘆。總之，如果杜費爾斯德洛赫是達賴喇嘛（或許得扣掉他的與世隔絕和上帝般的冷漠），霍伊許瑞克或許就是他的大弟子。就算教授扔出的是麵丸，他也會揉成仙丹妙藥去叫賣。

和我們往來的那段時間，杜費爾斯德洛赫便是在這樣的社交、居家和物質環境下生活與思考，很可能現在還是如此。他高踞在瓦恩巷的那座瞭望塔上，時常獨自一人凝視大熊星座。這位不屈不撓的探問者就是在那裡力抗沉悶與黑暗，也很可能就是在那裡寫出了這部論衣裳的驚世之作。至於其他個人資訊，他年紀不上不下，實際數字只能全憑臆測；他常穿的長外套款式、褲子顏色和寬邊尖頂帽的式樣雖然也有紀錄，這裡就略過不提了。在這個年代，最有智慧的確實是最偉大的，使得開明者的好奇心愈來愈轉移到哲學階級之上，將國王君主之流放回他們該有的位置去。但在相關資料到來之前，讀者透過我們的文字與描述又能理解杜費爾斯德洛赫多少呢？他的生平、命運和身形對我們而言依然成謎，或只能隱約猜測。但話說回來，他的靈魂豈不是展現在這本非凡的著作裡了，比迦西亞埋下的那袋西班牙金幣[21]還要真實萬分？因此，我們還是趕緊回到杜費爾斯德洛赫的靈魂，回到他對「衣裳及其起源與影響」的看法上吧。

注釋

① 譯注：洛倫茲．奧肯（Lorenz Oken, 1779-1859），德國博物學家；《伊西斯》（*Isis*）為其創辦的百科期刊，以自然史、比較解剖學及生理學為主題。

② 原注：古克古克（Gukguk）很可惜只是一種理論上的啤酒（academical-beer）。

③ 原文為德文：Zum Grünen Ganse.

④ 譯注：原作附了德文，Die Sache der Armen in Gottes und Teufels Namen，譯作「以上帝和魔鬼之名，敬窮人」，但英文略去了「魔鬼」二字。

⑤ 原文為德文：Bleibt doch ein echter Spass- und Galgen-vogel.

⑥ 原文為德文：Wo steckt der Schalk? 後來版本加了「到底（doch）」兩個字。

⑦ 哲學激進主義的一種，直譯為「沒穿短褲」。法國大革命期間，法國人用該詞指稱巴黎的激進共和派貧民，因為那些人拒穿代表舊制度（ancien régime）的及膝短褲，改穿象徵新時代的長褲。

⑧麥基洗德，出現於聖經中之人物，傳說中「無父無母，無生之始，無命之終」。
⑨傳說人物，曾拒絕背負十字架的耶穌到家中休息，後來被詛咒必須在塵世流浪直到審判日來臨。
⑩原文為德文：Allegemeine Zeitung。
⑪原文為德文：Wahngasse，直譯為「空想巷」。
⑫Orte和Airts的意思都是指南針上的方位。
⑬原文為拉丁文：speculum。應為筆誤，因為speculum是鏡子，specula才是瞭望塔。
⑭牧夫（Boötes）指北方的牧夫星座，直譯為「拿曲柄杖的人」。
⑮紙牌遊戲的一種，圖案分紅色和黑色兩種花樣。
⑯原文為德文，直譯為「烏鴉石」。
⑰典出歌德《少年維特的煩惱》，Werther即維特。
⑱以普魯士將軍布呂赫（Gebhard von Blücher）命名的半筒靴。
⑲詹姆斯・博斯威爾（James Boswell, 1740-1795），蘇格蘭作家，最知名作品為《約翰遜傳》，被視為傳記寫作的先鋒。
⑳塞繆・約翰遜（Samuel Johnson, 1709-1784），英國詩人、《約翰遜》字典編者。
㉑迦西亞（Pedro Garcia）和西班牙金幣的故事出自勒薩日（Alain-René Lesage）的《吉爾・布拉斯》序言。兩名學生偶然發現一塊石頭，上面刻著「這裡埋著……佩德羅・迦西亞的靈魂」。其中一人以為是惡作劇一笑置之，另一人則是往下挖，結果發現一袋裝有上百枚金幣的袋子和一張卡片封他為迦西亞繼承人的卡片。勒薩日建議讀者讀到吉爾・布拉斯的冒險經過時別忘了這個故事，以免錯過背後的道德意涵。

第四章　特質

杜費爾斯德洛赫和他論衣裳的著作：奇特的言論自由；超驗主義；洞見與文字表達的力量；博學；詩意的文體，粗俗；全面的幽默與道德感；編者見到他笑的往事；不同種類的笑及其意涵。

要說這本論衣裳的著作完全令我們滿意，那就言過其實了。如同其他天才之作，這部作品也和太陽一樣，即便是最崇高的受造物、天才的手筆，仍然能在光輝裡見到黑點和模糊的星雲；除了洞見與靈光，也混雜著沉悶和觀點不一，甚至全然的盲目。

對這本書，我們不會像《威斯尼希特沃文宣報》那樣大加讚揚，說得信誓旦旦，而是承認它大大激勵了我們的自我活動。一本書最好的影響莫過於此。它甚至改變了我們的思維方式——不，不只如此，它兌現了自己的承諾，開闢出一道礦坑讓整個思想界得以挖掘到未知的深處。我們甚至可以說，杜費爾斯德洛赫的學識、對研究的耐心和他在哲學乃至詩意上的熱誠無疑都在書裡一覽無遺。只不過，各種冗長、拐彎抹角與拙劣也一樣不少。

這點不難想見。正如新開的礦坑，他書裡也有許多廢物，哪怕幾乎所有寶礦都是如此。我們無法保證這本著作會在英國大受歡迎。不僅因為他選了衣裳這個主題，更由於他的處理方式，注定使他顯得素樸，成為學術的邊緣。這點在德國無可厚非，甚至不可避免，但對他在我國社會取得成功卻是致命傷。

杜費爾斯德洛赫似乎對美好社會所見有限，不然就是忘得差不多了。他用字遣詞有種古怪的淺白，許多東西都只用字典上的語詞稱呼。在他看來，裝潢師傅就不是教宗，客廳也絕非廟堂，即使雕梁畫棟也一樣。「再大的布魯塞爾地毯、窗間鏡和金箔，」他本人曾如此說道：「也無法向我隱瞞客廳只是無限空間的一部分，而神所造的靈魂有太多是在無限空間裡相遇。」對杜費爾斯德洛赫來說，女公爵是可敬的，但絕不是為了她的珍珠手鐲或蕾絲花邊。在他眼裡，貴族勳章和小丑外套上的鋅製伯明罕鈕釦價值相等，不少也不多。「兩樣東西都是用具，」他說：「都是勾住東西的小墜飾，也都是從地裡挖掘出來，由鐵匠抓著在砧上搥打出來的。」因此，這位教授打量人的面孔同樣帶著古怪的不偏不倚與科學自由，有如誤闖上流圈子的大老粗，又像月球來的人。其實他書裡所有缺陷、過度與各種乖離，正是由於他整個思想體系都帶著這個特點。而他的超驗哲學，以及將所有物質與物事看成精神事物的傾向，自然也跳脫不了這些，而且情況比別人更可悲、更絕望。

不過，對我國的思想家——這樣的人肯定還存在，我們還是可以放心向他們推薦這個作品；甚至或許就像杜費爾斯德洛赫說的，那些上流之士「在他們漿得筆挺的領結下也有氣管和食道，厚實的刺繡背心下也有一顆心在跳動」，誰說他們不會感受到那股狂烈的熱誠，心靈被靈魂之箭給穿透？我們這位邋遢蓬亂的狂放先知，一如靠蝗蟲和野蜜過活的施洗者①，體內擁有一股未經馴服的能量，默默蟄伏。這種力量唯有高等的文學心靈才具備，肯定相當罕見。他時常深刻地掃視自然，更常窺望人生的奧祕，而且往往帶著難以形容的精準，甚至不時用鋒利的語詞劃破迷惘混淆，往下直透事物的真正核心。就像敲打釘子，不僅正中釘頭，更一擊將它敲進椿裡。另一方面，且讓我們大方承認，他是在世作家之中最無可比擬的一位。往往在文思泉湧後，他會開始長篇廢言，夢囈般地不知所云，扯一些陳腔濫調，彷彿睜著眼睛睡覺一樣，而且確實如此。

至於他學識淵博，熟知多數國家的作品與文學，從桑楚尼亞松到林卡德博士，從東方的印度聖典、塔木德經、可蘭經到卡西尼的《暹羅曆》和拉普拉斯的《天體力學》，再到《魯濱遜漂流記》和貝爾法斯特鄉鎮年鑑，他無一不曉，這部分就無須贅述了。固然看在我們眼裡覺得非比尋常，但對德國人而言，這樣的廣泛涉獵不足為奇，儘管值得讚賞，卻也理所當然。一個人畢生追求學問，豈不會自然而然變得有學問嗎？

文體方面，我們的作者同樣展現出卓越的能力，卻也常因為同樣的粗糙、失當及明顯缺乏與上層社會往來而大打折扣。有時，正如前面所提過的，我們會讀到一股完滿的力量，一種真正的靈感，熾烈的思想由熾烈的文字恰如其分表達出來，猶如完全成形的智慧女神隨著火光烈焰從眾神之王的頭裡迸生一般。或許是豐美獨特的措詞、如詩如畫的暗喻、詩意如火的語氣或古雅俏皮的轉折，所有狂野想像帶來的優美與恐怖，和最清明的理智相結合，交互譜寫出絕美的千變萬化。要是沒有那些令人昏昏欲睡的段落，那些曲折重複的句子和不知節制的胡言亂語該有多好！大體說來，杜費爾斯德洛赫教授不是一位高明的寫作者，通順的句子不到九成，其餘都死板生硬，全憑括號和破折號來支撐連結，不時有糟粕夾掛其間，甚至有少數文句支離破碎，令人絕望地七零八落。但即使再糟，他仍然具有某種獨一無二的吸引力。在他的所有言語裡始終瀰漫著一種狂放的基調，宛如主旋律和調節器，時而拉高成靈魂之歌或對魔鬼的尖銳嘲弄，時而頓挫回一般的音高，即使突然卻不失其韻味。縱使在我們聽來純粹是單調的哼鳴，卻極難斷定它真正的性質。直到此刻，我們依然沒有滿意的答案。那到底是真幽默的流露，是天才的至高特質，抑或只是瘋癲與淺薄的微弱回音②，無疑當列入下下之流。

此外，儘管和他有過往來，但我們對教授的道德情感仍然難有定論。從他胸中綻放出的昇華之愛，無盡憐憫的輕柔啜泣，還有將全宇宙抱在懷裡溫暖它的胸懷，似乎暗示那粗糙的外表下藏著一位六翼天使。但他又是如此安靜退縮，如此紋風不動的憂鬱，對人類追逐的所有事物如此無動於衷，冷漠得近乎仇視，就算不是麻木無感，也帶著半明顯的尖酸幽默，讓你見到他不由得心生震慄，彷彿遇上了梅菲斯特一般。在這位撒旦眼中，廣大的天地宇宙終究不過是個可笑的大陀螺，國王與乞丐、天使與魔鬼、星星與街上的塵土全都混亂旋轉，只有孩子才會感興趣。之前提過，他的神情或許是我們見過最嚴肅的，卻不是我國大法官法庭訴訟人③臉上常有的鐵面森然，而是高山湖水般的靜定不動，又像死火山口幽深得令人不敢直視。他的眼眸，還有眼中閃動的光芒，可能是星光的倒影，卻也可能來自煉獄！

杜費爾斯德洛赫顯然有著最糾結閉鎖的性格，簡直謎樣！不過，我們有幸記得他曾經當著我們的面笑過，就那麼一次，或許是他平生頭一回也是最後一回笑。但那笑聲之宏亮，連七睡仙④也會驚醒過來！事情是讓．保羅起的頭，他就像幽默漩渦裡的一股巨浪，散發著天界的靈光，可惜如今已被死亡冰封！一位是高大的詩人，一位是瘦小的教授，兩人靈魂同樣浩大，閒坐著談天論地，編者何其有幸能躬逢其盛。保羅再次認真搬出他那別人仿效不來的「高談闊論」，提議打造一尊鑄鐵國王，只見教授眼中緩緩燃起光芒，臉上罩著無比可愛的光輝，從陰鬱的容顏裡透出一個青春永駐、容光煥發的阿波羅來，隨即迸出笑聲，響亮得足以蓋過踏蹋所馬市裡的所有馬嘶。他笑得淚流滿面，手裡抓著菸斗，腳在空中舞動，笑得無可自抑，停也停不下來。不只發自臉和橫膈膜，而是從頭到腳都在大笑。編者雖然也笑了，但笑得節制，而且開始擔心事情不對勁。不過，杜費爾斯德洛赫鎮定下來，再次跌回了原有的安靜，難以捉摸的臉上似乎閃過一絲羞愧，連讓．保羅也無法再動搖他的表情。略通心理學的讀者都能猜出箇中涵義：衷心大笑過的人絕不可能壞得無可救藥。笑裡藏著多少玄機！它就像一把鑰匙，能解開一個人的祕密！有些人永遠面帶乾笑假笑，有些人的笑冷冽如冰，還有極少數人雖然笑了，卻不過是冷哼、竊笑或喉嚨發出的暗笑，甚至頂多發出一種輕微沙啞的悶笑，彷彿隔著一層羊毛似的。這些笑都不是什麼好事。不會笑的人非但擅於背叛、陰謀與破壞，甚至整個人生早已是一場陰謀與背叛。

身為作者，杜費爾斯德洛赫先生有個難以原諒的錯誤，無疑也是最糟的毛病，那就是下筆幾乎毫無章法，這本出色的大作便是如此。他只是按著時間順序寫；儘管從敘事分量看來似乎頗具條理，真正合邏輯的理路與鋪陳卻少之又少。撇開各種岔題與細分不談，這部作品明顯分成兩個部分：歷史敘述與哲學思辨，卻缺乏明確的分界，實在可惜。兩個部分重疊穿插，甚至互相滲透，混成了一座文字迷宮。許多章節標題有待商榷，甚至根本無法歸類與下標，使得這本書不僅難以下嚥，更時時猶如一場瘋狂的宴會，上菜順序亂七八糟，魚和肉、湯的乾的、牡蠣醬、萵苣、萊茵河的白酒、法國的芥末，全裝在一只巨大的湯鍋或食槽裡，讓挨餓的大眾自己傷腦筋。於是，如何從混亂中理出秩序，便是我們應當做的事情。

注釋

①指施洗者約翰：馬太福音三章四節。

②後來版本刪去了「微弱」兩字。

③一八七三年以前，大法官法庭為英國位階第二高的法院。

④原文為 Seven Sleepers。傳說有七名信仰基督的以弗所年輕人在洞穴裡沉睡了近兩百年，因而躲過了三世紀和四世紀的宗教迫害。

第五章　衣裳裡的世界

無益的因果哲學；杜費爾斯德洛赫的從衣裳看世界；最初發明衣裳是為了裝飾；我們遠祖（原始野蠻人）的景況；人類成長進步過程中的種種驚奇；人定義為使用工具的動物。

「既然孟德斯鳩寫了《法意》，」我們的教授這樣說：「那我也能寫《衣意》（*Spirit of Clothes*）。法律有法律的意義，衣裳自然有衣裳的意義，所以我們也該寫本書來談談衣裳的意義①。因為不論裁縫或立法，人都不是憑偶然，而是憑思想神祕地導引雙手來進行。所有款式和成衣過程裡都隱含建築的概念，衣裳是建材，身體是工地，從中蓋出『人』這棟美麗的大樓來。不論腳踩輕便涼鞋，身披飄逸的多褶斗篷，頭戴高聳頭飾，全身綴滿亮片與尖刺，腰纏鈴鐺，脖子一圈漿硬的襞襟、墊肩和誇張的隆起，或是將自己分區分段，四肢兜成一塊面向世界，全看建築概念，從希臘式、哥德式、後哥德式、完全現代風、巴黎風到盎格魯紈褲風莫不如此。此外，顏色裡包含了多少意義！從最素淨的黃褐到烈焰般的緋紅，從顏色選擇就能看出靈魂的氣質。倘若剪裁代表智慧與天資，顏色就代表脾氣與心性。不論國與國或人與人之間，都有一種因果法則不斷運作，不可懷疑又無比複雜。剪刀的每一動都被永不止息的影響力給限定與牽制著，而高等心智顯然看不見它，也辨別不出。

「對這些高等心智來說，衣裳的因果哲學②就和法律的因果哲學一樣，或許只是溫暖冬夜打發時間的娛樂。但對凡人這種低等心智來說，我總覺得這類哲學的啟發不足。各位的孟德斯鳩也不過是一個捧著象形文天書學寫字的聰明小娃，不是嗎？就讓因果哲學別再解釋我為什麼穿這件衣服、守那條法律，而是解釋我怎麼會在這裡，而且竟然會穿衣服和守法律吧！因此我得說衣裳的意義非但是假設的、無效的，甚至文不對題。就算不盡然，也大半如此。赤裸的事實，以及從事實演繹得出的結論，而非踩著全知視角，才是我卑微恰當的範圍。」

儘管有這謹慎的限制，杜費爾斯德洛赫努力想含納的內容卻近乎沒有邊界，至少邊界常超越我們的眼界之外。既然免不了選擇，我們在這裡就先以最粗略的方式瀏覽一下書的第一部分。這部分最搶眼之處，莫過於那無所不包的學識和極度的耐性與公平，而其結果與描述則更像是為了博得一般、娛樂或實用（甚至無用）知識叢書編纂者的青睞，而非本書的各色讀者。霍伊許瑞克建議我們聯絡代表「當代英國文學之光」的出版社時，會不會指的就是這部分？假若如此，叢書編者就請自便吧。

第一章講到了天堂與無花果葉，並帶領我們走進一段帶有神話、隱喻、猶太神祕主義服飾學及濃濃古風的冗長歷史。我們認為寫得不錯但無關緊要，尤其「莉莉絲，猶太法典編纂者筆下的亞當之妻，早於夏娃，婚後為他生下了所有天上地下水中的魔鬼」這段更是如此，我們覺得相當多餘。這部分除了提到最初的人（Adam-Kadmon）③，亦即太初元素，還莫名扯到了古代北方神話裡的尼弗爾和穆斯貝（黑暗與光明）④。就其演繹之正確，對猶太法典和拉比的知識之深厚，只能說連編者這位不算英國吊車尾的猶太教信徒也大為驚嘆。

不過，告別了最初的混沌之後，杜費爾斯德洛赫立刻從巴別塔出發，循著人類遷徙的足跡踏遍了地球所有適合人居的角落。靠著東方、皮拉斯基、斯堪地那維亞、埃及、歐塔海特和從古至今的各式研究，杜費爾斯德洛赫努力仿效紐倫堡人製作的《從圖畫看世界》（*Orbis Pictus*），嘗試將所有時代、所有國家、所有人的衣裳壓成一個縮影，從衣裳看世界（Orbis Vestitus）⑤。正是這一點讓我們可以向古文物學者和史學家叫陣：來吧，這裡頭有的是學問！雖然不正統，卻和尼伯龍王⑥的寶藏一樣取之不盡；就算動用十二輛車子，每天來回三趟，整整拉上十二天，還是拉不完。從羊皮斗篷、貝殼腰帶、避邪符、袈裟、白麻布僧衣、希臘短斗篷、羅馬寬外袍、中國綢緞、皮馬褲、阿富汗披肩、大腳短褲、凱爾特短裙（但馬褲年代更早，著褲高盧（Gallia Bracata）一詞便是證明）、輕騎兵大氅、范戴克長披肩、襞襟到鯨骨圓環，無一不鮮明呈現在我們眼前，就連基爾馬諾克睡帽也沒有遺漏。雖然我們也承認這部分太過龐雜，而且有些囫圇吞棗，但裡頭全是濃縮精純的學問，所有渣滓都已經剔出來扔了。

文中除了哲學反思，偶爾還穿插動人的生活圖像，讓我們頗為意外。在我們這位教授眼中，衣裳的首要目的不是保暖或得體，而是裝飾。他說：「原始野蠻人的狀況確實可憐，炯炯雙眼被蓬頭散髮遮著，一頭毛髮加上長及胯下的鬍鬚，活像裹著一件胡亂織成的斗篷，身體其餘部位同樣覆著這天然的皮毛。他在森林裡的陽光處遊蕩，摘採野果維生，或是和古蘇格蘭人一樣蹲在泥沼地裡，蟄伏等待獸類或人類上鉤。他沒有工具，亦無武器，只有一個沉甸甸的石球，那是他唯一的財產與防身物，還繫上一條皮繩免得弄丟了，投擲和收回時都能確保不會有閃失。不過，飢餓與復仇的衝動一旦得到滿足，他就不再關心舒適，轉而在乎起打扮（Putz）了。追逐獵物、窩在落葉堆或樹洞裡、用樹皮搭棚子或天然洞穴都可以讓身體發暖，唯有衣裳才是打扮；甚至早在衣裳出現之前，原始部落就有紋身和彩繪了。野蠻人最初的精神需求就是裝飾；即便現在，文明國家裡的野蠻階級還是如此。

「讀者諸君，即便你是聲音可比天籟的歌者，偉大的王子殿下；即便你愛之敬之猶如天仙的少女髮似琥珀，膚白若雪，美如玫瑰，確實好比風精靈下凡；她也和你一樣是從滿身毛髮、擲石狩獵的食人蠻族變來的！先有肉食者才有肉，先有強壯才有甜美；不是時間帶來了改變，而是改變發生在時間裡！因為不只人類，連他所為所見也時時在成長、再生與自我完善。將你的行動和話語種在生生不息、運轉不停的宇宙裡吧。它將是一粒不死的種子，縱使今日（有人說）沒人看見，千年之後卻會茁壯成茂盛的大榕樹，甚至是一片鐵杉林！

「那最先發明活字版，縮短了抄寫匠工作的人，是他解散了軍隊，廢除了大多數君主與元老，還催生了新的民主世界，只因他發明了印刷術。那第一撮搗在一起的硝石、硫礦與木炭，將施瓦茨修士的搗杵炸上了天花板。那最後一撮又將如何？讓力量徹底服從思想，血氣完全臣服於精神？因為不想再為了換取油和穀物而拖著慢吞吞的公牛四處跑，古時的牧人想出了一個簡單的點子，找一塊皮革，在上頭刻下或打上公牛或家畜（Pecus）的圖案，收在口袋裡，並稱它為畜票（Pecunia），也就是錢幣。於是以物易物變成用錢買賣，皮券也成了金幣和紙鈔，奇蹟被更大的奇蹟所取代。羅斯柴爾德家族出現了，英國國債也來了，誰有錢（即使只有六便士）誰就是老大，能命令廚子餵飽他，哲學家指導他，國君派人保衛他，全憑這六便士。衣裳也是如此，從最愚蠢的裝飾之愛開始，還有什麼不跟著來的？先是安全，隨即是令人愉悅的溫暖，但這些又算什麼？恥辱、神聖羞愧（Schaam），這種食人族不知其為何物的感覺，卻神奇地從衣裳底下生了出來，在人心裡形成一座樹叢包圍的神祕聖殿。衣裳帶給我們個體性、分別心與社會政體，使我們成為『人』，甚至讓我們因衣裳而相互隔絕。

「但整體來說，」我們這位雄辯的教授繼續往下接著說：「人是使用工具的動物（Handthierendes Thier）。他既不強壯，體型又小，立足點充其量不過半平方英尺，不穩得很，必須跨開雙腿才不會被風吹倒，真是最嬌弱的兩足動物！三英擔的重物⑦就足以壓垮他，草原的公牛就可以將他像破布一樣甩到空中。但人懂得使用工具，發明工具，用工具讓花崗岩山在他面前化為細塵，揉捏烙鐵和揉麵糰一樣簡單，讓海洋成為康莊大道，風火是他永不懈怠的坐騎。他沒有一處不使用工具。少了工具，人什麼都不行；有了工具，他無所不能。」

讓我們暫且打斷教授的高論，做個小小的評論。在我們看來，將人定義成使用工具的動物，是所有動物分類裡最精準也最好的定義。有人說人是會笑的動物，但人猿不是也會笑嗎？不也試著笑過嗎？最偉大的人最常笑，也最會笑嗎？前文也提到，杜費爾斯德洛赫本人只笑過一次。我們更不能理解的是法國人的定義。他們說人是會烹飪的動物。這個定義就算在科學上是嚴謹的，也毫無用處。韃靼人直接生吃牛肉，那能叫烹飪嗎？格陵蘭人除了像土撥鼠一樣將鯨油貯存起來，又談得上什麼烹飪技巧？根據洪保德的說法，奧利諾科印地安人住在樹上的鳥巢裡，每年有一半時間整個地方泡在水中，除了白黏土什麼食物也沒有，就算大廚尤德（Eustache Ude）登場又有何用？然而另一方面，誰能告訴我們，不論任何時期或天候，人是不帶著工具的？即使是古蘇格蘭人，我們也知道他們有石球，還有皮繩，而獸類從未有過類似東西，也不可能有。

「人是使用工具的動物，」杜費爾斯德洛赫用他一貫的突兀方式結尾道：「衣裳只是這項真理的一個例子罷了。從人類用木頭做出第一個鑿洞器到利物浦的蒸汽火車⑧和英國國會大廈，不難看出人類進步了多少。人從地球裡挖出黑色的石頭，對他們說，將我和這些行李以每小時三十五英里的速度送出去，那些石頭真的辦到了。他靠著運氣召集了六百五十八個各色各樣的人，對他們說，讓這國家為我們勞動、為我們流血、挨餓、悲傷與犯罪，那些人真的辦到了。」

注釋

①原文為法文，Esprit de Costumes，對應孟德斯鳩的《法意》（*Esprit des Lois*）。

②因果哲學暗指英國十七和十八世紀興起的經驗主義思想。

③猶太法典編纂者用語。

④尼弗爾（Nifl）和穆斯貝（Muspel）都是斯堪地那維亞神話人物。

⑤《從圖畫看世界》為捷克教育思想家柯美紐斯（Johann Amos Comenius）創作的圖文課本，一六五八年於紐倫堡出版。

⑥尼伯龍王是德國中世紀史詩主角，十二天應該為四天。

⑦譯注：一英擔相當於舊時的一百磅，現在的一百一十二磅，約合五十一公斤。

⑧英國第二條鐵路往來利物浦和曼徹斯特之間，於一八三〇年開通。

第六章　圍裙

世上各式各樣的圍裙，有各式各樣的用途；軍事和警察機關是社會的工作圍裙；主教將圍裙的衣角塞進去；垃圾堆；記者如今是我們僅有的國王與教士。

這本書最令人不滿意的部分之一，就是對圍裙的闡述。提到頑強的波斯老鐵匠加奧的圍裙，這是想表達什麼？「因為革命成功，他的圍裙如今確實鋪滿寶石，至今仍是該國王室的準繩」。約翰．諾克斯女兒的圍裙呢？「她威脅國王殿下，說她寧願將丈夫的頭顱抓來放在圍裙，也不願他撒謊當上主教」。還有伊莉莎白伯爵夫人和其他許多知名的圍裙又如何？文中顯然透著一種無謂的抽絲剝繭，甚至輕浮的意味，接近傳統的諷刺文學。不然我們又該如何理解以下這段話？

「圍裙是防禦，用來防止對清潔、安全與樸素的傷害，有時還包括對詭計的傷害。從紐倫堡的貴族夫人坐在工作箱或玩具箱前，身上圍著（象徵圍裙、有如其美化版）的切口薄紗襯裙，到建築工人白天工作時用繩子束在腰間，晚上收納泥刀的鞣皮圍兜，或是瓦爾肯鐵匠在熔爐前敲打時穿在身上叮噹作響，少了它就等於半裸的鐵片圍裙，這種服裝的式樣及用途還不夠廣嗎？圍裙隱藏了多少東西，又保護了多少事物！甚至這樣說吧，整個軍隊與警察機關，費用難以計算，豈不也只是一條用鐵條繫著的血紅大圍裙？社會有它擋著，就算面對這個惡魔熔爐（Teufelsschmiede）般的世界，就算心裡不安，也能不受泥土和火星侵擾而運作。不過，到目前為止，所有圍裙裡最困擾我的還是主教（Episcopal）身上的黑袍法衣。這種圍裙到底有什麼用處？我發現這位靈魂的監督者（Episcopus）將法衣的衣角塞進去，彷彿一天的工作已經完成了。他這是在暗示什麼？」諸如此類。

而我們的讀者讀到以下這段，同樣也是命運的安排嗎？

「我想到巴黎廚師的印刷紙圍裙，這對印刷術來說是一種新出口，雖然不起眼，卻對現代文學產生了激勵，值得讚許。當我得知倫敦一家知名的公司有意引進這套做法，作重要的推廣，心裡不能說不滿意。」我們真住在這裡的人倒是沒聽說這件事。幸好我國文學依然生氣勃勃，不乏其他出口。杜費爾斯德洛赫接著說道：「萬一印刷品的供應不斷增加，塞滿了公路和公共幹道，我們就得另尋出口。在一個仰賴工業維繫的世界裡，我們勉強將火用作毀滅的方法，而非創造的工具。不過上帝是全能的，會為我們開一條出路。同時，每年見到五百萬英擔的破布從垃圾堆裡回收、浸軟、熱壓和印字後出售，順便餵飽那麼多人，豈不妙哉？於是，垃圾場，尤其垃圾場裡的破布或廢棄衣物，就成了巨大的電池與發動機（好比由玻璃和樹脂產生電力一般），讓社會得以活動，又從社會得到挹注，如此形成大大小小的循環，度過宛如狂風暴雨、驚濤駭浪的生命混亂，而且運行不息！」對我們這些愛他、對他不乏敬意的人來說，讀到這些段落的感覺實在複雜。

再下去又有一段：「如今記者才是真正的國王與教士，一位或幾位能幹的編輯把持了世界的耳朵。今後的歷史學家除非缺乏自知之明，否則絕不會再寫波旁、都鐸或哈布斯堡王朝，而是緊跟著編輯，轉而研究大報的改朝換代和繼起的新人物。英國報業可以說是世界上最重要的新聞界，有著祕而不宣的傑出組成與流程。針對他們已經有一本價值非凡的敘事史了，書名是《揭開不可見的撒旦世界》。只可惜我踏遍了威斯尼希特沃的圖書館，卻怎麼也找不到（vermöchte nicht aufzutreiben）。」

讀到這裡，老好人荷馬不只點頭，還開始打呼了。杜費爾斯德洛赫就這樣遊走在自己幾無涉獵的領域，混淆了舊有的長老會尋巫人和新起的英國報業（Brittische Journalistik）史學家，混淆了真實與虛構，以致碰上了這或許是現代文學中最大的愚蠢！

第七章　歷史雜談

人和服裝式樣的更迭；十五世紀德國服飾；我們活在歷史裡是出於多麼古怪的偶然！波利瓦騎兵的軍服。

講到中世紀歐洲，一直到十七世紀末，我們的教授不僅開心許多，文中的科學與歷史成分也嚴謹不少。那是服裝真正奢華的年代，也是帶給這位古文物學家暨時尚研究者最多收穫的時期。各種異想天開的服裝層出不窮，有如夢裡怪物吞吃怪物，連卡洛①和特尼爾斯②這些畫家也想像不到。而教授筆下同樣不乏真知灼見，甚至常有神來之筆，連古時衣裳都形容得活靈活現。的確，這些章節是如此博學、精確與生動，而且機趣橫生，以致引出一個中肯的問題，那就是如果這些章節好好譯成英文，和麥瑞克先生的大作《論古代甲冑》③合在一起，是否會大有裨益？就拿下面這段概述來說吧。我們的教授參考帕利烏斯的《省時的樂趣》④，言之鑿鑿說道：

「我們要是看到十五世紀德國的流行服裝，可能會啞然失笑，就像已逝的德國人要是從死裡復活，看到我們的縫紉用品店或許也會手劃十字，嘴裡唸著聖母瑪利亞。幸好沒有已逝的德國人（應該說沒有人）從死裡復活，因此現在不會受過去的無謂束縛，只會從中而生；就像一棵樹，它的根不會纏著枝幹，而是靜靜躺在泥土之下。一個人再偉大與珍貴也不過片刻，就會發現自己被其他人取代，再也沒有位置；目睹和明白這點雖然令人傷感，卻不無益處。即便是拿破崙或拜倫，也是七年就過氣了，如今在歐洲已經成了外人。這就是不變的進步律，而衣裳就和所有外在事物一樣，沒有任何潮流永遠不變。

「至於古時的軍人階級，他們的牛皮腰帶、複雜的鎖鏈與頸甲、巨大的長筒靴和其他的騎乘及戰鬥裝備經常在現代羅曼史裡出現，已經成了某種標記，因此我就不提了。平民和一般階級的服裝雖然較少提及，對我們已經夠奇妙的了。

「我發現有錢人都會繫托伊辛克（Teusinke），這東西很難翻譯，意思是掛著小鈴鐺的銀腰帶。一個人繫著它走在路上就會不停叮噹作響。喜歡音樂的人甚至會繫上一整排小樂鐘（Glockenspiel），只要突然轉身或走路的動作稍有變化，就會產生悅耳的聲響。我們還能觀察到，他們很喜歡尖頂和哥德式的拱形交叉。男性社會常戴尖頂帽，高度足足有一厄爾⑤，走路時會歪（schief）一邊上下晃。他們的鞋頭也是尖的，同樣有一厄爾長，而且兩邊加箍；連木鞋也有那麼長的鞋尖，有些還掛了鈴鐺。此外，根據我的考證，男士的馬褲都沒有臀部（ohne Gesäss），而是尖端直接繫在襯衫上，而且肯定被緊身上衣的長圓下襬遮住了。

「富家少女穿著扇貝狀的小禮服輕盈奔跑，背和胸房近乎裸露；貴婦人則是穿著下襬四、五厄爾的長禮服，裙尾由僕僮拉著。勇敢的克麗奧佩脫拉們乘坐張蓋著絲綢的帆船出遊，掌舵的是邱比特般的少年！你瞧禮服的鑲邊有一個掌幅寬，宛如花邊繞著她們迎風搖擺。長排的銀鈕釦從頸到腳，好比銀貝殼瀉地，連鑲邊也繡了銀鈕釦。少女們繫著綴滿金片的銀髮帶，閃亮的髮墜彷彿滴落的火苗（Flammen）；她們母親的頭飾更不在話下，注重優雅又不忘舒適。面對冬季的天氣，所有華美的創意都展現在長斗篷與寬裙上；斗篷的鑲邊不只一道，而是兩道各有足足一掌幅，往上連接漿硬的襞襟，寬度近二十英寸，這就是仕女穿的襞襟斗篷（Kragenmäntel）。

「女性還沒有裝裙環的裙子，男士就已經有了棉亞麻緊身上衣，底下是用麵糊黏貼成（mit Teig zusammen-gekleistert）的多層襞襟布，以顯得格外突出。因此，兩性在打扮方面也是互不相讓，而且和大多數情況一樣，強者為先。」

不論我們教授本人幽不幽默，都對滑稽的事物頗有感受，而且觀察敏銳。對一個如此安靜的人來說，能顯露這樣的情緒，我們或許可以肯定推斷他是真心喜歡這類事物。所有這些帶鈴鐺的腰帶、修改的馬褲、尖頭鞋和其他類似的現象，這些服裝史上接踵不斷的發明，沒有一樣逃過他的觀察。尤其伴隨這些衣服而來的不幸或驚人的冒險，他更是詳實記了下來。沃爾特・雷利爵士將自己的華美斗篷鋪在爛泥上，讓伊莉莎白女王走過，這引不起他多少興趣。[6]他只問，每當荳蔻年華的女王「不想照鏡子，免得見到臉上的憂鬱與皺紋時，仕女們是否常替她鼻子抹胭脂、雙頰搽白粉」？我們可以這樣說，雷利爵士很清楚自己在做什麼，就算年少的女王是染成銅綠的填塞羊皮紙，他仍然會那樣做。

因此，談到那些特大服裝，不僅開叉、加絲帶，還刻意塞麥麩讓身體寬大的部分更突出，我們的教授也不忘評論那位倒楣的朝臣幾句。這位朝臣坐上一把椅子，上頭正好有根突出來的釘子。當他起身向進來的國王陛下問安，身上立刻麥渣四射，讓他瞬間縮成一根紡錘，所有絲帶和開叉都慘兮兮、軟趴趴地垂在他身旁。而我們的教授對此做出了如下的反思：

「人都是因著怎樣古怪的機緣巧合，才在歷史留名的？伊洛斯特拉達斯[7]是火把，米羅[8]是閹牛，亨利・達恩利[9]是手腳並用抓住一隻羽翼未豐的鴉鳥，大多數國王和王后是靠出生在哪張床上，布瓦洛－德普雷奧（根據艾爾維修的說法）是火雞那一啄[10]，而我們這位倒楣的先生則是由於他馬褲上的破洞。奧圖王的史官沒有一位漏掉這則故事的。地米斯托克利就算祈求上天賜他遺忘的才能也是枉然[11]：朋友們，開心服從命運，閱讀命運吧，因為一切都已經寫就了。」難道我們應該提醒杜費爾斯德洛赫，遺忘的才能儘管遙不可及，我們還有沉默的才能，就連旅行中的英國人也有那樣的本事？

「綜觀歷史，我所找到最簡單的服裝，」我們的教授表示：「就是哥倫比亞戰爭期間波利瓦騎兵的軍服：一張對角十二英尺的方毯，有些人習慣裁掉四角變成圓形，毯子中央是一個十八英寸的開口，光條條的士兵將頭和脖子穿過去，騎馬時就能阻擋各種氣候，打仗時阻擋許多攻擊（因為士兵將毯子捲在左臂上）。這條毯子不僅是衣服，也是挽具和帳幔。」

描繪了這樣一個獨特動人的自然狀態，以及古羅馬人對多餘之物的鄙視後，且讓我們就此告別這個話題吧。

注釋

①卡洛（Jacques Callot, 1592-1635），法國版畫藝術家，常以樣貌特異的矮人為題創作。

②特尼爾斯（David Teniers, 1610-1690），比利時畫家，常描繪盡收庶民百態的酒宴。

③《論古代甲冑》（*Work on Ancient Armour*），作者為十八世紀英國武器研究家梅利克（Samuel Rush Meyrick）。

④《省時的樂趣》（*Zeitkürzende Lust*），作者帕利烏斯（Christian Franz Paullini）為德國十七世紀醫師、神學家。

⑤譯注：厄爾（ell）為英國古時長度單位，最早定為成年人前臂長，後來定為四十五英寸，約合一點一四公尺。

⑥此事指英國十六世紀冒險家雷利爵士（Sir Walter Raleigh）為避免伊莉莎白一世弄濕腳，不惜將斗篷鋪在泥地上的軼事。

⑦伊洛斯特拉達斯（Erostratus，又稱 Herostratus），古希臘時代一位為留名縱火燒神廟的青年。

⑧米羅（Milo），義大利古代英雄，能徒手殺掉一隻牛，一天就吃光。

⑨亨利·達恩利（Herny Darnley, 1546-1567），蘇格蘭瑪麗女王的丈夫。

⑩德普雷奧（Nicolas Boileau-Despréaux, 1636-1711），法國詩人，法蘭西學術院院士，著有《詩藝》。法國哲學家艾爾維修（Claude Adrien Helvétius）曾稱德普雷奧兒時遭火雞攻擊而不能人道。

⑪地米斯托克利（Themistocles, c. 524-c. 459 BC），古希臘雅典政治家。史載他曾獲授記憶技巧，卻沒有學到遺忘的方法。

第八章　衣裳外的世界

杜費爾斯德洛赫的定理「社會建立在衣裳之上」；經驗刺激了他的方法與直覺；神祕的問題：我是誰？哲學體系都有缺陷；更深刻的思考總是教導所有人，一切可見之物都只是表象，卻也是神的象徵與啟示；杜費爾斯德洛赫首次想到衣裳的問題：穿衣服可能使我們低賤。

對於杜費爾斯德洛赫在書裡的歷史描述部分只談及衣裳的演變（Werden，起源及沿革），如果讀者為此感到意外，那麼肯定會對他在哲學思辨部分處理衣裳的影響（Wirken）的方式吃驚百倍。正是這部分讓編者開始對自己的工作備感壓力，因為教授便是從這裡正式開展一套嶄新的更高等的衣裳哲學。這是一個從未有人嘗試，甚至無法想像的領域，也可說是混亂。而要在其中冒險，找到一條正確的勘查與征服之路，辨別哪裡是堅實的立足點，哪裡只是迷霧可能踩空，甚至將人吞沒，又是多麼地困難，多麼難以言喻地重要！我們的教授竭力想闡明衣裳對道德、政治甚至宗教的影響，並試圖從各個角度證明一個宏大的命題：人在世上所有興趣「都是由衣裳勾上、扣住並繫在了一起」。他滔滔指出「社會建立在衣裳之上」，並且「社會藉著衣裳，藉著浮士德的斗篷①，尤其使徒彼得夢中那張裡面有潔淨與不潔走獸的大布②，航行在無限永恆之中。少了那斗篷或大布，社會就會墮入無底深淵或陷於虛無的困境；不論淪落哪種狀況，社會都將蕩然無存」。

要在這裡展示這個定理如何層層推導出來，呈現其中的千絲萬縷（tissues），以及由它衍生的無數實際推論，不啻是一種癡心妄想。這位教授的方法怎麼看都不屬於一般的學院邏輯，所有真理並非排得整整齊齊，每一個都依附在另一個的裙帶上。他的方法充其量是出於實踐理性，主要倚靠他對整個系統界域的直覺，因此他的哲學，或者說他所描繪出的精神自然，可以說幾乎和自然一樣充滿一種高雅的繁複，宛如一座巨大的迷宮，但（如信仰所透露的）並非沒有條理。只可惜在這些章節裡，前文抱怨過的那些低劣的複雜與全然混淆仍然一項不少，讓我們不得不常大嘆，要是那些傳記資料寄來了就好了！因為這套學說似乎主要源自作者的個人特質；教導作者的不是理論，而是經驗。我們只能從原文裡挑出那些往往非常零散的論點和重要片段，加以彙整，希望藉此呈現這套學說的輪廓或徵兆。我們要再次請求聰明的讀者拿出最大的專注，仔細讀完並唯有讀完之後才來判斷，在目前的地平線最邊緣是否看得到陸地的影子，看得到幸運島③或尚未發現的整片美洲，值得揚帆前往？且讓我們引述一長段教授的原文，為整套學說做一個開場：

「習於思辨的人，」杜費爾斯德洛赫寫道：「總會有一些時期，一些耽於沉思、甜美又可怖的時刻，會打從心底好奇而恐懼地問自己那個無法回答的問題：我是誰？這個會說『我』的東西（das Wesen das sich *Ich* nennt）是什麼？霎時間，這個喧騰擾攘的世界，以及所有你生存其間的壁紙、石牆、千絲萬縷的商業與政治網絡、有生命和無生命的外殼（身體和社會），都會退到遠處。你的目光將會射向虛無的深處，獨自面對宇宙和它默默交流，有如兩個神祕人互動。

「我是誰？這個『我』是什麼？聲音？動作？表象？還是永恆心靈裡一個有形可見的觀念？我思故我在（Cogito ergo sum）④。可惜啊，可憐的思考者，這個說法幫不了我們多少。就算此刻我在，上一刻不在，問題是我從哪裡來？如何而來？又會往哪裡去？答案就在我們周圍，在所有顏色和動作裡，在所有喜樂哀哭的聲音中，在千形萬狀、千聲萬響的和諧自然裡。但誰有敏銳的耳目，能清楚解讀神所寫下的啟示？我們彷彿坐在一個無邊無際的多變幻象或夢之洞穴裡。無邊無際，因為連最暗的星星與最遠的世紀也遙遙搆不著那地方的邊際。各種聲音和各種顏色的影像在我們感官四周縈繞，唯獨他，那創造夢境和做夢者的不眠不休者，我們看不見，甚至（除了極少數的半醒時刻）想也想不到。有人說，創造就像燦爛的彩虹橫陳在我們眼前，但促成彩虹的太陽卻藏在我們身後，隱而不顯。而在那古怪的夢裡，我們又是如何將影子當成實體緊抓不放，在睡得最沉的時候以為自己最清醒！你們有哪一套哲學體系不是夢中的定理，不是連除數和被除數都不曉得就信心滿滿給出的商數？有哪一場戰爭、哪一次莫斯科大撤退⑤或充滿血腥仇恨的革命不是失眠者的夢遊？這場大夢，這場世人稱之為生命的夢遊，大多數人行走其中顯然不疑有他，自以為分得清左右，只有聰明人知道自己一無所知。

「可憐了那些形上學，事實證明它們至今仍然難以言詮地一事無成！人類的存在之謎仍如斯芬克斯的祕密⑥，是個無法破解的謎題。這份無知為他招致死亡，而且是最糟的一種：心靈之死。你們的公理、範疇、體系與格言又算什麼？空話，就只是空話，用文字巧妙搭建的空中樓閣，即使用上好的邏輯灰泥堆砌，也不會有知識入住其中。整體大於部分的總和，這話是多麼正確啊！自然厭惡真空，這話又是多麼錯誤與胡說！還有東西不會動作，只是存在，我衷心贊成，只不過存在於何地？不要做空話的奴隸。遠方的東西、死去的東西，當我們愛它、渴望它、為它哀傷，它不就確實和我腳下的地板一樣真實？但這個何地和它的兄弟何時，從一開始就是夢之洞穴的基調，甚至是塗畫著我們所有夢境和生命幻象的畫布（經紗與緯紗）。然而，難道沒有一種更深刻的思索讓我們明白，任何環境或時期，和我們所有思想密不可分的何地與何時，其實只是思想表層的世俗附著物；真有眼力者或許能看出它們都來自神聖的隨地與隨時。所有民族不是都將神看作無所不在又無時不在，隨時隨地存在著的嗎？仔細想想，你也會明白空間不過是人感官的一種模式，時間亦然。時間和空間並不存在。我們（儘管不自覺）只是漂浮在神性以太中的光點！」

「因此，看來如此實在的世界，歸根結底不過是個幻象，我才是唯一實體；而自然及其萬千生滅也不過是我們內在力量的反射，是『我們夢境的虛構』，或用《浮士德》那位地靈的說法，是『上帝活而可見的外衣』：

在生命的浪潮中，行動的風暴裡，
我上上下下，行走做工，
我做工編織，勞動沒有止息！
生生死死，是無盡的海，
取取予予，是生命之火：
我唧唧穿動時間的機杼，
替神編織生動的袍服⑦。

地靈這番振聾發聵之語，讀過講過的何止百萬，但識得其中深意的又有二十人嗎？

「就是在這種心情下，當我為這些高深的思想感到疲憊和厭倦時，我突然想到了衣裳的問題，想到這世界有著裁縫和被裁縫者這個古怪的事實。我騎的馬有自己的皮毛；當我除掉我所替牠配上的肚帶、布襟與標籤之後，這頭高貴生物就成了自己的裁縫、織工與紡紗工，更是自己的鞋匠、珠寶師及製帽人。牠在山谷裡自由奔跑，身上裹著一襲永遠防雨的禮服，溫暖舒適合身到極點；不，就連優雅也考慮到了，還有褶邊與流蘇，各種亮麗的顏色，一樣不缺，裝飾在恰到好處的位置。可是老天！我卻用死羊的毛髮、植物的表皮、爬蟲的內臟、公牛或海豹的硬皮和毛獸的毛皮覆蓋自己，有如一團行走的布幔，上頭綴滿從自然的停屍間裡搜刮來的破破爛爛。這些破爛原本會在自然裡朽壞，擱在我身上朽壞得慢一點！我每天都得重新將自己覆蓋起來，而這可鄙的覆蓋物每天都會變薄一點；每天都會有一點覆蓋物，因為撕扯磨損而被掃進灰坑和垃圾堆裡；直到整件磨損殆盡，而我這個灰塵製造者和專門磨損布料的人，又得換上新東西去磨損。啊，我們連走獸都不如！差勁！差勁透了！我不也擁有滿身的皮膚，只是白一點或黑一點？我到底是用裁縫和鞋匠的殘布碎料拼湊出的大雜燴？還是緊密接合、質地均一、自主自動、活生生的小小個體？

「說也奇怪，人類這個生物竟如此無視於再明顯不過的事實，單憑遺忘與愚蠢就怡然生活在驚奇與恐懼之中。不過，人的確始終是個蠢貨與白癡，永遠急於感受與消化，遠多於反省與思索。他自認為憎惡偏見，卻徹底奉偏見為律法，到哪裡都被習慣牽著鼻子走。別說太陽升起，就算世界重新創造一次，他也不再驚嘆、留意與關心。這個平凡的雙足動物，不論他生於哪個國家或世代，是身著金縷衣的王子或只穿黃褐背心的農夫，或許一輩子都不曾想到他的衣服和他的人並非一體而不可分。他天生是裸裎沒穿衣服的，直到買了或偷了布來，按事前想法將它縫好釦好，他才不再赤裸。

「對我而言，這種穿衣蔽體的想法是如此深植人心，剪裁了我們，污染了我們，讓我對自己、對人類感到驚恐，就像你在下雨的荷蘭高達草原上見到乳牛套著粗麻布外套和裙子悠哉吃草的感覺那樣。然而，當一個人首次擺脫這外來的包覆，見到自己確實是赤裸的，有如綏夫特形容，是一個『叉著羅圈腿的直立動物』⑧，卻又具有心靈，那無可名狀的祕中之祕，那將是偉大的一刻。」

注釋

①典出歌德《浮士德》第一部，浮士德靠著梅菲斯特（於第四幕）給他的斗篷而凌空飛行。
②新約使徒行傳十章九至十八節。
③幸運島（Fortunate Islands）是希臘神話中不死英雄的住所。
④法國哲學家笛卡兒於《方法論》裡的名言。
⑤指拿破崙於一八一二年率法軍從莫斯科倉皇撤退。
⑥斯芬克斯為寓言中的怪獸，凡是無法回答她謎語的的人就會被殺掉。謎語為「什麼動物早上用四條腿走路，中午用兩條腿走路，晚上用三條腿走路？」後來伊底帕斯猜中了正確答案「人」，斯芬克斯自殺而死。
⑦歌德《浮士德》第一部第一幕。
⑧出自綏夫特及塗鴉社成員合著的《塗鴉社回憶錄》第十一章。

第九章　裸體主義

衣裳的一般用處及更高深的力量，舉例說明；想像人赤身露體；文明社會立刻瓦解。

希望好禮的讀者不會因為上一章結尾所提的意見而受到冒犯。編者自己當初讀到那一段時，也差點失聲大喊：怎麼！難道我們碰到的不只是激進份子，還是抽象反對衣裳的人，本世紀——自詡將破除迷信與狂熱的十九世紀——的新裸體主義者？

你這個愚蠢的杜費爾斯德洛赫，也不想想所有人，不分年齡或性別，從衣裳得到多少無法形容的好處？譬如，當你還是個濕淋淋、軟綿綿、初到這個星球的新來者，還在保母懷裡踢打嘔吐，啃咬珊瑚，一臉茫然看著這世界的時候，要是沒有毯子、圍兜和其他叫不出名字的外殼，你會如何？對你和對人類都很恐怖！還有，難道你忘了自己頭一回穿上馬褲，以及衣服由長變短的時候？你住的鎮上，所有人都爭相走告，左鄰右舍一個接一個吻著你圓滾滾的臉蛋，給你銀幣或銅板當禮物，在你有生以來頭一回為你慶祝？難道你在人生某個時期不曾打扮得像個花花公子、紈褲子弟、繡花枕頭或富家闊少，總之不同時代和不同地方有不同的稱呼？短短一個詞就意味無窮。好吧，就算你不再受愚昧左右或影響，穿衣戴帽不是在誇耀，而是為了防衛，難道你是被迫隨時穿著，被迫承擔人墮落的後果，從來不曾因為它有如一間暖和的行動房子或包覆你身體的身體，讓你安坐其中，不必畏懼各種天氣變化而感到快樂？就算天寒地凍，你依然能套著厚厚的雙層呢褲，半埋在圍巾和寬邊帽裡，再加上大衣和防泥靴，手指用鹿皮或手套包著，騎上「我的座騎」在大地奔馳，彷彿自己是世界的主人一般瀟灑神氣。雨雪就算打在你太陽穴上也沒有用，只會落在你那防水的毛氈或羊毛外殼上。寒風怒吼，森林呼呼作聲而斷裂，不停往深處吹；風雨挾著風雨，堆疊成巨大的北極冰雪漩渦。但你穿梭其中，快得擦出火來；原野的樂音在你耳邊哼鳴，你就像「航行於空中的水手」，萬物翻騰，天崩地裂，都只是你的助力和順風浪。少了衣裳，少了馬勒或馬鞍，你會是什麼模樣？你那匹四腳座騎又會如何？自然的確心地善良，可是並非全善。衣裳是真正的人為戰勝了自然。少了衣裳你什麼也抵擋不了，一道閃電就足以將你劈成兩半。

還是，好禮的讀者接著喊道，你的杜費爾斯德洛赫忘了自己才說到「原始野蠻人」和他們「狀況確實可憐」？難道他要把話收回去，要我們重新穿回「胡亂織成的斗篷」和「天然的皮毛」走入雨雪中？

絕不是這樣的，好禮的讀者！教授很清楚自己說了什麼，你和我們都太過急躁，錯怪了他。倘若在這個年代，衣裳因為「剪裁了我們，污染了我們」而不值得挽救，難道不能稍作改變，讓衣裳更有用處，而不是非得扔給狗呢？其實，杜費爾斯德洛赫雖然激進，卻不是裸體主義者，甚至希望「作為啟示」走在這個墮落的時代前面，絕不是如老派裸體主義者那般，希望藉由裸體來達成。衣裳的功用他清楚得很，甚至洞悉了衣裳更深奧、近乎神祕的特質。這種特質，我們或可稱之為衣服的無所不能性，之前從來不曾有人得到過。例如：

「你見到兩個人，」我們的教授寫道：「一個穿著上好的紅衣裳，一個穿著粗糙脫線的藍衣服。紅衣裳對藍衣服說：『你要被絞死，然後解剖。』藍衣服聽了嚇得發抖，卻還是悲傷地走向絞刑台（哦，這多奇妙！），套上絞繩，在搖晃中死去。外科醫師將他肢解，骨頭製成骷髏供作醫學研究。這是怎麼回事？你們那句『東西不會動作，只會存在』又該作何解釋？紅衣裳對藍衣服沒有肢體控制，既沒抓著他，甚至連挨都沒挨到；而執刑的治安官、郡尉、絞刑手和法警也跟發號施令的紅衣裳沒什麼關係，各人都分開站著，但他卻能將他們呼來喝去。他說什麼，他們就做什麼；話一出口，所有人都立刻行動，絞繩和改良過的下落板也克盡其職。

「慎思的讀者，我認為這件事有兩重理由。首先，人是精神，跟所有人有著看不見的連結。其次，人穿著衣裳，而衣裳便是『人是精神』的可見標記。你們那位吊死人的紅衣裳不是戴著馬尾假髮，圍著松鼠皮，穿著厚絨長袍，所有人都知道他是法官嗎？社會是建立在衣裳之上的，這點我愈想愈覺得驚奇。

「常常在我心情鬱悶的時候，當我讀到浮誇的禮俗儀式、法蘭克福的登基大典、皇家接待室和晨昏朝覲，讀到接引官、執權杖官和侍從官隨侍在側，這位公爵由那位大公引見，某某上校由某某將軍引見，還有無數主教、艦隊司令和各色官員畢恭畢敬走到剛登基的國王跟前，我都會暗自在心底努力描繪那幅莊嚴的景象。但突然之間，就像被人用魔法棒點到一般——我該直說嗎？——所有這些雍容華貴的人物全沒了衣裳。所有公爵、大公、主教和將軍，甚至國王，凡是人生父母養的，統統叉著羅圈腿一絲不掛站在原地。我不知道該笑還是該哭。這種生理或心理上的不堅固，或許不是唯我獨有；一番猶豫之後，我覺得還是寫出來，可以安慰同受其害的人。」

我們只想說，老天，你怎麼沒想到這些話就不該講出來！如今有誰不是翻開早報讀個五欄手就抖了？對於總是覺得自己身體有毛病的人——所有人多多少少都是這樣——我們應該溫柔一些。就在這神經崩潰的狀態下，我們的想像繼續不分由說地被杜費爾斯德洛赫牽著走，聽他帶著魔鬼般的冷靜提出結論：

「倘若真的發生這種事，所有釦子同時鬆脫，厚實的羊毛衣物瞬間蒸發，就像在夢裡一樣，國王會如何做呢？喔，老天（Ach Gott）！所有人會慌忙找最近的地方躲起來，連台大戲（Haupt- und Staats-Aktion）變成了丑角鬧劇（Picklehäringsspiele）①，而且是最糟的戲碼，叫人想哭。所有桌子（如霍瑞斯描述的），連同政府、立法機構、財產、警察及文明社會都在哀號咆哮聲中統統消失②。」

有誰能想像一絲不掛的溫莎公爵對著身無寸縷的上議院演說？遇到這種情況，想像力會像吸到毒氣般縮回來，不敢再越雷池一步。議長、大臣、反對黨——不敢想，真不敢想（infandum, infandum）！但有什麼不可能的？昨天晚上，這些捍衛我們自由的人，他們的靈魂，應該說他們的身體，不是都脫得精光，或近乎赤裸，有如「尾端分叉，頂端插著一個精美人頭的紅蘿蔔」？他們何不接受嚴酷命運的安排，以那不成體統的模樣走出上議院去到聖司提反教堂，去到床上，和其他紅蘿蔔一起坐上司法之床③？什麼「可以安慰同受其害的人」！不幸的杜費爾斯德洛赫，過去到底有誰擁有過那種「生理或心理上的不堅固」？而你這番空前的自剖（就算我們生活在相對健全的英國社會，而且因為批評和作傳之責不得不提，也實在不想重述），現在又不曉得會無可挽救地傳染給多少人！你這個激進份子到底是最惡毒，或只是最瘋狂？

「我們還可以想一想，」教授不為所動地往下說：「稻草人同樣穿著衣裳，因此難道不也該享有神職特典（benefit of clergy）④和受英國法律審判的權利，甚至有鑑於他能力出眾（他不也是財產的捍衛者和以法律脅迫他人的管轄者嗎？），而該給予他王室的豁免權與不可侵犯權嗎？只是人類當中的吝嗇平庸之輩不總是情願賦予他這些權利」……「啊，朋友們，我們只不過是斯特恩口中⑤那群『被棍子和紅蘿蔔牽著走向市場的火雞』。就算只是仿效諾福克的趕雞人，拿一個乾皮囊放豆子進去，也能嚇壞最勇敢的人！」

注釋——

①連台大戲和丑角鬧劇是德國十七世紀的通俗悲劇與喜劇。
②霍瑞斯（Horace）《諷刺詩》卷二第一首。
③司法之床（Lit de Justice）指法國國王出席巴黎高等法院強行登記王家飭令時的王座。
④指神職人員由宗教法庭審判的權利，後來擴及至所有識字之人都有此權利。
⑤下句出自斯特恩（Laurence Sterne, 1713-1768）《項狄傳》卷五第七章。

第十章　純粹理性

裸體世界不僅可能，而且確實存在於著衣世界之下；根據純粹理性，人是可見的上帝顯現；所有智慧都始於凝視衣裳，直到衣裳變得透明；好奇是敬畏的根基：永遠存於人的心中；現代一知半解者不會好奇；杜費爾斯德洛赫對這些人的輕蔑與忠告。

讀到這裡應該很清楚了，如同前文所透露的，我們的教授是思想激進份子，而且屬性特別黑暗；對文明生活中的嚴肅事物與貼身用品，那些我們極看重的東西，他都認為不過是些破布、趕火雞的棍子和「裝著乾豆的皮囊」。若非出於科學的需要，有眼光的大眾是不會想在這種事上多費時間的。就編者來說，只要點出裸體世界是可能的，甚至確實存在（於穿衣戴帽的世界之下）就夠了。因此，諸如「國王光著身子和車夫在草地上摔角」和國王被推翻之類的段落，我們就不提了。「拿手術刀解剖國王，」杜費爾斯德洛赫如是說：「就會發現他們的內臟、組織、肝肺和其他生命器官與常人無異；檢視他們的心靈機能，就會發現他們的需求與貪婪和常人一樣大之又大，能力小之又小，甚至十個國王才比得上一位車夫。車夫還懂得牛渴了，懂得裝輪輞，懂得均衡與不均衡的道理，以及其他和馬車有關的學問，並且是真的動手操控自然，因此他才是比較精明的那個人。於是問題來了，他們之間為何會有如此難言的差距？因為衣服。」此外，文中談到階級時的混淆，對貴族與貴婦、「老兄好久不見（Hail fellow well met）」這種過於熱絡的問候為何流行，以及混亂又要再起的討論，我們也都略去大半。對一個想得出「社會處於裸體狀態」這個大概念的人來說，這些都是不證自明的道理。要是還有人懷疑在一個沒有衣裳的世界裡，最低限度的禮貌、政體甚至警察機關能不能存在，就請他去看原著，去親眼見識那一潭漫無邊際、滿是酸臭與瘟疫的激進主義大泥淖吧。我們決定草草略過，因為那裡不僅整支軍隊，連整個國家都可能沉沒！除非各位覺得底下這段言簡意賅的論證不僅無可爭辯，還一槌定音：

「我們難道不是負鼠嗎？和袋鼠一樣生來就有個袋子？不然若是沒有衣裳，我們怎麼裝住那主要的器官、靈魂的居所和『身體社會』的真正松果腺，也就是錢包呢？」

不過，我們還是恨不了杜費爾斯德洛赫教授，至少不知道要恨他還是愛他。雖然對於人類生活這張華美的織錦，以及織錦上的貴族，甚至聖人，他確實會從正面看，卻更喜歡觀察那不受待見的反面，用近乎魔鬼般的耐心與冷漠挑剔出粗糙的接縫、破爛與線頭，結果必然折損他在多數讀者心中的地位；也正是這一點，使得他與古往今來的所有激進份子有著難以形容的不同。而杜費爾斯德洛赫最無可比擬的獨到之處，就在於他將這套貶低論（Descendentalism）①和同樣誇大的超驗論結合在一起，以致他一方面將人貶得比動物（除了套著麻布的高達乳牛）還低，一方面又將人高舉到七重天上，幾乎和神祇同高。

「從世俗的邏輯看，」我們的杜費爾斯德洛赫教授說道：「人是什麼？一種穿褲子的雜食兩足動物。從純粹理性看，人又是什麼？是心靈、精神、神聖的靈。在那個神祕的『我』周圍，羊毛料底下，是一件由血肉（或感官）織成、出自天界機杼的外衣。人靠著它而顯現在同類面前，和他們結合與分別；因著它而將自己看作宇宙、打造成宇宙，有著蔚藍的星空與萬千年歲。他深深藏在這件奇特的外衣底下，包裹在聲音、顏色與樣態裡，甚至過於密實。然而，這件外衣確實巧奪天工，配稱神的手筆。難道他不是站在無限空間的中心，永恆時間的匯流點上？他能感受，也獲得知道與相信的能力，甚至連愛，那無所羈絆的太初聖潔之光，不也偶爾閃現？金口聖若望說得好：『真正的上帝榮耀顯現（Shekinah）②是人』。神的臨在除了對我們的眼睛顯現，不就是對我們的心顯現嗎？如同其他人那樣。」

在這些段落裡，作者的柏拉圖神祕主義有如水銀洩地。這或許是他本性的流露，只是這樣的段落太少了，著實令人扼腕。儘管他外表與外在表現得如此叛逆及刻薄，但在那重重晦暗煙霧之間，我們似乎瞥見他內在滿溢著光輝與愛，宛如汪洋。唉，只可惜銅鏽般的烏雲隨即再次聚攏，將它遮去不見。

這種神祕主義的傾向，在這人身上到處有跡可循，而且對細心的讀者來說，肯定早就很明顯了。所有事物在他眼中都不會只有一個意義，而是兩個。不論高貴如皇家權杖和查理曼國王的王袍③，或低下如趕牛棍和吉普賽的毛毯，他都能看出單調、敗壞與可鄙之處，但也能看到詩意與可敬的價值。再卑下的物質也是精神，是精神的具現，因此再可敬不過。所有能看到、能想像、能視為可見的東西，難道都不過是件外衣，是更高的神聖不可見之物的衣裳，「不可想象，沒有形狀，光明得發暗」嗎？從這點來看底下這段話，雖然從文意到詞句都如此古怪，卻充分顯現了這個特色：

「所有智慧都始於凝視衣裳，甚至以目光為武器，直到衣裳變得透明。『哲學家，』當代最有智慧的人④曾說：『必須站在中間。』誠哉斯言！哲學家就是高的在他眼前為卑，卑的在他眼前為高；所有一切，他都平等慈愛視之。

「我們能不在織布和蜘蛛網面前顫抖嗎？不論它們來自阿克萊特的紡織機，還是我們想像世界裡默默編織不懈的阿拉克妮⑤。另一方面，我們有什麼不能愛的嗎？難道萬物不都是神所造的？

「能看透那羊毛的、血肉的、鈔票的和國家的衣裳，見到人本身的人有福了，因為他能看出可怖的君主多多少少只是個無能的消化器官，又能在最低賤的修補匠身上見到不可思議的神聖奧祕！」

至於其他事物，我們的教授就和與他本性相近之人一樣，多半抱著好奇，並堅持這種無所不好奇的必要與無上價值。對他來說，居住在如此獨特的星球上，這是唯一合理的本性。「好奇，」他如是說道：「是敬畏的根基。好奇對人的支配永遠不滅，只有某些時期（如現在）出於某個短期因素才會落入異教徒之手（in partibus infidelium）。」科學進步破壞了好奇，並用測量和計算取而代之。杜費爾斯德洛赫雖然對測量與計算敬佩有加，卻沒什麼好話。

「各位的科學，」他如此宣稱：「不就只是一座靠著裂縫亮光，甚至油燈照明的地下邏輯工廠嗎？人的頭腦變成算術磨坊，記憶是送料斗，而函數表、切線、法典和所謂的政治經濟專論就是磨出來的粗粉。這種科學不就只是一種機械化的手工藝，不需要（有著靈魂的）科學頭腦這種高等器官嗎？就算將頭扭下來（有如阿拉伯民間故事裡的那位醫師⑥）放進桶子裡讓它活著，這種科學也能不受心臟影響而運作。我的意思是說，缺乏敬畏的思想是貧瘠的，甚至有毒，頂多像食物，端出來都是死的，而不像種子撒在泥土裡就會有廣大的收穫，不僅帶來糧食，而且永永遠遠不斷增加。」

杜費爾斯德洛赫就是以這種方式，憑能力或輕或重地施予攻擊。不過，他這樣做都是出於善意，至少我們寧願如此告訴自己。特別是那些「邏輯魔人、高音笛般的嘲弄者和專門跟好奇作對的人，近年來以夜間警察自居，頻頻巡邏技師理工學院（Mechanics' Institute of Science）⑦，有如古羅馬人養在都城裡的大鵝小鵝⑧，稍有動靜就聒叫不休，有時沒事也叫，甚至常常好比啟蒙的懷疑論者，大白天拿著波浪鼓和燈籠走進平靜的街區，即使陽光普照，路上滿是正直的人，他仍然堅持要帶領你、保護你」，這種人讓教授感到說不出的厭煩。聽聽他是用多不尋常的激烈語氣做出結論：

「一個人若是無法好奇，缺乏好奇（和敬畏）的習慣，那就算他身兼無數皇家學院的主席，腦袋裡除了《天體力學》和黑格爾哲學，還裝著所有實驗室、天文台和他們的研究成果，他也只不過是一副眼鏡，少了後面的眼睛。唯有讓有眼睛的人透過他來看東西，他或許才有用處。

「你們這些不要神祕和神祕主義的人哪，你們是想走在你們稱為真理的陽光下，甚至拎著我稱為代理人邏輯的提燈，『解釋』一切，『說明』一切，還是不信這一套呢？是啊，你們只會嘲笑那些明白神祕深不可測、無所不在，在我們腳下也在我們手中，宇宙既是神諭和聖殿，也是廚房與牛棚的人，覺得他是（胡言亂語的）神祕主義者。當你們對他憐憫地嗤之以鼻，好意獻出提燈，卻被他一腳踢破，難道不會像受傷的人一樣尖叫？可憐的惡魔（Armer Teufell）！你們的母牛怎麼會生育，公牛怎麼不會產子？你們自己又怎麼有生也有死？『解釋』這些問題給我聽，不然就是二選一，要嘛帶著你們愚蠢的訕笑躲到隱密的地方，要嘛就是哭著停手吧，不是因為好奇不再支配人，神的世界不再奇妙，而是你們從頭到尾就是一知半解、不明事理的書呆子。」

注釋

①新造字，意指超驗論的反題／反面學說（anti-thesis）。
②Shekinah為猶太法典用語，意指上帝臨在的象徵或符號。
③查理曼大帝（Charlemagne, c.742-814）的斗篷，據傳收藏於羅馬聖彼得大教堂。
④指歌德，引文出自《威廉．邁斯特的學徒歲月》第十章。
⑤譯注：根據希臘神話，阿拉克妮（Arachne）是凡人工匠之女，曾和雅典娜比賽織布。雅典娜為了懲罰她對眾神不敬，將她變成蜘蛛，永世不斷編織。
⑥典出《一千零一夜》的〈希臘國王與杜班醫師〉。
⑦專為工人設立的學院，一八二三年成立於格拉斯哥，隔年於倫敦設立分院。
⑧西元前三九〇年，高盧人攻擊羅馬，據傳受到驚嚇的鵝群大叫，才讓古羅馬首都免於落入敵手。

第十一章　展望

自然不是集合，而是整體；所有可見之物都是象徵，都是衣裳；傳記資料寄達；霍伊許瑞克信中強調傳記的重要；資料駁雜：編者苦惱困惑，還是不顧一切和任務搏鬥。

正如我們所料想的，這套衣裳哲學向所有讀者開展的，是一片前所未有的疆土，雲霧遮蔽，漫無邊際，甚至帶著空想，但遠方仍然見得到藍天，以及幾道天堂般的光輝。因此，對於它大有問題的意圖與應許，我們愈來愈有必要理清楚。許多旅途中人怯怯問道，那真的是天堂的光輝，還是地獄火光的反照？是帶領我們走向喜樂天堂草原的真理，還是遍地焦土的人間煉獄？

和其他神祕主義者一樣，不論我們的教授是狂言亂語，抑或靈光閃現，都讓編者不得清閒。他帶我們去的地方愈高、愈令人目眩，他的看法和眼光就愈犀利、愈無所不包又極度混淆。譬如他認為自然不是一個集合，而是單一整體：

「詩篇的希伯來作者歌詠得好：『我若展開清晨的翅膀，飛到宇宙盡頭居住，神就在那裡①。』哦，飽學的讀者啊，你或許不是詩人，同樣②沒有詩意，只因為傳統而知道上帝，你豈會知道世上哪個角落沒有力量存在？從你打濕的手上抖落的水珠，並不會在滴下的地方逗留，明天你就會見到它走了，乘著北風的翅膀已經快到北迴歸線了。它怎麼會蒸發，而不是待著不動？難道你以為一切都靜止不動，沒有力量存在，徹底死寂嗎？

「當我騎馬經過黑森林，我告訴自己：漸黑（nachtende）的曠野上那點火光，是滿身煤煙的鐵匠在彎腰打鐵。你想去那裡請他為你的馬補上脫落的馬蹄鐵。那火光是獨立分開的小點，自外於整個宇宙，抑或是整體不可分割的一部分？你這笨蛋，鐵匠的火最初來自太陽，由空氣助燃，而那空氣自挪亞洪水之前就已存在，遠在天狼星之外。鐵鋪裡還有鐵的力量、煤的力量，以及更強大的人的力量；所有力量巧妙相吸，彼此對抗爭勝，最終做成了一小塊馬蹄鐵。它是這個無邊生命體系裡的神經中樞。你可以稱它為無意識的祭壇，在萬物之內燃燒。它獻祭的鐵、它的煙和它的影響滲及萬物，而那渾身骯髒的祭司不靠話語，乃是靠頭腦和肌肉傳講力量的奧祕，甚至（淺顯地）傳講了一小段關於自由、關於人的力量的福音，威風凜凜，有一天將威震萬物。

「獨立？分開？我說根本沒有獨立這回事；太初以來，沒有一樣東西被拋棄，被擱在一旁。萬物永遠和萬物並行，哪怕是一片枯葉。萬物生於無邊無際的行動洪流之中，不斷變換存在的樣態。枯葉沒有死去，也沒有消失，力量仍在它裡外四周，只是順序倒轉過來，不然它怎麼會腐爛？不要看輕破爛，人就是從那裡面造出紙來；也別看輕雜碎，大地就是從那裡面生出了五穀。正確去觀察，再低賤的事物也不是無關緊要。所有事物都是一扇窗，用哲學之眼看過去，就能瞥見無限。」

才告別玄妙的黑森林鐵匠祭壇，你瞧他又造出多麼空幻的飛天船，而我們又會被帶到哪裡？

「所有可見的事物都是象徵。你所見之物都不是自立的，甚至根本不存在。物質只以精神的方式存在，代表某個概念，是概念的具現。因此，儘管我們瞧不起衣裳，它們實際上卻難以名狀地重要。自王袍以降，所有衣裳都是象徵，不只象徵需要，更象徵對需要的各種巧妙克服。另一方面，所有象徵之物，不論用思想或用手編織，都是衣裳。難道不是想像織出了服裝及可見的形體，讓原本不可見的理性意念與靈感像精神一樣顯露出來，並且首次獲得力量，甚至如我們常見的那樣，在手（及羊毛等材料）的協助下得到形體，連眼睛都能看見？

「正確來說，人是以權威為衣裳，以美、以詛咒等等為衣裳。甚至你想想，人和人在塵世的這一生，不也只是一個象徵？是他內在神聖的『我』，那宛如天上來的光點的外衣、可見的覆蓋物？因此才會說人是以身體為衣裳。

「有人說語言是思想的外衣；其實應該說，語言是思想的肉身外衣與軀體。我之前說這件肉身外衣是想像編織的，難道不是嗎？隱喻就是她用來編織的材料。你瞧語言，除去少數原始成分（自然聲）之後，剩下的豈不全是隱喻？有些隱喻人認得出，有些不再有人認得；有些還生龍活虎，有些已經僵化，血色盡失。如果說那些原始成分是語言這件肉身外衣的骨架，那隱喻就是它的肌肉、組織與活外皮。不帶象徵的式樣，你是找不到的。所謂『注意者延伸也』③，不是嗎？而差別就在這裡：有些式樣精實強韌，其肌肉宛如骨骼一般，有些式樣蒼白消瘦，面如死灰，還有些式樣紅潤健康，強健地自我成長，甚至（像我就是）有過度興奮的傾向。此外還有一些假隱喻，同樣會附著在思想（最好裸裎）的軀體上，過分打扮或以假亂真，可以說都是一些虛假的填塞物、膚淺的秀服（Putz-Mäntel）和俗氣的羊毛破爛，能跑能讀的人可以將這些礙事的東西收集起來，一把火全燒了。」

讀者曾幾何時見過一段論隱喻的文字說得比這段話還隱喻的？但我們最頭痛的還不是這個。教授接著又說：

「為何舉這麼多例子？曾有人寫道，天地將如衣服般消失。天地確實是衣裳，是永恆的時間外衣。任何感官能察覺的東西，任何向精神顯現精神的事物，其實都是外衣，只穿一季就會脫下的衣裳。因此，正確來說，衣裳這個主題內容豐富：人所有想過、夢過、做過、成為過的事物，整個外在宇宙和宇宙裡的東西都只是衣裳。所有科學的精髓都包括在衣裳哲學裡。」

面對這廣大無邊，近乎難以理解的晦澀疆土，編者雖然吃力前進，卻仍免不了憂懼與重重的困難。直到不久前，編者心裡還喜孜孜懸著一顆希望的晨星，期盼賀拉夫特・霍伊許瑞克的援助到來。不過現在這顆晨星已經消失了，不是消失在泛紅的朝霞裡，而是消失在不知將是破曉還是萬古長夜的半明灰濛中。就在上週，靠著漢堡一位熱心的蘇格蘭商人幫忙，那些所謂的生平資料終於送到了編者手上。由於這位先生在商界無人不曉，這裡就不提他的大名了。他雖是文學的門外漢，但從過去就常對編者恭敬有加，讓人很難忘記。這份從威斯尼希特沃來的包裹上頭有著海關驗印、外國的象形文字和各種通關標記，不僅完好如初抵達這裡，而且免費。讀者不難想像編者拆封時是多麼迫不及待，對內容又是多麼屏息期盼，只可惜竟是大失所望，之後不知拿起又放下了多少次。

賀拉夫特・霍伊許瑞克附了一封冗長之極的信，信裡充滿各種讚美、威斯尼希特沃的政治局勢、晚宴、桌邊談話和其他枝微末節的瑣事，讓我們再次意識到一件我們早就清楚發現的事：不論形上學或其他只源自頭腦（Verstand）的抽象學問，所有生命哲學（Lebensphilosophie），包括這套自封為「衣裳哲學」的學說，都源自於性格、對性格說話，因此唯有當其性格被認識和看見，「當作者的世界觀（Weltansicht）及其如何主動被動形成這套看法被清楚掌握，也就是當作者生平被人哲學而詩意地寫下，並被人哲學而詩意地讀了」，這套生命哲學的意義才能呈顯出來。「即便，」他接著說：「思辨的科學真理已經出現，但在這個窮究的時代，你還是要問自己：那真理來自何處？為何出現？又如何得來？就算沒有更好的方法，你也要等想像生出答案，以可信的事實或虛構的故事將作者的系譜與精神奮鬥清楚呈現在你眼前，才能停止追問。「然而，」賀拉夫特問道——其實我們也想知道：「我為何要細談杜費爾斯德洛赫傳記的用處？偉大的歌德先生早就一針見血指出④，『人唯一真正感興趣的主題是人』。因此我也注意到，在威斯尼希特沃，我們的談話幾乎或總是繞著自己或別人的生平打轉，總是在談人間軼事（menschlich-anekdotisch）；而生平事蹟自然是讓最多人蒙受其利，也是讓最多人開心的話題，尤其是傑出人物的生平和傳記。

「這時，我最崇敬的人（mein Verehrtester），」他又說道，而且口若懸河，讓我們不禁懷疑這話若不是杜費爾斯德洛赫本人說的，就是他在故弄玄虛，否則實在難以解釋。「這時你應該已經相當深入（vertieft）衣裳哲學這座大森林，並和所有讀者一樣驚奇得左右張望了吧。而你已經掌握並形諸筆墨的部分與段落，肯定讓你對寫出那些話語的心靈產生一股莫名的好奇，想知道這是怎樣一個絕無僅有的心靈，可以產生這些思想並化為文字。杜費爾斯德洛赫也有父母嗎？他穿過圍兜，由湯匙餵飯嗎？和朋友相擁狂喜落淚過嗎？曾經留戀望著『過去』的長廊，耳中只聽見風聲嗚咽，給的回答含糊不清嗎？他和人決鬥過嗎？老天！他談起戀愛又是如何？總歸一句，他是踩著怎樣的階梯，走過哪些神祕道路、絕望的泥淖，又爬了多少陡峭的毗斯迦山⑤，才到達他現在居住的希伯崙（真正的舊衣猶太區⑥），那奇妙的先知之地？

「對於這些自然浮現的問題，公開的歷史至今仍然保持沉默。唯一確定的是杜費爾斯德洛赫從以往到現在都是朝聖者，來自遠方國度的雲遊者。他曾經腳疼，也曾經衣衫狼藉；和旅伴分過手，也落入過強盜手中；曾經食物中毒，也曾經被蟲咬得滿身疱。但他每個階段都安然度過，也都付出了代價。雖然路上的所有曲折、所有他對氣候的觀察與景色的描繪都（由一支隱形的心靈之筆用擦不掉的隱顯墨水）按時寫了下來，難道竟是不可取得，甚至近乎散佚？人類記憶巨冊裡的一頁就這麼漂向海外，既沒有印刷，也沒有裝訂出版，如同廢紙一般任其腐爛，受風雨摧殘？

「不行，我最崇敬的編者先生（verehrtester Herr Herausgeber），絕不能如此！為了你支持我們這位聖人的空前恩惠，我這裡附上的不僅是一本傳記，還是自傳，至少是自傳的材料。如果我沒想錯，以你的聰明才智，肯定可以得到最完全的領悟，將衣裳哲學和這位哲學家清楚呈現在好奇的英國人面前，甚至傳到美洲，傳到印度斯坦和南半球的澳洲，最後征服（einnehmen）這個星球的大部分！」

貼心的讀者，想像一下我們的感受：包裹裡裝的不是那本能帶來「最完全的領悟」的自傳，而是六個大紙袋，不僅仔細封緘，還用燙金墨水依序畫上黃道南六宮的圖案。從天秤宮開始，每個封緘的紙袋裡都裝著雜七雜八的紙張，大多是散頁和斷張，上頭全是杜費爾斯德洛赫難以辨讀的草書（cursiv-schrift），內容天南地北，就是幾乎見不到他的個人歷史；即使偶爾提上幾筆，也是近似天書！

所有記述都是以「漫遊者」為名，用第三人稱說話，一次也沒提到教授的名字。儘管如此，在看似窮究天人之際的討論，以及「論預言的持續可能性」或「蒸氣機漫談」之間，還是夾雜了一些不無重要性的生平事蹟。有幾張紙記載了夢境，真實與否不得而知，前後清醒時的活動隻字未提；許多生活軼事沒有標明時間地點，而且如西比拉神諭⑦記在不同斷張裡；偶爾也有長篇的純自述，卻缺乏連貫，也看不出關聯。這些記述是如此無關緊要、表面而瑣碎，很難不讓人想起《本教區教士回憶錄》⑧。才智的貧瘠與糟蹋交替出現，而教授似乎不知揀選與條理為何物。所有紙袋都如此雜亂，尤其「魔羯宮」那幾袋或許又更混淆一些。雄辯滔滔的講稿〈論戴上博士帽〉底下是幾張標有「付訖（bezahlt）」字樣的洗衣帳單；不同城市的街頭廣告招貼透露了教授的旅程，而且幾乎囊括各大語言，要說是現存最完整的收藏也不無可能。

因此，如果說這部衣裳論集本身就是一團混亂，那我們拿到的包裹非但不是澄清它的陽光，反而是個胡攪蠻纏的糟粕，只會混上加混，亂上添亂。或許我們應該將這六個紙袋交給大英博物館，才算是善盡職責，省去還要闡述內容、一邊開罵的麻煩。事實明擺在眼前，從這些資料裡榨不出任何杜費爾斯德洛赫的生平與自述，頂多就是一些輪廓、影子或狀似的描繪，而且還得編者與讀者竭盡全力，部分靠頭腦、部分靠想像才拼湊得出來。這六袋宛如濁氣的資料只能當作附錄，補充那宛如濁水的論著，或在我們講述論著的內容時摘錄幾段。

編者夜以繼日（戴著綠色眼鏡）在糾纏的草書裡抽絲剝繭，嘗試破解這些難以想像的文件，將之匯入那部幾乎同樣難以想像，但印刷清楚的論集中。面對這團高低不平、冷熱乾濕交錯的大雜燴，編者靠著歸類努力為英國讀者打造一座堅固的橋樑。其任務之艱鉅，或許唯有頭兩位造橋者（罪與死亡）在塵世和地獄大門之間搭起的巨大拱橋可以相提並論，沒有哪位高僧或教皇比得上。儘管我們期望這座橋和最早那座橋方向不同，但在修橋鋪路這件事上，編者同樣必須上窮碧落下黃泉地找資料，這裡一塊，那裡一團，上頭凝固了，下頭還亂糟糟。同時編者也沒有什麼超能力，只有使出身為英國編者僅有的勤勉與薄弱的思考本領，奮力從這團手寫和印刷的德文混沌裡創造出一本能付梓的作品來。光是穿梭其中，蒐集、抓牢和參透那遙遠的何故裡的為什麼，就耗去了他所有心力與自我。

編者耐著性子，在持續不斷的辛勞與緊張底下耗盡了所有脾氣，眼看自己原本健壯的身體一天比一天弱。每晚分給自然睡眠的時間少了，只換來焦躁的神經系統。但就算擁有健康與生命，不拿來做事又有什麼用呢？而在所有工作裡，又有什麼比移植外來思想到國內的荒瘠土地上更高貴的呢?的確，種植自己的思想更加偉大，但那豈不是極少數人才有的恩寵?這部衣裳哲學雖然看似荒唐，但只要參透箇中真義，就能展望新時代的到來，目睹宇宙歷史上一個更高貴時代的抽芽與萌發。如此獎賞難道不值得追求?勇敢的讀者，不論前方是成功是失敗，都和我們一起出發吧!成功自當同享，失敗也無須獨當。

注釋

①譯注：原文出自舊約詩篇第一三九首九至十節。聖經中文和合本經文為「我若展開清晨的翅膀，飛到海極居住；就是在那裡，你的手必引導我」。此處按作者原文翻譯。

②後來版本將「同樣」改作「本身」。

③注意者延伸也（Attention a Stretching-to）出自拉丁文動詞 attendere 的詞義直譯。該詞的原義為「朝某處伸長（脖子）」。

④歌德《威廉・邁斯特的學徒歲月》卷二第四章。

⑤毗斯迦山（Pisgah），在聖經中，上帝曾令摩西登上毗斯迦山觀賞應許之地。

⑥舊衣猶太區（Old-Clothes Jewry）影射倫敦的老猶太街（Old Jewry），過去是貧民窟。

⑦西拉比神諭（Sibylline leaves）典出維吉爾《埃涅阿斯紀》，庫邁的女預言師會將神諭寫在葉子上，然後讓風吹走。

⑧典出《本教區教士 P. P. 回憶錄》（*P.P. Clerk of this Parish*），是詩人波普和蓋伊針對伯內特主教《當代史》（*History of His Own Time*）這類自以為是的回憶錄的戲仿之作。

卷二

第一章　初到人世

老安得瑞亞斯．富特拉爾和妻子葛雷琴；夫妻倆平靜的家；神祕陌生人來訪，將一個嬰兒交給他們，也就是未來的第歐根尼．杜費爾斯德洛赫先生；少年思念不曾謀面的生父；名字和命名的主宰力；嬰兒第歐根尼在茁壯。

就心理學的角度，不論你檢視得再詳盡，從出身家世能看出一個人的多少端倪，其實不無疑問。但就如同所有現象，開端往往是最引人注意的一刻，所以當我們談起任何偉大人物，總是非得將他來到這世上的前因後果，以及他降臨的方式先徹底弄明白了才會心安。因此，我們就拿這第一章來談談這位「衣裳哲學家」的出生與家世。只是說來遺憾，他的出身相當隱晦，就算有也非確定，因此講述起來就像一部（從不可見變成可見的）出埃及記，開頭的部分一點也不清楚。

「在安特福村（Entepfuhl）①，」「天秤宮」紙袋裡有幾張紙這樣寫道。那可是我們費了好一番功夫才理出來的。「有一對夫妻，丈夫名叫安得瑞亞斯．富特拉爾，兩人膝下無子，不常和人往來，儘管年紀大了，倒也過得平靜自得。安得瑞亞斯在腓特烈二世手下做過榴彈士官，甚至幹到軍團教官，但早已放下長戟和教鞭，改拿鏟子與鐮刀，在家裡種了一小片果園。靠著這份收入，他日子過得和羅馬大將軍辛辛納圖斯一樣，簡單而不失尊嚴。果園裡按季節產水果，桃子、蘋果、葡萄和其他種類都有，而安得瑞亞斯對賣水果也很在行。他晚上經常抽菸或讀書（畢竟幹過軍團教官），或和那些願意聽他談羅斯巴赫會戰的鄰居聊天。他常提到腓大帝（der Einzige）曾經對他開金口。面對站哨的安得瑞亞斯問他口令——那天口令是和平獵犬（Schweig Du Hund）——這位皇帝不等副官開口就回答了。「國王就是國王（Das nenn' ich mir einen König），」安得瑞亞斯如此說道：「但庫勒斯道夫的狼煙留下的眼傷還是沒好。」

「主婦葛雷琴，她和奧賽羅的妻子黛絲德蒙娜一樣，以品德而非容貌贏得了退役丈夫的歡心，而且並不是像軍隊下屬那樣百依百順，因為安得瑞亞斯說過：『女人是訓練不得的（wer kann die Weiberchen dressiren）。』不過她至少②愛著丈夫的勇氣與智慧。在她眼中，普魯士榴彈士官和軍團教官就可比西塞羅和熙德。正所謂看得見但看不透才是最好，更何況安得瑞亞斯在各樣行為上，不都表現出他是個服從、有勇氣又坦誠直爽（Geradheit）的人嗎？他對比興地形瞭若指掌，打贏過羅斯巴赫會戰，甚至在霍基爾希夜襲時被當成戰死了而沒有人理。善良的葛雷琴雖然整日操煩，還是將他照顧得穩穩當當，時時釘在他周圍，切實盡到了主婦的職責。她不厭其煩地替他縫衣煮飯，清潔打掃，因此不僅是掛在牆上紀念他往日光榮的舊佩劍與榴彈兵帽，就連整個居家環境看起來都整齊悅目。一間寬敞的粉刷農舍，座落在果樹與森林之中，周圍爬滿了忍冬與常春藤。修剪過的草地上開著五顏六色的花朵，努力想爬進窗戶來。長長的屋簷下見不到半點雜物，所有園藝工具擺得錯落有序，免得淋雨，此外還有幾個座位。尤其夏日夜晚，連國王或許都想來抽根菸，把這裡當成自己的地方。這是葛雷琴給她退伍丈夫的不動產（Bauergut），而安得瑞亞斯就用他強力的臂膀和久未發揮的園藝天分，將這地方打造成你所見到的這個樣子。

「某天黃昏或傍晚，太陽已經落到了村莊外，光輝還殘留在天秤宮附近時，一位外表可敬的陌生人走進這個綠意盎然的巢穴，站在這對有些驚訝的主人夫婦面前，朝他們嚴肅敬了禮。那人將自己緊緊裹在一件寬斗篷內，還沒有開口就先從斗篷裡拿出一個像籃子的東西，上面蓋著綠色波斯絲綢，只這麼說了一句：『善良的基督子民，現在借一筆無價的債給你們。你們要仔細照管它，盡心利用它；等有一天債收回的時候，你們不是獲得大大報償，就是重重懲罰（ihr liebe leute, hier bringe ein unschätzbare Verleihen. nehmt es in aller Acht, sorgfältigst benützt es: mit hohem Lohn, oder wohl mit schweren Zinsen, wird's einst zurückgefordert）。』那人口齒清晰、聲如洪鐘講了這段令人難忘的話之後，就優雅轉身離開了。安得瑞亞斯夫婦一臉期盼好奇，還來不及提問或回答，那位陌生人已經不知所蹤，再趕出門去，也看不見他的影子，聽不見他的聲音，他已經消失在濃密的樹叢與暮色中，果園大門也靜靜關著。那位陌生人就此消失，再也沒有出現過。由於事發突然，再加上時值靜謐的秋日黃昏，整個過程是那麼輕柔，悄無聲息，以致富特拉爾夫婦起初以為只是想像力作祟，或遇上了真正的鬼魂。然而，那只蓋著綠絲綢的籃子就擺在門廊桌上，看得見又摸得著，不可能是想像或鬼魂帶來的。於是這對受到驚嚇的夫婦趕忙點起蠟燭，將注意力轉到了籃子上。他們掀開綠遮巾，想看看裡面藏的是什麼無價之寶，結果躺在羽絨和華麗的白襯墊上的不是皮特鑽石③，也不是哈布斯堡的王室徽章，而是一個睡得正香的紅噗噗的小嬰兒！在他身旁是一串腓特烈金幣④，確切數量至今沒有人知道，還有一張受洗證明（Taufschein），可惜上頭除了名字之外都無法辨讀，而籃子裡也沒有其他文件或線索了。

「不論眾人怎麼好奇或揣測都沒用，當時和後來都是如此。隔日或後天，全安特福村上下都沒有陌生人的身影或消息，也沒有乘四輪馬車經過鄰村的旅人跟這個幽魂似的陌生人有關，徒留各種無端的臆測。而這其間，安得瑞亞斯夫婦則是面對一個很實際的問題：他們該拿這個睡著的紅嫩小嬰兒怎麼辦？在驚訝與好奇因為沒有後續而消退之後，兩人決定先餵飽他，因為但凡善良務實的人都會這樣做；哪怕用湯匙也得把他餵得白白胖胖，甚至將他餵大成人。上天對於他們的努力感到欣慰：從那時起，這個神祕的小生命便在這個可見宇宙裡有了一席之地，享有些許溫飽和歇息遊玩的場所，並且在體格、官能與善惡知識方面不斷成長，直到如今以第歐根尼·杜費爾斯德洛赫先生之名進入了威斯尼希特沃這所新大學，教授（或預備教授）一般學這個新學問，即使可能只是徒勞一場。」

說到這裡，我們的哲學家果然如我們所料，表示這些事都是他十二歲那年才聽善良的葛雷琴首次提起，並且在他「幼小的心靈與幻想裡產生了無法抹滅的印象。那位可敬之人，」他說：「在太陽落到天秤宮時悄然出現在果園農舍，隨即又展開精神的翅膀飄然而逝的訪客，到底是何許人也？從那時起，我心底就常出現一股說不出的渴望，充滿愛與悲傷，努力想生出一個答案。每當愁苦和寂寞襲來，我的想像就會脹滿想念（sehnsuchtsvoll）轉向未曾謀面的父親身上。他或許離我很遠，或許離我很近，只是我都看不見。多希望他能將我擁入他慈父的懷裡，保護我不受敵人傷害。親愛的父親，您仍在塵世裡隨著芸芸眾生打滾，和我只有一線之隔嗎？還是您已經隱藏在那永夜或永晝的厚幕之後，我就算睜大肉眼伸長手臂也搆不著？唉，我不知道，想知道也只是徒增煩惱。我曾不只一次因為心情迷惘，將這位或那位容貌尊貴的陌生人看成是您，畢恭畢敬趨前打探，卻吃了閉門羹，只因對方不是您。」

「然而，人不都是母親生的嗎？」這位自述者忽然語氣一轉，如此喊道：「我的狀況又有何不同？不像我，你不是有個有名有姓的父親嗎？安得瑞亞斯和葛雷琴，他們倆就是亞當夏娃，將你帶到人世間，餵你奶，給你食物，讓你稱他們為父親母親。但和我一樣，他們只是你的養父母。你真正的根源與父親在天上，你用肉眼永遠看不到，唯有心靈的眼睛才能看見。」

「那一小塊綠遮布，」他繼續用那說教似的語氣夾纏不清往下說：「我還留著，第歐根尼·杜費爾斯德洛赫這個名字更是不曾與我分開。從那塊布推斷不出任何事。如今它只是條顏色快褪盡的波斯絲綢，和其他千萬條綢布沒什麼不同。對於名字，我花了許多時間沉思推敲，但也找不到任何線索。我很難相信這就是我那未曾謀面的父親的姓氏。我找遍了德意志帝國國內外的家譜族譜，以及各種預購名冊（Pränumeranten）、軍員名單和其他姓名錄。雖然德國的稀奇姓氏不少，但除了我以外就沒有第二個人姓杜費爾斯德洛赫。同時，『第歐根尼』這個非基督徒的名字又是怎麼回事？難道那位送籃子來的可敬先生刻意用它來預示我日後的命運，抑或這只是他惡意的玩笑？或許是後者，或許兩者都是。你那時運不濟的父母就像鴕鳥，不得不將生不逢時的骨肉交給天時與機遇，由他自力更生。你的人生旅程能一路平順嗎？你顯然已經陷入了不幸，而且是最糟的那種，也就是行為不當。我常想像，面對艱苦的人生戰場，你不斷遭到自己和他人的時代精神（Zeitgeist）射擊、投彈與傷害，手被上銬，腳被打殘，還被恫嚇與虐待，直到你天賦的善良靈魂化為怨怒，只能在我心裡留下對未來的控訴，對惡魔生猛的抗議，不只咒罵時代精神，更直接咒罵時代！那些控訴抗議，容我補上一句，或許還在迴盪，尚未徹底消失。

「因為誠如華特．項狄經常主張的，名字包含許多東西，甚至幾乎蘊含一切⑤。名字是你塵世之『我』最早穿上的衣服，並且從此黏著你，黏得比皮膚還緊，有些名字甚至維持了近三十個世紀。從這外面還有什麼神祕的影響不會滲到內部，甚至直抵中心？尤其那些可塑的初生者，靈魂還是一顆看不見的生嫩胚芽，等著長成一棵林蔭遮天的大樹！名字？我有能力道盡名字的影響嗎？它是所有衣裳裡最重要的一件，而我只是二流的崔斯莫吉斯提斯（Trismegistus）。不僅所有語言，甚至連科學與詩本身，你仔細想想也不過是命名而已。亞當的第一項任務就是為自然表象命名，而至今我們的任務不也還是如此？從科學裡的外來植物、器官、機械、星辰、天文運動到詩裡的熱情、德行、苦難、神性與神祇，無不皆然。俗話說得直白，稱人為賊，他就會偷。類似的道理，我們或許也能這樣說：稱人為第歐根尼．杜費爾斯德洛赫，他就會創一套衣裳哲學。

「這時候，初生的第歐根尼還和別人一樣，對他的為何、如何和何處一無所知，才剛打開眼睛見到祥和的光明，伸展他十個手指和腳趾，聽著、嘗著、摸著，簡單說就是運用他的五感，尤其飢餓這個第六感，以及渾然無限、半甦醒的內在精神知覺，天天在這個他新到的陌生宇宙裡吸取知識，了解自己所為何來。他的發展沒有窮盡，因此十五個月後就行了第一項奇蹟——說話！培育新生的心靈不就像是孵一顆天界的蛋？儘管蛋殼裡混沌脆弱，但從這一團乳狀蛋白裡會慢慢生出有組織的元素與纖維，而從模糊的意識裡也會生出思想、想像與力量，於是我們就有了哲學與王朝，甚至詩歌與宗教！

「年幼的第歐根尼，或者說小根尼（Gneschen）——他們出於溺愛就給他取了這個小名——就這樣踩著輕快的步伐，不斷邁向更高的完成。而富特拉爾夫婦為了避免閒話，更為了保住金幣，於是對外宣稱小根尼是他們的侄外孫，安得瑞亞斯普魯士老家妹妹突然離世後留下的孤兒，只因安特福村沒幾個人認識那位傷心的窮妹婿。而這個奶娃全然不管這些，靠著湯匙餵的食物一天天長大。我聽說他嬰兒時期就很安靜，大部分時間自得其樂，尤其很少哭鬧，甚至一次也沒有。他早早就明白時間是可貴的，他有艱困任務要完成，而不是哭泣。」

這就是我們費盡千辛萬苦，從那些雜亂文件裡搜尋彙整出來的成果。對於杜費爾斯德洛赫先生家世的零碎與含混成謎，讀者不會比我們感受更強烈。儘管我們愈來愈清楚教授有嘲諷的癖好，以及惡作劇的潛質，但這件事他是以個人榮譽擔保，因此倒不必懷疑。同時要說他被「善良的葛雷琴」或相關人士給騙了，似乎也是不可想像的事。因為要是這部作品，不論有沒有翻譯，流傳到了安特福村的流動圖書館，或許就會有讀過書的村民站出來講話。尤其書就像隱形的偵探，地球上有人住的地方就有它們的身影，連廷布克圖⑥也躲不過英國文學的滲透。難保這本書不會傳到那位帶籃子的神祕陌生人手中；他雖然年老體衰，但是還活著，而這股柔情的力量不僅會驅使他現身，甚至公開宣稱自己有這麼一個誰當父親都會感到驕傲的兒子！

注釋

①德文，直譯為「鴨池」。
②莎士比亞《奧賽羅》第一幕第三景。
③指湯馬斯·皮特（Thomas Pitt）於印度購得的巨鑽，一八一七年轉賣給法國攝政王，後成為法王皇冠上的寶石。
④普魯士金幣。
⑤典出《項狄傳》卷一第十九章，崔斯坦·項狄父親華特特別喜歡的話題。
⑥廷布克圖（Tombuctoo），英國探險家至非洲時發現的當地民族。

第二章　田園生活

幸福的童年！安特福村：少年杜費爾斯德洛赫的見聞與經歷；對他的各種啟迪教誨；教育；教育的能與不能；服從是所有人的責任與宿命；小根尼看善良的葛雷琴禱告。

「多幸福的童年時光！」杜費爾斯德洛赫讚嘆道：「仁慈的自然，妳是所有人的豐饒母親，帶著燦爛的光輝造訪窮人的草屋，用溫柔的愛與無窮的希望擁抱妳的奶娃兒，讓他帶著最甜美的夢成長、沉睡與飛舞（umgaukelt）！儘管父母依然像房子約束我們、限制我們，但父親仍是先知、教士與國王，而服從能帶來自由。幼小心靈剛從永恆中覺醒，還不曉得時間的意義，而時間也還不是匆匆的流水，而是陽光普照、充滿歡樂的海洋。在那孩子心中，一年堪比十年長。啊！他還不知道那浩瀚之謎，不曉得世界這匹布（World-fabric）時時都在磨損消耗，從高山到人類，一直到朝生暮死的飛蛾無不如此。我們此刻感受到的靜止宇宙，今後將快速轉動，再也不讓我們擁有片刻安歇。繼續睡吧，可愛的孩子，因為漫長艱辛的旅程就在眼前！再過不久，你就不用睡了，所有夢境都將宛如戰爭；

你也會和老阿諾一樣，用嚴肅的忍耐語氣說：休息？休息？我到時不就會永遠休息了嗎①？這天賜的忘憂藥！雖然有皮洛士征服一個個帝國，亞歷山大併吞全世界，但他沒有發現到你。你自顧自地輕輕降臨在每個母親的孩子的眼皮與心頭上。因為睡眠和清醒仍然是一體的，美麗的生命花園在四周窸窣不息，到處是帶著露水的芬芳與希望的蓓蕾。但若蓓蕾在幼年受到風霜的過度摧殘，到了成年開花就不會結成好果子，只會長出刺人的硬果，裡面很少找得出果仁來。」

我們的教授就像詩人常做的那樣，在玫瑰光暈下回憶自己的童年；只是他描述的往事實在瑣碎到近乎令人厭煩的程度，更別說其中那些語焉不詳的高論了。我們讀到安特福村「錯落散布」在林木茂盛的山坡上，而他家果園則是位於村子最下緣。附近一條小溪（Kuhbach）潺潺流過樺樹林間，連接一條條河川，最後匯入多瑙河，流向大海，進入大氣層和宇宙。還有那棵美麗的老菩提樹，有如一把撐開有二十厄爾寬的大傘，遮蔽了其他路樹與矮叢，傲然矗立在村廣場和集會所的中央，可比聖樹。老人們坐在樹下聊天（小根尼時常聽得興味盎然），疲憊的工人在此休息，不知疲憊的孩子在此玩耍，少男少女成天隨著長笛起舞。「多光輝的夏日傍晚，」杜費爾斯德洛赫嘆道：「當太陽如驕傲的征服者和監軍轉過身去，帶著他的紫金紋章和閃著稜鏡彩光的火衣侍衛離開黏土做成的地球，疲憊的磚瓦工終於可以偷偷作樂，那寥寥幾顆膽小的星星不會把他們供出來！」

接著他開始鉅細靡遺講起釀酒（Weinlesen）、收穫節和聖誕節等等，還把安特福村小孩一年四季玩的遊戲從頭到尾說了一遍，明明那些遊戲和其他國家的遊戲比起來，只有表面不同。這部分我們就不提了，理由應該不用多作交代。我們這位小哲學家在那棵「美麗的老菩提樹」底下成就過哪些事，跟這世界有什麼關係？下面這段務實的反思又有什麼用處？「在所有這些孩子遊戲裡，即便是那些純屬破壞與毀損的隨意胡鬧，也能看出某種創造的本能（schaffenden Trieb）來。男孩認為自己生來就是男子漢，工作是他的天命，因此你能送的最好禮物就是工具。刀子也好，筆槍②也罷，不論用來建設或破壞，都是為了工作，為了改變。靠著需要技巧或力量的群體遊戲，男孩訓練自己合作，不論是為了戰爭或和平，管人或被管。女孩則是偏好洋娃娃，為了將來持家的命運作準備。」

不過，考慮到自述者是誰，下面這段軼事或許值得一提：「我的第一件短袖服是黃色嗶嘰衫；應該說是短袖裝才對，因為那是一件連身服，從脖子蓋到腳踝，裹住我整個身體和四肢。當時的我幾乎搞不懂它的設計，更別說它的道德意義了！」

下面這幅小小景象更優美：「天晴的傍晚，我會帶著晚餐（麵包屑煮成的牛奶粥）到戶外吃。我會將碗放在果園牆頂上，然後爬上去。要是安得瑞亞斯老爹有將剪枝用的梯子留在那裡，那就更輕鬆了。我在那裡度過了許多黃昏，望著遠處西方的山頭津津有味享用晚餐。那金中帶藍的天色，白晝消逝後世界的靜寂，當時對我仍然是難解的希伯來文，但我已經看得到美麗發亮的字母，注意到字上的燙金。」

關於「那孩子對牛和雞的友情」，我們就不多說了，或許那便是他「對生物自然有了更深刻的同情」的原因。但我們要問，誰會在自傳資料裡寫下這樣一段話：「在清晨聽見牧豬人的號角，知道一大群餓著肚子的快樂四腳動物會從四面八方跑來，跟著他到豬槽去吃早餐，真是令人嘆為觀止（bedeutungsvoll）。同樣的，傍晚時牠們又會尖叫聚攏，像軍人列隊一般，然後一個接著一個，向左向右各自循路回到自己的窩，位置分毫不差。最後留下老肯茲一個人站在村口，吹響最後一聲號角，宣告這一天結束。我們愛豬，愛的多是做成火腿的豬；然而這群毛短皮厚的生物豈不是顯露著聰慧，甚至幽默？就算沒有，至少也展現出對人類的信任與順服，令人動容。比起來，那個人類不過是個養豬的，身上穿的是補過的軋別丁和硬得像石板的皮褲或褪色硬布褲，卻仍然能在這個下等世界占上風？」

艾爾維修那一派人主張，天才嬰兒跟一般嬰兒沒有兩樣，只是某些特別有利的影響力會跟隨他一生，尤其童年時期，使得他不斷發展，其他人則是茅塞不開，停留在愚昧的狀態。他們認為，這就是有靈通的先知和雙管槍獵人[3]的唯一差別。前者的內在之人得到大幅發展，後者的內在之人則可能受到強大的動物口慾所壓制，因而散逸蒸發，或是頂多蟄伏在胃底，不再醒轉。「在這件事上，」杜費爾斯德洛赫表示：「我完全贊同這派說法，一粒橡子可以因為土壤和氣候的好壞影響而長成一顆包心菜，包心菜的種子也可能長成一棵橡樹。」

「不過，」他接著說道：「我也承認早期教養的無所不能，可以得到一株發育不全的矮樹，也能長出一棵高聳入雲、枝葉廣被的大喬木；可以得到病懨懨的發黃包心菜，也能長出好吃鮮綠的包心菜。老實說，人人都有責任準確記下教育的環境特性，哪些有益、哪些有害、哪些會造成改變，哲學家尤其如此。這是德國許多自傳作者的當務之急，而我自然當仁不讓。」杜費爾斯德洛赫，你這個流氓！難道天才嬰兒就是靠著黃嗶嘰連身衣和牧豬人的號角教養出來的？不過老話一句，這些話還是值得懷疑的。教授到底是在竊笑我們這個愛好自傳的年代？還是因為太過無能才會寫出這番話來？因為他又繼續說道：「倘若我能選擇與指定小根尼接觸到哪些視覺、聽覺和苦樂感受的洗禮，宛如置身魔法殿堂，或許我會選擇下列事物：

「正如同孩童的遊戲可以激發智力與活力，安得瑞亞斯老爹喜歡說故事的習慣顯然也激發了小傢伙的想像力，以及對歷史的喜好。安得瑞亞斯老爹對戰爭記憶深刻，加上陰沉威嚴中帶著真誠的父親姿態，讓他活像尤里西斯再世，是個『見過世面的人』。每當鄰居們圍著壁爐聽得津津有味，我也熱切地追著他的故事走。從種種危險到野蠻遙遠近乎地獄的漫長征途，一個模糊的冒險世界就此在我心底展開。而我在那棵老菩提樹下從老人那裡得來的知識，同樣不可思議④。整個浩瀚世界，對我仍然很新奇，但那些喜歡聊天的可敬長者可不都已經見識了八十年？我開始驚訝發現安特福村其實就位於國之中央，世界之中心，發現世上還有歷史和傳記這類事物，而我有一天或許也能用手或口做出貢獻。

「在這方面，驛馬車（Postwagen）也有同樣的效果。那輛車上總是堆滿了山一樣的人與行李，緩緩通過我們村子。北往在深夜，南來在傍晚，因此只有這時才看得見。八歲之前，我一直以為驛馬車是地上的月亮，和天上的月亮一樣按照自然法則升起落下。它循著道路前行，從遠方城市來，又到遠方城市去，有如一把大梭子將城市編織得愈來愈緊密。儘管還不曾聽說席勒的《威廉泰爾》，我已經有了這個不算小的省悟（而且同樣適用於精神事物）：條條道路都通天涯海角，村裡這條小路也不例外！⑤

「說到這裡，怎麼能不提燕子呢？我聽說牠們來自非洲，橫越海洋和高山，連接城市和敵對的國家，每年五月就會出現，在我們農舍的門廊舒服落腳。好客的老爹（為了乾淨）做了個托架給他們當家，讓牠們在那裡築巢、捉蒼蠅、啁啾哼唱和餵養雛鳥。我打從心坎裡喜歡著牠們。聰明伶俐的小傢伙，是誰教你們築巢的？更怪的是，是誰給了你們一家築巢公司，幾乎像保全一樣？因為要是運氣不好或時間太趕，你們搭的房子垮了，我不是隔天就會看到五位附近的幫手出現，飛東飛西，不時發出活潑響亮的拖長叫聲，動作迅速得像是超級燕子，天黑前就把屋子重新搭好了？

「不過，安特福村童年文化的集大成者，那宛如漏斗將所有影響集中起來，一次灌輸到我們身上的年度活動，絕非牛市莫屬。各路人馬四面八方齊聚而來，譜成難以言喻的嘈雜景象。棕皮膚的少女和棕皮膚的男人梳洗得乾乾淨淨，大聲說笑，打扮得花花綠綠，為了跳舞、為了招待，更為了快樂而來。市集有來自北方、穿著高筒靴的畜牧業者，也有南方來的瑞士掮客和同樣腳踩高筒靴的義大利趕牛人。他們帶著身穿皮帽皮背心、手持趕牛棒的手下，在無意義的狗叫牛鳴聲中吆喝著半無意義的命令。來自薩克森的陶匠站在一旁，陶器擺得整整齊齊；紐倫堡的小販擺著攤子，在我眼中他們叫賣的東西比忽里模子市場還齊全。馬焦雷湖的藝人，維也納的混混（Wiener Schub），都來這裡尋找發財的機會。民謠歌手聲音粗了，拍賣人嗓子啞了，所有人都把廉價的新酒（heuriger）當水喝，讓場子亂上加亂。尤其一個身上五顏六色的小丑在地上和半空不停翻跟斗，不僅是這地方的縮影，更代表了生命本身。

「這個孩子就這麼置身於存在的奧祕中，神聖悠遠的蒼穹下，伴著四季的大好時節和季節帶來的變化，無時不刻學習著，因為即使嚴冬也有滑雪和射擊比賽，以及暴風雪和聖誕頌歌。這些事物是字母，讓他日後面對世界這本大書時可以唸出音節來，並且閱讀它。字母是大字燙金或是小字不燙金的，又有什麼要緊？只要有眼睛就行！對求知若渴的小根尼來說，光看到就是福，能將所有東西燙了金。他的存在本身就是明亮輕柔的歡欣，如同生活在普洛斯彼羅島上⑥，奧妙不斷，寓教育於驚奇。

「不過真要說童年的我一切具足，也是癡人說夢。畢竟我可是從天上落入了凡間，即便遠方閃耀著彩虹般的繽紛顏色，也隱含著一道憂鬱的黑圈，就算粗細只有一線，也常蓋過其他色彩，而且不斷出現，甚至愈來愈寬，多年以後幾乎遮蔽了我的整個天日，威脅要將我吞入永恆的黑夜。那道黑圈就是『必然』，所有人都受它綑綁，唯獨有福之人才能獲得陽光恩賜，將必然化成『責任』的稜鏡，繞射出各種美麗的光芒。但它永遠是我們存在的基礎與界限，永遠不會消失。

「成為凡間學徒的頭幾年，我們沒有多少事情可做，還能免費吃住，多半時間都只是在工房裡打轉，看別人工作，直到我們對工具熟悉了一點，開始懂得用這用那為止。倘若我們只需要好的被動，而不是好的被動加上好的主動，那麼我的起頭比大多數人都好。不論感官的開放、性情的易感或直率的好奇，以及這些秉性的培養，我都夫復何求。但另一方面就不是那麼順利了。我的主動力（Thatkraft）很遺憾被壓抑了，不知受到了多少羈絆。在一個井然有序，討厭孩子玩得亂糟糟的家裡，你得到的訓練只有克制，不是去做去完成，而是承受與忍耐。我有許多事被禁止，任何大膽的期盼想望都得放棄，處處都有不得變通的服從枷鎖緊扣住我。因此，自由意志從那時就常常和必然起了痛苦的衝突，使我落淚哭泣。孩子或許不時就會嘗到這個苦根，而生命所有果實都摻雜了這份苦澀，以致走味。

「的確，要養成服從的習慣，抑制就寧多勿少。服從是所有人的責任與宿命，誰不從誰就等著繃斷；我們寧可早一點、徹底一點學明白，在我們這個世界上，『願意』在『應該』面前什麼都不是，甚至對『將會』也微不足道。對我而言，這就是世間一切判斷的基礎，甚至是道德的根柢。別叫我把錯都怪在教養上！我得到的教養太嚴厲、太簡略、太孤立，而且完全不科學。但在那嚴厲與離群索居裡，豈不蘊含著更深刻的真誠，以及所有高貴果實賴以生長的根莖？最要緊的是，不論這教養多麼不夠技巧，都是出於愛，出於善意與誠實，所有缺陷都得以補救。我慈愛的母親，我應該為此而永遠愛她的葛雷琴，給了我一份無價之寶：她用行動而非言語、用日常的虔敬表現與習慣，將她自己素樸的基督教信仰教會了我。亞得瑞亞斯也上教堂，但更像盡義務，以便到了另一個世界能換得報償——我相信他已經做到了。但我母親有著真正的女性情懷，以及原始但細緻的感性，她的信仰純粹而徹底。善的種子是多麼強韌哪！即使惡的雜草蔓生，善依然萌發滋生！她是這世上我認識最崇高的人，卻懷著無法言傳的敬畏向天上更崇高的那位低頭。這事會烙印在你存在的最深處，尤其在幼年。至聖所總是神祕地在神祕的深處顯現；而敬畏，這最神聖的人性，總是從卑劣的恐懼裡突圍而出。你願意當鄉下人的兒子，但知道（即使只是粗略明白）天上和人裡面都有神，還是做公爵的兒子，卻只曉得家中馬車能坐三十二個人？」

對於這個問題，我們只能說：杜費爾斯德洛赫啊，當心你屬靈的驕傲！

注釋

①語出法國哲學家暨神學家安東・阿諾（Antoine Arnauld, 1612-94），他聽到朋友表示想清淨一點時，做出了上述評語。

②筆槍（pengun）是空氣槍的一種，用鵝毛筆管製成。

③雙管槍獵人（double-barrelled game-preserver）為諷刺貴族用語，暗指貴族喜歡狩獵。參見卷二第四章結尾的墓誌銘。

④後來版本改作「不可勝數」。

⑤威廉泰爾在等候奧地利暴君傑斯勒（Gessler）出現以便刺殺他時的獨白。見《威廉泰爾》第四幕第三景。

⑥典出莎士比亞《暴風雨》。

第三章 教育

杜費爾斯德洛赫的學校；他所受的教育；流動不息的小溪訴說著時間與永恆；亨特許拉格文理中學：野蠻同學，冬烘老師；需要真正的老師，給予他們該有的認可；父親安得瑞亞斯過世，杜費爾斯德洛赫得知自己的身世之謎：他對此事的思索；不知其名的大學；亟需欺騙統計學；理性主義的苦果：杜費爾斯德洛赫的信仰困境；英國青年陶古德先生；現代友誼。

這個階段我們看見小根尼穿著與他形影不離的黃嗶嘰服，主要在仁慈大自然的攙扶下成長。他置身於凡間這座工房，多半時間沉浸在自己的心思裡，除了那雙目光柔和、但無疑閃現穩定智性的淡褐色眼睛外，幾乎不需要主動做些什麼。這個階段他的傾向仍和一般人無異，哲學家與詩人的潛質並不明顯，連霍伊許瑞克先生或許都說不出哪裡見得到衣裳學說的徵兆或端倪。如同其他孩子，小根尼從外表是看得出成人後模樣的，至少所有質素都在了，但其實只是半個大人，因為還只有被動的才能，看不到主動的天賦。我們愈來愈迫不及待，想知道他到底有多少主動天賦；用他本人的話來說就是當他「對工具熟悉了一點，開始懂得用這用那」之後，會如何運用那些工具。

不過，我們或許應該在此說明一點，這位哲學家一生大部分時間都展現出印度教徒的特質①；甚至從他童年時期培養得最完善也最突出，以致壓抑了「主動性」自由發展的「被動性」上，也能見到這種令世人震驚的特質的雛形，而且一直延續到日後以至現在。在目光短淺的人眼中，杜費爾斯德洛赫是一個幾乎沒有任何主動性的人，一個非人者（Noman）；但在目光深刻的人眼中，他的主動性幾乎強過頭，而且極有靈性，深藏不露，高深莫測。沒有凡人能預測他的主動性會不會爆發、何時爆發，也猜不出其影響會有多大。這種傾向對現代歐洲來說很危險，難以接受，對傳記主角來說更是不利！因此只能靠編者努力，即使從來沒人成功過。人最早開始學習掌握的複雜工具就是課本，讀書人更是如此。杜費爾斯德洛赫對這方面的過往完全漠然。他「不記得自己學過」閱讀，因此可能自然就會了。他說得很空泛：「學校是我求知過程中比較無關緊要的那一段，幾乎沒有什麼好提的。別人學什麼我就學什麼，然後擺在腦袋的角落裡，看不出有什麼用處。當時的小學校長是個彎腰駝背、傷心又礙事的殉道者，和其他同行沒有兩樣。他對我幾乎沒有幫助，除了發現自己幫不了我，於是這個好人宣布我是天才，適合做學問，建議一定要送我去讀文理中學②，然後進大學。這時期我只要有書就讀，口袋裡每個銅板都花在書攤子上，書多了就親手將它們合訂成冊。這個年輕腦袋就用這種方式裝進了各式各樣的東西和東西的影子。真實的歷史片段和虛構的妄想摻雜在一起，而妄想中還有真實。所有吸收的一切都不是死的，而是活的精神食糧，對一個消化力如此之強的頭腦算是營養的。」

我們現在知道安特福村的小學校長當初沒看走眼。的確，年少的小根尼雖然外表如此閉塞，但或許已經顯露其內在有股潛力無窮的生氣，不時透出靈光，充滿思想，幾乎帶著詩意。因此，就算不提他在果園牆上吃晚餐和早年的一些事蹟，有多少讀者十二歲時能有以下的省思？「有天中午，四下安靜，我坐在小溪旁看溪水潺潺流過，心想這同一條小溪流過多少氣候與境遇的變化，從歷史的開端潺潺流到現在。沒錯，或許在約書亞渡過約旦河的那天早晨，甚至在凱撒努力不弄濕《高盧戰記》橫渡尼羅河的那天中午，這條小溪已經跟台伯河、尤羅塔斯河和西洛亞河一樣在曠野上涓流不息，只是沒有名字，也沒人發現；又或者一如幼發拉底河和恆河，是世界水循環系統裡的靜脈或小血管，而這套循環系統及其氣態血管就和這世界一樣老。你這個笨蛋！自然本身就是古董，蕈菇是最早的藝術品，而你坐著的峭壁都六千歲了。」在這個小小的想法裡，難道不是和小小的噴泉一樣，蘊含了一些無法言傳的思想的種子，關於時間的偉大與奧妙，以及時間與永恆的關係嗎？而這些思想不就是衣裳哲學的一部分嗎？

談到文理中學和大學時光，教授不再如回味童年那般流連忘返，抒情歡欣。儘管陽光普照的綠茵大地仍在，卻不時出現苦澀的淚水之河，淤積成一灘灘酸臭的不滿沼澤。「我第一眼看到亨特許拉格（Hinterschlag）③文理中學，」他這樣寫道：「我的倒楣日子就開始了。我到現在還記得那個聖靈降臨週的晴朗早晨，我踩著輕快的步伐跟在亞得瑞亞斯老爹身邊，心裡滿是期待。到了大街，我看見鐘塔與監獄（Schuldthurm），時鐘剛好敲響八點，居民有的穿著圍裙，有的沒穿，正準備享用早餐。一隻小狗發瘋似的驚慌跑過，因為某個調皮鬼在牠尾巴上綁了一只錫水壺，害得受罪的小傢伙哐啷哐啷衝過整條街，引起了所有人注意。這就好比許多征服者，命運（如同其他許多時候，將幻想加於感官之上）惡毒地替他們綁上了野心的錫水壺追著他們跑。他們跑得愈快聲音就愈響，於是他們就愈跑愈快，也愈來愈愚蠢！這也好比我即將在那間捉弄人的學校裡的遭遇，更是我在這世上處境的片段與縮影！

「唉，安特福村那親切的山毛櫸林已經消失在遠方。我置身於生面孔之間，他們對我不是冷酷嚴厲，就是漠不關心。這個年輕心靈頭一回感到孤單無助。」他的同學一如往常欺凌他。「他們是一群男孩，」他說：「大多很野蠻，順著自然的野蠻天性衝動行事，就像鹿群撲殺受了傷的小鹿，野鴨殺死折翼的同類，所有方面都是強凌弱。」他承認自己「或許拿出了非常的道德勇氣」，卻總是居於下風，因此寧可逃避，以致他的退讓感覺更像出於「道德原則」，而非個子小，因為他激動起來身手可是「不可思議地敏捷」。「如果說挨打是種恥辱，」他說：「那麼打架只是稍微不恥辱一點，而兩者我都躲不過。學校生活的這個重要部分，這個對抗成分，除了哀傷幾乎沒帶來什麼。」總之，杜費爾斯德洛赫童年時期特別突出的「被動性」，顯然又在這個階段得到滋養。「他太常哭了，以致同學都笑他是愛哭鬼（Der Weinende）。這個綽號一直到他十三歲才擺脫，而且其實不算過分。這個年輕的靈魂只有寥寥幾次氣得兩眼冒火，宛如狂風暴雨（Ungestüm）一般，連惡人都會為之膽寒，說他就算不配當男人，也該有人的權利。」聽完這段描述，誰看不出這就像一株細緻的開花植物和（充滿天才的）肉桂樹，被一群南瓜、蘆葦和雜草壓得喘不過氣，只能掙扎往上長，無法往外伸展，以致高度近乎病態，寬度卻不成比例呢？

此外我們還讀到，他學校裡希臘文和拉丁文都教得很「死板」，希伯來文更是連死板都稱不上，而所謂的歷史、宇宙學和哲學等等則是教了等於沒教。因此，除了大自然讓他仍然有事可做，領著他「四處走動，如同過去的習慣待在工匠的工房裡學習各種事物」，還有他寄宿的桶匠漢斯・瓦赫特家裡也有一些有趣的讀物，他的時間看起來是完全糟蹋掉了。直到現在，教授依然對這件事耿耿於懷，以致「天蠍宮」紙袋裡的所有資料（亦即我們現在分享的這些段落）和下個紙袋裡的不少手稿，都能讀到他對教育事務異常熱切，同時少不了我們可以預料到的憤怒。

「我的老師，」他說：「都是些冬烘的老學究，對人與男孩的天性一無所知，只認得詞典和學期成績簿。他們將無數的死字彙（不是死語言，因為他們根本不了解語言）硬塞給我們，還堅持這叫滋養心靈成長。一名僵固死板的文法填鴨者，一個一百年後光用木材與皮革就能在紐倫堡製造出來的教學機器，怎麼可能滋養任何東西？更別說啟迪思想了。心靈不像蔬菜，將根埋在字源學的堆肥裡就會成長，而是像精神，需要精神的神祕接觸才會萌發，又好比思想只有活的思想之火才能點燃。一個人若是心裡沒有活炭，只剩文法的死灰，怎麼可能點燃？亨特許拉格的老師或許很懂語法，但對人的心靈只曉得兩件事：一是它有一種名為記憶的能力，二是藤條搭配肢體動作可以鞭策它作用。

「唉，到處都這樣，永遠都會如此，除非搬運工被開除或派去專門搬磚頭，同時改聘建築師，全面鼓勵他，直到整個社會和所有人都不無驚訝地發現，用知識打造一代人的心靈和用火藥將他們的身體炸成碎片同樣重要。我們除了需要將軍與元帥在戰場上殺戮，還需要舉世敬重的人物（甚至真正由神任命的教士）來教書。然而，目前只有軍人會公開攜帶殺戮工具，甚至閱兵也不例外；就我旅行過的地方，從來沒見過校長帶著教學工具。要是他們腰間掛著藤條四處走動，彷彿希望藉此受人敬重，難道不會讓懶散的學生振作一些嗎？」

亞得瑞亞斯老爹似乎是他中學三年級那年過世的。這位年輕學子雖然飽受虐待，卻是頭一回穿著一身黑色喪服，內心感到難以言喻的憂鬱。「我們腳下的黑暗無邊④深淵張大了嘴；幽暗的死亡國度，以及其上數不清的死寂國家與世代橫在他面前。『永遠不再』這個無情的字眼首次展現其意義。我母親哭了，悲傷得以宣洩，但淚水卻在我心裡匯聚成湖，鬱積不去。不過，未被磨損的心靈是堅強的。生命是如此健壯，甚至在死亡裡也能找到滋養。記憶將這些嚴酷的經驗種植在我想像中，長成一片柏樹林，悲傷卻也美麗。這座森林發出不無淒麗的嘆息，在黑暗的蔥鬱裡搖曳，熾熱的豔陽下搖擺，陪我度過漫長的青春歲月，成年後依然如此，未來也是，因為我已在其中一棵柏樹下紮營。墳墓如今是我不會陷落的堡壘，而我就站在大門前，平靜注視殘暴生命揮舞著狠毒的武器、痛苦與懲罰，默默笑著看他大聲威脅。已經悄然沉睡在安息床上的家人哪，你們在世時我只能為你們哭泣，始終幫不上忙；仍然孤單流落在怪獸四伏的沙漠裡，鮮血染紅了砂石的家人哪，再不久我們就會在那裡相會。母親的懷抱將會庇護我們所有人，壓迫的挽具、哀傷的火鞭和所有在動盪時間裡寓居巡邏的地府判官都再也不能傷我們分毫！」

在這段頗為優美的頓呼之後，教授開始竭力描繪過世的亞得瑞亞斯・富特拉爾，包括他的天賦與人生的荒漠（擔任普魯士士官），並做了長篇的歷史考證，研究富特拉爾家族的系譜，一路追溯到日耳曼王「補鳥人亨利」。這部分雖然不乏令人意外之處，但我們還是決定略過，只需補上一點：葛雷琴老媽就是在這時告訴她的養子，他其實不屬於這個家族，甚至不屬於任何已知存在過的家族。「我就這樣成了雙重孤兒，」他說：「不僅身世被剝奪了，連回憶也被奪走了。悲傷和好奇突然合而為一，產生了豐碩的果實。在這種時候有這種發現，不僅使它在我本性裡牢牢生根，甚至在我成年以後更滲透了我所有思想，有如枝幹，我的所有白日夢與睡夢都生長其上。那是一種詩意的昇華，卻也相應是一種群體資格的壓抑，我很自然會想：我和別人都不一樣。這個執念有時會帶來極高的效果，但通常只會造成極可怕的下場。這難道不是我心性傾向的第一個源頭，在當時已經相當明顯了？不只出生，連從行動、思想和社會地位來看，我的同類恐怕都不會太多。」

最後，在「人馬宮」紙袋裡，我們讀到杜費爾斯德洛赫已經成了大學生。但他何時及如何當上大學生，以及表現好壞，我們連一點確定的線索也找不到。不過，對我們的讀者來說，這種混淆和含糊跳躍已經不算什麼吃驚事了，就連完全讀不到日期這種在傳記裡幾乎絕無僅有的事也是如此。這些零散的資料裡只找得到混亂與謎團，也只會找到混亂與謎團。不過，在「人馬宮」裡，杜費爾斯德洛赫的神諭傾向更重了，各種瑣碎紀錄、回憶片段、大學作業、課程表、教授評語、牛奶帳單和撕碎的短箋，有些很像是情書。所有資料混在一起，彷彿隨意兜成的，讓頭腦清楚的歷史學家也會因此發狂。為了從中拼湊出教授大學時及畢業後的生活樣貌，找出其中是否藏有衣裳哲學的端倪，其困難遠超過讀者所能想像。

於是，我們彷彿隔著枝葉搖擺的灌木叢朦朧看見了一位天賦不凡的青年，他童年過得開心，少年時期雖然少了點愉悅，卻同樣活力飽滿；如今他還是精通了「死字彙」，並且如自己所願，在活的泉源邊安頓了下來，增強能力與觀念。他雖然勤奮而飢渴地汲取泉水，卻從不⑤全心全意，因為那水並不合他的口味。沮喪、糾結和錯亂的感覺俯拾皆是，也不難想見，甚至連手頭拮据可能也插了一腳。儘管「善良的葛雷琴不顧那些偏私親戚的勸告，持續接濟他，但遲早會收回她力有未逮的援手」。不過，即使被貧困與諸多苦惱所籠罩，這個年輕心靈獨有的性情還是首次明白顯露了出來，宛如陽光穿透啜泣的天空，散發出繽紛的色彩，有些更是斑斕。年輕的第歐根尼．杜費爾斯德洛赫就這樣在時間和時間所帶來的事物幫助下，逐漸長成大人，而且是如此啟人疑竇，以致我們心底重新燃起好奇，想知道來龍去脈，卻也再次深感挫折，因為同樣沒有明確的答案。我們只能從紙袋的邊緣材料裡挖出可以理解又算重要的片段，按照之前的處理方式將這些寥寥無幾的段落呈現出來。

看來光是在「天蠍宮」傾吐對教育的怨氣還不夠，「人馬宮」這個名字似乎讓杜費爾斯德洛赫認為天意要他擔任射手，以致我們再次讀到他這樣說：「我受教的那所大學依然鮮明留在我的記憶中，校名就更別提了，但出於對學校利益和相關人等的關愛，我在此姑隱其名。只是我有義務必須忍痛指出，除了英國和西班牙之外，我的學校是既有大學裡最糟的一所。的確，在眼前這樣一個時代，正確的教育就算不是不可能，也是近乎空想。只不過糟糕沒有極限；如同有毒的食物比完全餓肚子更壞，我想不到比那所姑隱其名的大學更糟的地方。

「聖經說，若是瞎子領瞎子，兩個人都要掉在坑裡。因此若是遇到這種情形，領路的和跟隨的都安靜坐下來，不是還比較安全嗎？你在克里米亞圈一塊地，用牆圍起來，再蓋一間沒什麼好書的小圖書館，然後放一千一百名基督教青年進去，讓他們在裡頭耗個三到七年，同時派一些人守在大門口，稱他們為教授，並大聲說這是一所大學，收取可觀的學費，你就打造出一個不只在結構上，連在精神與結果上都貌似我們高等學府的東西了。之所以說貌似，是因為如果結構相差甚遠，結果也就不會一樣。可惜這裡不是克里米亞的邊陲，而是腐化的歐洲城市，充滿了煙霧與罪惡，再加上被大眾包圍，除非設施比四面牆昂貴得多，並且大聲宣告，否則很難判斷是不是騙局。

「不過，只要設施對了，所有大眾都容易上當，而且是極驚人的暴利。的確，『欺騙統計學』這門學問目前依然乏人問津。我們的經濟學家不知何故對此漠不關心，整天只忙著為枝微末節的產業製作表格，對『虛偽』這個凌駕一切的產業不屑一顧，彷彿所有誇大、胡謅、騙術、權謀和其他數不清的同類技巧與祕訣都不算是產業似的！試問，誰能說出那些靠文學和擦鞋賺的錢，有多少真正來自寫作與擦鞋，有多少來自對效果的不實宣稱？又有誰能說明白那些錢的分配、流通與收支，就算再不精確也好？我們要問的是，從公眾事務、政府、教育、勞動、商業到知識產業，在這無比複雜的分門別類中，貨真價實滿足人的需求的有多少？虛有其表的又有多少？換句話說，在各個時代與國家，欺騙是以什麼方式進行、如何展現、普遍到什麼程度、又有多大效果？這才是真正對未來有影響的大哉問，但到目前為止我們只給得出再含糊不過的答案。假設目前在歐洲，真材實料與虛有其表的比例高達了一對一百（從教宗、沙皇和英國貴族的所得來看，這個估計不算離譜），當欺騙統計學有所進展，將可省下多少無謂的花費，贗品生產（和真品區別愈來愈明顯）也將減少，最後甚至毫無必要！

「這只有在未來的黃金時代才會實現。對於目前的黃銅時代，我只能說在教育、政治和宗教這幾個領域，需求是那麼龐大、那麼不可或缺，供給卻少得可憐。或許是欺騙帶有療傷止痛的效果，而容易上當也不是人最大的麻煩。假設你打仗打到山窮水盡，意思是金庫空了，糧草沒了，部隊也快叛變瓦解了，只想割斷你的脖子和互相殘殺，這時要是你能像行奇蹟一樣，用幻想中的錢付他們薪餉，用凝固的水或想像的肉餵飽他們，說不定部隊就能維持團結不鬧事，直到真正的補給到來？這或許正是大自然的用意（畢竟她做什麼都有目的），才會賜予她最心愛的人類這個無所不能，甚至無所不信的受騙本能。

「欺騙的運作真是巧妙，幾乎不費力氣，甚至會自己運作！那所不知名大學裡的教授憑著過去建立的一點名聲，日子過得安穩輕鬆，而且之後一樣毫不費力，又能靠另一班人騙吃騙喝。名聲就像強勁靈活的下射水車，沉在水流裡，只要每年重新上點漆，就能牢牢固固、自動不懈地為他們效力。這些磨坊主人真好命，什麼也不用做。他們對工作、對所謂教育所做的『努力』，我現在回想起來，心裡都有種無言的佩服。

「除此之外，我們還自詡為理性的大學，對神祕主義抱有最大的敵意。於是，空白的年輕腦袋被塞進許多關於物種進化、黑暗時代與偏見等等的高論，並隨即變成浮誇的爭辯，好一點的不久就走向病態虛無的懷疑論，壞一點的就爆發（crepiren）成自大狂，所有心靈內涵都死了。然而，這也是人類命運的一部分。既然我們這個時代是不信的時代，又何必抱怨呢？更好的時代不是就要來了？甚至已經降臨？就像長期收縮之後是長期舒張，信仰的時代必然和不信的時代相互更迭；春天的生長和夏天各類思想、精神表象與創造的百花齊放之後，必然是秋天的凋零與冬天的枯亡，而後從頭再來。人生活在時間裡，肉體、努力和命運都受時間形塑。唯有在變動的時間象徵裡，才能顯現我們所立足的不動永恆。對心靈高貴的人而言，在不信的寒冬出生、醒覺與工作或許頗為不幸；但對心靈遲鈍的人來說，那就像動物冬眠一樣，他們只是在薩拉曼卡大學、錫巴里斯城或充滿酒色迷信的怠惰城堡裡安穩熟睡，做做蠢夢，直到大聲咆哮的暴風雪收工離開，新的春天俯允了我們的禱告與犧牲，他們才會悠悠醒來。」

如同這些詭祕文字所暗示的，杜費爾斯德洛赫處在這種環境肯定很不自在，這點無庸置疑。「飢渴的年輕人，」他寫道：「抬頭望著精神保母討食物，結果只能喝東風。從有爭議的形上學、字源學到硬稱為科學的機械操弄，那裡流傳的盡是空洞的術語，但我還是學會了，而且可能學得比大多數人都好。在一千一百名基督教青年裡，熱心學習的不到十一人。和這些人切磋帶來了些許溫暖與砥礪。多虧本能及幸運，我沉思和閱讀的時間比惡搞（renommiren）多，也更隨心所欲。我在雜亂無章的圖書館裡撈到的好書甚至比館員知道的還要多。我的人文之路就是在那時打下了基礎。我靠著自學幾乎讀遍了所有主題、所有學科的書，幾乎所有文明國家的語言都難不倒我。此外，由於人向來最愛研究的是人，因此從思想裡挖掘人物，從作品裡了解作者，早已是我最愛的做法。人性和生命的某種基本樣式開始在我腦中成形。現在回想起來實在相當神奇，明明我整個身心宇宙都還是一部機器，但那樣一個基本樣式卻真真切切、明明白白開始浮現，並且可以藉由更多實驗來修正，無限擴展。」

因此，強者能從貧窮裡生出更高貴的財富來，而我們這位年輕的以實瑪利也在荒漠的匱乏裡覓得了最高貴的財產，也就是自助。不過，這片沙漠確實荒蕪，並充滿野獸的嘶吼。杜費爾斯德洛赫向我們鉅細靡遺描述了他「不時發作的懷疑」，對奇蹟和信仰見證的質問，以及他「在不眠的夜晚，抱著比天地還要黑暗的心跪拜在全知者跟前，激動得大聲祈求光明，遠離死亡與墳墓。經過多年歲月及難言的痛苦之後，這個向著信仰的心靈終於不支，墮入受咒詛的沉睡中，被不信的夢魘糾纏，在這個由巫術控制的夢裡錯將神所造的美好生命世界認作晦暗空虛的地獄，荒廢的群魔宮。然而，這種煉獄般的痛苦，」他接著說：「是我們注定要經歷的。唯有宗教的教條死去，一條條化為塵土，宗教的精神才能從停屍間復活，自天上重生，在羽翼下帶著新的救治出現在我們面前。」

那煉獄般的痛苦感覺已經夠強烈了，如果再加上塵世間數不清的磨難，諸如缺乏務實的指引、同情、金錢與希望，以及伴隨熾烈的青年時期而來的想像過剩與慾望無度，資源卻少得可憐，那我們眼前所見的，豈不是一個雖然頑強，但裡裡外外都受到壓迫與過度負荷的年輕心靈嗎？縱使他的天才之火在嫩綠的燃材裡奮力燃燒，產生的嗆人黑煙卻仍多過純淨的火焰？

從一些書信和文件的片段可以看出，杜費爾斯德洛赫雖然孤獨、羞澀與畏縮，卻不是完全隱形，某些有來頭的人已經察覺到他的存在；就算不曾出手相助，至少也會留意他的動態。雖然意興闌珊，但他似乎決定以法律為業，日後旁人也確實將他當作公校畢業生。不過，還是讓我們撇開這些零碎得令人失望的生計相關細節，提供一些和他道德養成有關的小線索，由讀者自行編入正確的位置，替杜費爾斯德洛赫花毯一般的朦朧大學歲月畫下句點。

「我也是在這裡認識了陶古德先生，或許應該寫成塔古特（Toughgut）先生才對。他是貴族出身（von Adel）的青年，和德國這地區的馮札達姆（von Zähdarm）⑥伯爵家族有血緣關係，也常往來。靠著他的引介，我也和這個家族相處得非常友善親密。塔古特雖然頗有天賦，教養卻說不出的糟。他為人相當幽默，同時非常無知，除了拳擊和一丁點文法之外什麼也不懂。和他旅居此地的同胞比起來，他少了點貴族般的冷漠和生悶氣的毛病。我對英國人和他們言行舉止最初的基本認識便來自於他，或許這就是我日後對這位奇特的朋友總是多幾分偏袒的原因。只要有機會開眼界，陶古德也不是瞎子。他顯然是應馮札達姆家族之邀而來。到了這裡之後，他就帶著近乎狂熱的期望，想在學業方面追求完美。但這位學問還在嬰兒階段的青年來到的這所大學，別說努力追求完美了，連完美的概念都沒有！我們時常感嘆這一代青年命運嚴酷，即使熬過了千辛萬苦踏入社會，但除了下巴多幾根鬍鬚，其餘方面幾乎都沒有大人的本事。我們受的訓練和現實脫節，也沒有能相信的東西。『我們腦袋外頭的那頂帽子多美，』陶古德會這樣說：『腦袋裡面卻是空空如也，頂多只有空泛的語詞和代理人邏輯！讓一個人學會用皮革做鞋，花不了多少錢；我花費那麼多，究竟學會了什麼？老天！兄弟你聽我說，我來這裡以後光是吃的穿的，都能蓋一棟大型絕症醫院了！』『的確，』這時我就會說：『人有消化機能，得不停維持運作，甚至暗中進行。至於我們所受的錯誤教育，就別折騰了；別再白費力氣踩踏荊棘，只因為它結不了無花果。重新開路吧，兄弟（Frisch zu, Bruder）！這裡有的是書，而我們又不缺頭腦去讀。這裡有整個天與地，而我們又不缺眼睛去看。重新開路吧！』

「我們談話常是愉快的，有時不乏機鋒，甚至火力全開。我們展望生命，看著它古怪的臺架，所有丑角同時舞動，人被斬首肢解，景象撩亂又不無恐怖。但我們像勇敢的年輕人注視著。對我來說，那些相處可能是我最愉快的時光。對這位年輕熱情、頭腦堅強固執的陶古德先生，我甚至感覺到一種近乎友誼的溫存（如今這種感受已經在我身上絕跡了）。是啊，儘管我當時是個愚蠢的異教徒，卻覺得如果條件對了，自己是可以愛上這個人，將他摟在懷裡，永遠視他為手足的。不過，我逐漸明瞭了這個新的時代，以及它的需求。倘若芬蘭語和功利主義說得沒錯，人的靈魂是一種胃⑦，那麼精神結合除了一起吃喝之外，還會是什麼呢？因此，我們不是朋友，而是食客；不論這裡或其他地方，都已經把妄想扔掉了。」

這一小段羅曼史才剛開始，就又如往常一樣突然謎一般的結束了。那位勇敢的陶古德或塔古特先生之後如何了？他就這樣沉入了自傳的混沌之中，我們再也不曉得他游向何方。在「英國內地」的讀者們，是否有誰知道這樣一個人呢？

注釋

①印度教徒的特質（Hindoo character）指喜歡冥想沉思和有耐心等等。

②德國學制，主要教授經典與文學。

③直譯為「擱後面」。

④後來版本改作「無底」。

⑤後來版本改作「從不或極少」。

⑥札達姆（Zähdarm）直譯即為「塔古特」。

⑦這裡說芬蘭語中的「靈魂」和「胃」有關聯是虛構的。

第四章 啟程

思想的偉大魔法；能力和機運相合的困難，啟程的困難；學習溫飽之技的好處；杜費爾斯德洛赫被迫演出「沒有目標絕不休息」的殘酷獨腳戲；當實習律師的痛苦；因為有天分而遭到捨棄；札達姆家族的府邸；年輕人令人難以忍受的自以為是；諷刺及其後果；杜費爾斯德洛赫為札達姆伯爵撰寫的墓誌銘。

「不過，」我們這位自述者接著寫道，顯然這時他已經離開了大學。「我在那裡還是明白了一件事，那就是我第歐根尼．杜費爾斯德洛赫，有一個存於時間中的可見形象（Zeitbild），占據了若干立方英尺的空間，裡面包含著肉體和精神的力量，以及希望、熱情與思想。這個多少算是完美的器具，乃是屬於一個叫做『人』的神祕東西。在我裡面有些能力，能跟巨大的黑暗帝國進行小幅戰鬥。開溝挖路工不是用圓鍬鏟掉許多荊棘與水坑，從雜亂中理出一丁點秩序嗎？就連朝生暮死的飛蛾也有這類能力，能化無機為有機（至少融入身體裡），化死寂的空氣為鮮活的音樂，縱使那音樂只是微弱的嗡鳴。」

「要是這人擁有的是精神能力，而且已經學會或正在學習思想這個魔法，其力量不知又會大出多少！會用魔法來形容，是因為迄今所有奇蹟都是來自思想，未來無數奇蹟也將如此；即便是現在，我們也親眼目睹過一些。關於詩人和先知的靈光片語，以及世界如何因其生滅，我在這裡就不多提。但一個人再駑鈍，又怎會沒聽過周圍蒸汽機的轟鳴？沒見過這位蘇格蘭工匠的觀念①（雖然僅只是機械的）乘著火做的翅膀繞行海岬、橫渡海洋，不知疲憊地載客運貨，比任何魔法師的妖精還要有力；或是在家中唧唧作響，不僅編衣織布，更迅速推翻了整個舊社會體系；或是以間接但確鑿不移的方式，將我們從封建守舊帶往工業主義與智者統治？真正的思想者是黑暗王子的最大死敵。每當有這樣的人現身，我敢說整個陰間都為之震動，並派出訓練精良的新地獄使者，用新的詭計設法陷害、欺騙和綑綁他。

「身為宇宙的一份子，我也以如此遠大的目標為己任。只可惜人雖然生來就擁有充分的主權，甚至有資格向時間王子（Zeitfüest）或魔鬼及其疆土宣戰或講和，但登基實在太麻煩，權杖實在太難以取得，甚至連見到都有困難！」

杜費爾斯德洛赫使用這樣一個描繪過細的比喻，是否只是想表達年輕人「啟程時」會遇到阻礙？「我的王國，」他接著說道：「不是我有什麼，而是我做什麼。人人都有自己的內在天賦，以及外在的機運環境。兩者以最有智慧的方式結合起來，就能發揮能力的極致。但首先會遇到的一大難題，就是如何藉由探究自己和自己的立足點找出那個結合內外在的能力究竟是什麼。因為，說來可嘆，我們的年輕心靈有太多能力含苞待放，還看不出哪個才是真正主要的蓓蕾；更何況一個新生之人面對的時代是新的，環境也是新的，因此所走的道路注定不同，不可能和從前類似。外在能力和內在能力相應，其實是多麼難得的一件事。我們的天份夠多夠好，但卻沒錢沒朋友，消化不良又怕羞，更糟的是還很愚蠢，因此只能在理不清的萬般能力裡胡亂摸索，想撈到那個真屬於我們的能力，卻常常抓錯。儘管人生短暫，但這樁蠢差事勢必得耗去若干年的時間，直到半盲的年輕人從經驗中得到距離的概念，他才會變成明眼人。甚至有些人終其一生不斷期待，又不斷失望，從這件事轉移到那件事，從這一方跳到那一方，直到成為七十歲的憤怒老青年才將心神轉到最後一件事，也就是入土為安。

「以我們大多數人眼睛之模糊，肯定擺脫不了這普遍的命運。好在還有一樣東西救了我們，那就是飢餓。大家都曉得，飢餓總是來得緊迫，以致選擇也得加快。正是出於這點，我們才根據先見之明，提供實習和學徒制給理性不足的年輕人，好讓他們內在那個未定形的人有現成的模子可以套，成為某一行的工匠。這樣不論工作是浪費他們的能力多，還是糟蹋他們的能力少，至少都不會浪費時間，因為浪費時間才是最糟的。甚至精神事物也不例外，因為靈性也是生來未開眼的，不像其他生物誕生九天就能看見東西，而是慢上許多，甚至永遠看不見。因此，有所謂的職業或溫飽之技（Brod-zwekce）預作指引，難道不是好事一件？就像半盲或全盲對絞盤馬（gin-horse）②不是壞事，但求溫飽之人也能一邊轉圈子，一邊滿足地幻想自己在前進，並且實現許多東西：為自己賺得三餐，為經濟社會這座大磨坊或麻紡廠加添一匹馬力。我也拿到了同樣的引繩，只是還附了籠頭，要不是我掙斷了它，差點把我勒斃。因此，用火槍軍曹（Ancient Pistol）③的話來說，這個世界對我就像一顆牡蠣，我得想盡辦法用力氣或技巧打開，但它始終閉得太緊，差點把我悶死（fast wär ich umgekommen）。」

我們發現，這位自述者日後許多遭遇所代表的意義，從這時就清楚顯露了端倪。那些在他生命中痛苦成形，具體化為生平事蹟的遭遇，以極其模糊悲慘的細節，凌亂散布在「雙魚宮」和其後幾個紙袋裡。一個天資頗高的青年，性格高傲而沉靜，有如一頭勇敢的小駒，「掙斷了籠頭」從馬槽奔向遼闊的世界，卻遺憾發現四面八方還是架著嚴密的圍籬。豐美至極的苜蓿田讓人望眼欲穿，他卻不得其門而入，只能呆立原地，肚子愈來愈餓，或是瘋狂絕望地來來回回，一再挑戰那堵筆直的石牆，卻怎麼也跳不過去，只留下瘸腿與擦傷。他嘗試堅持了千百回，終於奇蹟般地闖過了；但不是去了茂盛鮮美的苜蓿田，而是來到一片矮樹叢生的野地。那裡活得下去，也有自由，只是伴隨著匱乏，但依然不無甜美。總之，我們的教授拋棄了律師職業，發現自己不再有外在路標的指引，害他原本就缺乏確鑿信念與內在指引的毛病頓時雪上加霜。必然性逼著他繼續往前。時間不會停止，他身為時間的產物也就不能停步。他的激情得不到宣洩，狂才得不到發揮，在在使他苦惱焦躁，不得不將那殘酷的獨腳戲——沒有目標絕不休息——演下去，和接踵而至的命運對抗，克服重重災難，盡可能從中養成當有的德行。

不過，讓我們對他公平一些，承認他身上的「籠頭」確實一點也不舒服，多少逼得他非掙脫不可。單從他出身那不知名的大學，待在這不知名的都城，就能清楚看出他的社會地位離眾人稱羨還遠得很。他首次法律考試就高分通過，甚至能誇口連畢業口試（Examen Rigorosum）也嚇不倒他。然而，就算他拿到了「榮譽實習律師（Auscultator）④」又如何？他還是幾乎找不到差事。此外，對一個缺乏人脈的年輕人來說，空等也不是很有希望，而且以他這樣的個性也沒什麼好期待的。「其他實習律師都有模有樣，」他說：「他們穿好吃好，能言善道，但在其他方面幾乎見不到任何生命力。他們目光炯炯，裡頭卻沒有思想！他們無心於崇高，也無心於低俗，不在意人，也不在意神，只忙著嗅聞升遷的蛛絲馬跡。」這番話除了顯示杜費爾斯德洛赫與同門的徹底疏離，不也透露出一絲虛榮心受損的怨憤？不難想像，這群平庸的實習律師可能嗤笑過他的怪異行徑，並嘗試恨他、瞧不起他，只不過要鄙視他實在不容易，但至少融洽相處是不可能的。年輕的杜費爾斯德洛赫早已離開其他小鴨，游到一邊去了，只是還不曉得自己是鴨子或天鵝。

至於那份基層的工作，他可能同樣表現不好，至少做得不愉快。就算自豪擁有「卓越的執行方法與專業知能」，但他心裡難道沒有一絲職業驕傲，哪怕藏在心底最深處？這麼怕羞的人永遠不會受眾人歡迎。我們可以想見，他的特立獨行肯定鬧出不少稀奇古怪的事來，他自己不也這麼說嗎：「我就像還很嫩的年輕人，以為自己必須應付的只有工作，不必應付自己與別人的愚蠢和罪。」話雖如此，他從工作被動的實習律師升到工作主動的顧問律師顯然是同行中最慢的。而那些原本頗關照他的尊長也因視他為「有天分的人」而決定放手，一個個收回對他的資助。關於此事，教授在這些文件裡忿忿批評。「這似乎是說，」他寫道：「有高就不會有低，能在天上飛就不能在地上走，就算你想也不行！但世界就像個老婦人，常把鍍金的法尋⑤看成金幣；上當太多次之後，除了銅板什麼也不信。」

我們這位飛天的信使如何想當地上的跑者而不可得，又如何按捺住飛上天再也不回頭的衝動，這些文件並沒有交代清楚。善良的葛雷琴老媽似乎從往事裡消失了，說不定其實已從這世上消失了。不論豐盛之角或儉吝之角都不曾為他降臨，讓我們不得不為「飢餓總是來得緊迫」而感到擔憂。儘管什麼語言、什麼學科都教，家教的收入依然微薄。另一方面，用他本人的話來說，「這位年輕的冒險者雖然從未懷疑自己的文學天賦，卻只能靠廣泛的翻譯能力賺到勉強糊口的薪水。不過，」他接著說：「我確實養活了自己，因為你看我到現在還活著。」對於這件事，除了那句溫暖真誠的古諺「一枝草一點露」之外，我們實在想不出其他解釋了。

從房屋帳單和其他印有「付訖」字樣的文件可以看出他不是沒錢，不過也只是付得起房租或房貸。這裡我們同樣找到兩張殘缺不全的小紙條，或許能一窺他當時的處境。第一張紙條上找不到日期和撰寫者姓名，只有一大塊墨漬，因此只能讀到「（墨漬）雖然承諾在先，惟眼下除了衷心寄予祝福，實在無法再支持杜費爾斯德洛赫先生爭取顧問律師一職。協助有天分之人開展事業既是敝人的責任，也是榮幸，只是目前必須忍痛割捨。這樣一位有為青年，前途必有更偉大的勝利在等候著」。另一張通知寫在燙金紙上，之所以勾起我們興趣，是因為它就像一具書信的木乃伊，雖然已經死去，但曾經活過、貢獻過。原文照錄如下：「敬邀杜費爾斯德洛赫先生於週四出席夫人的品茶會。」

這等於有人大聲哀求自己亟需布丁填飽肚子，得到的答覆卻是請他喝口茗茶，還真是答得妙啊！這下杜費爾斯德洛赫可是和命運女神正面遭遇了。他來到這群男女都有的業餘藝文愛好者中間，就像一頭飢餓的獅子獲邀和雞群一起吃馬齒莧，雙方相處如何我們只能全憑想像了。也許極力保持沉默，壓抑填飽肚子的衝動，畢竟如果真要大快朵頤，遭殃的肯定不是莧草，而是雞群。另外，帖子是從札達姆家寄來的，因此夫人肯定是伯爵家的女主人沒錯。她的知性，以及她對杜費爾斯德洛赫的親切，不論出於陶古德或她本人之故，從這張帖子都看得很清楚。我們這位自述者和這個貴族之家的關聯雖然薄弱，但確實維繫了一段時間，這點已在別處提過。若他是為了爭取贊助，那顯然希望落空了，但就見見世面而言倒是足夠了，畢竟我們原以為他永遠都將不得其門而入。「札達姆家族，」他這樣寫道：「生活在舒適豪華的貴族世界裡，文學與藝術都從外吸引而來，依附其上，成為最美的點綴。兩者能有進展，都要歸功於夫人閣下（Gnädigen Frau）。她熱心蒐集需要的點綴，並巧手布置搭配，不論蕾絲或蜘蛛網都各得其所。」杜費爾斯德洛赫也是蕾絲或蜘蛛網嗎？還是原本有望成為兩者之一？他接著又說：「至於伯爵（His Excellenz）本人，我有幸和他交談過幾次，主要是閒聊和談論世局。他雖然已過中年，看法倒是頗為樂觀，除了希望消滅報紙（die auszurottende Journalistik）就別無所求了。因為他閣下脾氣不算太好，所以有些事情我覺得還是沉默為妙。此外，由於『持有領地』就是他的工作，因此儘管他或許才能不低，不過用在工作算是牛刀割雞，所以也就沒怎麼長進了。」

我們不難看出，在杜費爾斯德洛赫眼中，世局並非無可指責，而在「消滅報紙」之外也有不少事物或許算得上進步。他於外只有實習律師這樣一個聊勝於無的職位；於內則有太多叛逆的想法與期望，因此並不好受。「宇宙，」他這樣寫道：「是個巨大的斯芬克斯之謎，我知道得少之又少，卻又不得不猜，否則就會被她吃了。生命在難以形容的燦爛紅光中、漆黑至極的幽暗裡，向我那過於素樸的心靈展現。在我裡面有種奇怪的矛盾，我還不知道如何解決，也不曉得唯有混亂歸於齊一⑥，心靈的樂音才會出現，沒有惡就不會有善，唯有戰鬥才有和平。」

「我聽過一些並非冷血心腸的人說，」他在另外一處批評道：「要是能將所有十九歲以上的年輕人關在桶子裡，或用其他方法讓他們見不到外面世界，只能做他們該做的學習與工作，直到二十五歲，他們憂鬱點也聰明點了再放出來，這樣就能真正增進人類的福祉。對於這個建議，至少單就執行面而言，不用說我是礙難苟同的。不過，有人主張這個年紀的姑娘（Mädchen）最悅人，這個年紀的小伙子（Bübchen）卻到達討人厭的高峰，這話倒是十分中肯。他們不僅愣頭愣腦（Gecken），還是愚蠢的孔雀，對於放縱無比貪求，行事冥頑、妄為和自負到極點，各方面都囂張跋扈至極。旁人再大的努力與成就，這些不曾努力也沒有成就的小伙子絲毫看不上眼，覺得只要這些事值得做，自己肯定能做得好上無數倍。生活是最容易的事，和數學的比例法一樣簡單，只要第二和第三項相乘再除以第一項，得出的商就是答案。如果不懂，就代表你是蠢蛋。這些呆頭鵝還沒從經驗裡學到，無論你怎麼算都會出現該死的分數，而且最常出現的還是循環小數，要得到整數商根本想都別想。」

這段話裡難道不是隱含了一份意有所指的自白，杜費爾斯德洛赫不僅外在不順，內在衝突更大，年輕頭腦裡有著暫時卻令人痛苦的錯亂呢？唉，光是外在不順就已經夠他受得了。「有件事永遠沒錯，」他這樣寫道：「那就是薩圖恩（Saturn），或者克洛諾斯

（Chronos），也就是我們所謂的時間，會吃掉自己的所有孩子。你如果不停奔跑，不停工作，或許能躲過他，但也就七十年左右，最後還是會被吃掉。有哪個君主國，甚至是神聖聯盟⑦，可以命令時間靜止，甚至（即使只是在思想上）擺脫時間？我們在凡間的存在完全奠基於時間，用時間做成。生命只是一種運動（movement），是時間的脈動。時間既是作者，也是材料。因此，我們全部責任就是運動與工作，朝正確的方向走。人的身體與靈魂不是不停在運動，不管我們是否願意嗎？不是不停在耗損，需要不停回復？我們內外在需求獲得的滿足再高，也不過就滿足一段時間，因此事情做完就完了，對我們來說不存在了，必須重新再做。時間之神啊，你怎麼能這樣包圍我們、禁錮我們，讓我們在你模糊紛亂的時間元素裡陷得如此之深，唯有清明的時刻才能見到蔚藍天家顯現的一瞥！而我這個時間之子比有些人都要不幸，還沒成熟就被時間威脅著要吃掉我，只因我如何努力就是跑不好，路途就是障礙重重，腳上的鐐鎖又是那麼重。」我們推想，這段話用世俗的語言來理解，意思就是杜費爾斯德洛赫和別人一樣，其必然的職責就是「工作，朝正確的方向走」，而他卻沒工作可做，以致煩惱透了。這很自然，因為遠處有「匱乏」虎視眈眈，而他熾烈的心靈又因為無止盡的停滯而凋萎，就像胡迪布拉斯爵士的劍遭到鏽蝕逼迫一般：

> 只因少了東西能砍劈

它就劈砍它自己！⑧

不過，整體而言，他生來「出色的被動性」一如以往再次發威，而我們不是或許在此找到了教授之所以為現在這般的根源，甚至隱約見到了衣裳哲學的開端嗎？他這時對世界所持的態度已經是過於防禦了，而非如我們所期待的敢於攻擊。「在此之前，」他這樣寫道：「我每次和人群相處總是受人注意。要說原因，就是我太過安靜，以致如我朋友經常責怪的，無法正確傳達我感受的熱誠。其實我對人是充滿了過度的愛與恐懼。人的奧祕對他始終是神聖的，猶如上帝一般。但我時常受到責怪，甚至被不大熟悉的人憎惡，只因為所謂的對人剛硬（Härte）與冷漠，以及我說話時愛用乍似諷刺的語調。唉，那諷刺的甲冑只不是硬殼罷了，被我用來掩護自己，才能使我裡面的那個可憐人活得安全些，舒舒服服，不再被傷害所激怒。我現在明白，嘲諷基本上是惡魔的語言，因此很早以前就盡量丟掉了。但那些年有多少人因此對我產生了敵意！一個喜歡嘲諷、佯裝安靜和暗中行事的傢伙，尤其還是最難想像會有這些毛病的年輕人，可能被社會視為害蟲。我們不是都見過德高望重的人挺身而出，以極其溫柔的漠然將這樣一個人攆出視線之外，有如揮走一粒微塵或蟲子，讓他飛向天花板（balkenhoch）再重重跌在地上，不得不夾著尾巴離開，只因他擺明了自己是暗電和水雷！」

唉，有著這樣鬼脾氣的人，怎麼能在生活裡找到出路呢？畢竟連杜費爾斯德洛赫自己也承認，人生首要功課就是「讓自己和某人與某事連結（sich anzuschliessen）」。但他的生命歷程卻是分離多過連結。讓我們再補充一點，不久後，連他唯一成功建立的重要連結，亦即他和札達姆家的關係，也因為那「脾氣不算太好」的老伯爵離世而實際上近乎停擺。這事十分偶然地在一篇〈論墓誌銘〉的文章裡記載下來，和其他許多文件收在這個紙袋裡。文中的博學與古怪的洞察力遠勝過主旨，而他所主張的大原則就是不論墓誌銘種類如何，都應當以歷史為取向，而非抒情。「受這位貴族之後所託，」他說：「墓誌銘由我執筆，於是在兼顧個人原則下，我完成了以下拉丁文碑文。不過，據悉由於拉丁文上的瑕疵——儘管我本人遍尋不著所謂的瑕疵——因此到現在還沒刻到墓碑上去。」對於這點，我們可以這樣斷言，最令英國讀者吃驚的肯定不是拉丁文：

菲利普·札達姆長眠於此，曾為伯爵閣下，效命於帝國議會及金羊毛、短襪和黑禿鷹騎士團，在世時用鉛丸殲滅了五千隻松雞，並率領家僕將雞飛狗跳的雙足與四足動物化作一百億磅的各色食物。如今他不再工作，作品也成追憶。欲見證其功績者，瞧那糞堆即可。他殺生始於（日期），終於（日期）。⑨

注釋

①意指蘇格蘭人瓦特（James Watt, 1736-1819）發明的蒸氣機。

②絞盤（gin）為礦場裡從礦坑吊出礦石或礦砂的機器。

③典出莎士比亞《溫莎的風流娘兒們》第二幕第二景。

④畢業口試（Examen Rigorosum）為德國大學法律系畢業考試，實習律師為通過考試的學生律師。

⑤法尋，英國貨幣，二十世紀中停用。

⑥後來版本改作「和諧」。

⑦指一八一五年由俄羅斯、奧地利和普魯士共同組成的政治聯盟。

⑧典出巴特勒敘事詩《胡迪布拉斯》。

⑨倒數第二句「欲見其功績者」典出倫敦聖保羅大教堂設計者雷恩（Christopher Wren）於教堂內的拉丁文墓誌銘：Si monumentum requiris, circumspice（欲見其功績，且環顧左右）。

第五章　羅曼史

杜費爾斯德洛赫辭去工作；愛的神聖奧祕；杜費爾斯德洛赫對女性的敬拜之情；最初和唯一的戀情；布露明；歡樂的心和自在的交談；幻想的無限性；戀情的美好進展、突然破滅和最終的災難。

「直到多年後，」杜費爾斯德洛赫這樣說道：「這位有如置身埃及的希伯來人，辛勤勞苦，連做磚的殘稈也沒有的可憐律師，腦中才閃過一個強烈的念頭：這一切是為了什麼？老天（Beym Himmel）！當然是為了溫飽！然而天地之大，難道就沒有其他地方能求得溫飽嗎？無論如何，我都決心試一試。」

於是，我們見到他就這樣邁向了獨立，儘管這個新狀態可能不比之前好上多少。杜費爾斯德洛赫現在是一個沒有職業的人了，脫離了捕鯡船（herring-bus）和捕鯨船的行列。反正他落居下風的處境本來就夠痛苦了，不如孤注一擲地調頭脫隊，用自己的六分儀和羅盤走自己的路。可憐哪，杜費爾斯德洛赫！就算你討厭船隊、貨物與船長，但它終究不仍是一支船隊嗎？有既定的航線、明確的目標，尤其船與船能互相引導，互相貸款借支，使得每艘船都能加倍互助。你一個人要如何航行在不熟悉的海域，為自己找到西北向的捷徑，抵達那不知位於何方的香料樂土？這樣一葉孤舟，這樣一趟航程與航海技術，只會危險重重；甚至一出發，我們就會見到他被卡呂普索島①給困住，讓他的航程推算宣告錯誤，徹底推翻。

「對年輕男子來說，」他有一回寫道：「若想在年少時見到宇宙莊嚴顯現，感覺凡間處處是天堂，沒有比注視年輕女子更直接的方式了。古怪的是，這件事在我們古怪的人生裡就是這樣安排的。基本上，就如我常講的，人（Persönlichkeit）在我們眼中永遠是神聖的；一如傳統的神人同形，我的『我』和所有的『你』都以愛連結。然而，正是這種神聖的異類相吸、正反相合，最容易擦出火花。你以為最低下的人就與我們毫無瓜葛嗎？我們豈不是真心想和這樣的人連成一體，用感激、欽慕甚至恐懼拉他與我們結合，不然就由我們與他結合嗎？更何況異類之間！這樣一種奧祕的結合是存在的，是地上最崇高的合一。因此，我們特別將這把以幻想為媒介，在男女之間由共通心靈電流交會而產生的火焰稱之為愛。

「在每個健全的青年裡面，我猜想都已經有一座盼望的天堂，為了某個絕美的夏娃而盛開。而在那高雅的景致與花草左右，也必然可以見到一棵知識之樹，美麗而森然地矗立其間。要是基路伯②用火劍阻擋，讓富於想像的年輕人只能見到那片景致，卻無法靠近，整座天堂或許會更加誘人。那有德幸福的青春歲月，羞恥仍是不可跨越的神聖障礙，名為希望的海市蜃樓尚未貶為現實這間寒酸的泥屋，人依然如生來那般自由與無限！

「至於這隻年輕的孤鳥，」杜費爾斯德洛赫接著說道，顯然是指他自己：「因為他的離群索居與愈發熾烈的幻想，使得那把火有如在熔爐裡悶燒得更旺，以致他對『凡間的女王們』充滿了無法形容的情感。神性明白顯現在她們裡面。在我們這位年輕朋友眼中，所有女人都超凡入聖，來自天堂。她們依然揮著五彩繽紛的天使羽翼從他身旁翩翩飛過，或在品茶會邊上打轉，可望而不可即。她們的靈魂與形體依然飄逸，有如神祕的女祭司般可愛，手裡拿著隱形的雅各之梯，男人從那梯子就能上到天堂。我們這位可憐的朋友，他有可能贏得任何一顆芳心（Holden）嗎？老天（Ach Gott）！他豈敢有此奢望？難道他不會因此而死嗎？一想到這，他就感到一陣狂喜的暈眩。

「因此，儘管這位青年對俗人深信的魔鬼與天使全然懷疑，天仙還是不時來訪；不論去到哪裡都會遇到她們，看得見更聽得到。雖然他口頭上還是喊著她們世俗的凡名，心裡卻懷著宗教般的崇敬。要是有某位天仙化成肉身落入凡間，對這樣一個靈魂投以電流似的溫柔一瞥，朝他說『你也可以愛人與被愛』，從而將他點燃——老天，那將會是一簇何等地動天搖、吞噬一切的火焰！」

那火焰後來似乎真出現了，在第歐根尼先生裡面的那個人身上爆發開來，規模不下於維蘇威火山。這有什麼好奇怪的嗎？套用他自己的比喻，我們可以說，那時他的易怒天性已經不只是一小枚火種，而潛藏的激情更像大量的硝酸鉀，如硫磺般暴烈，而且四周一片火熱，旁邊就是「悶燒的幻想」。這些不正是乾火藥的成分，只要星星之火就會轟然爆炸，而我們的生活元素裡又到處不缺火花？在盤旋天際的眾多天使之中，想必會有某位天使某一天從「品茶會邊上」飛上前來，用有如普羅米修斯之火的帶電目光，點燃這不可小看的煙火。幸好確實如此，那煙火如火箭般一飛沖天，綻放朵朵燦爛，在那幸福的青春愛情的每個階段一朵接著一朵綻開，直到全數安然燃盡，年輕的靈魂得到舒展，而且幾乎沒有受到傷害！幸好沒有釀成大火或劇烈爆炸，將心痛苦撕裂，甚至炸成碎片（也就是死亡），或者至少炸開你那「悶燒熔爐」的單薄爐壁，以致火勢失控延燒（亦即瘋狂），直到我們第歐根尼那美好豐富的內在世界燒得一乾二淨，或只剩下「死火山口」！

從「魔羯宮」和前後幾個紙袋的諸多資料可以看出，我們的這位哲學家雖然現在清心寡慾又憤世嫉俗，當時卻是一心甚至瘋狂沉浸在愛裡，讓我們之前對他的心腸到底是鐵石還是肉做的懷疑一掃而空。他愛過一次，不算高明，但很美好，而且僅此一次。如同每支新火箭（Congreve）③都需要新的外殼與包覆，每個人的心靈最多只能展現一次真正的愛情，「初戀是無限的」，不可能再有相同的第二次。因此，編者這幾年開始有種預感，杜費爾斯德洛赫不僅永遠不會結婚，甚至不會調情，就算到了六十三歲的生命大關（grand climacteric）或衰老前的小陽春（St. Martin's Summer）④，他也不會再戴上新的殉道者花圈。對教授來說，女人就是藝術品，上天的創作；他只會在藝廊裡歡喜端詳，再也不會想買回收藏。

熱衷心理的讀者應該都很好奇，杜費爾斯德洛赫是如何面對這前所未有的處境，他的煙火又是以何種樣貌、燦爛與色彩綻放，只是他們這回又要失望了。從這些時而讚美時而哀嘆的雜亂文字裡，瘋狂夾雜在各種題外話之間的佩脫拉克式與維特式⑤的狂熱情詩中，還是破解不出那位佳人的姓名。雖然文中稱她為布露明（Blumine），意思即是花神，但顯然是化名。所以她真名是芙洛拉（Flora）嗎？那她姓什麼？難道沒有姓嗎？她家世如何？父母是誰？財產地位？尤其是什麼命定的因緣，讓這對愛人者與被愛者在茫茫天地裡相識相遇？兩人邂逅時的反應又是如何？這些通常在傳記裡不可或缺的問題，我們能回答的多半只有猜測。「命中注定，」各位的哲學家這樣說：「布露明的天界軌跡將與我們這位獨行者的凡界之路交會。他凝望她天女般的雙眼，一時以為光明上界降臨到了黑暗下界。當他發現自己錯了，不禁發出了聲音。」

我們只能推斷出她應該很年輕，很漂亮，淡褐眼眸，是某人的表妹，出身高貴，心地也很高尚，可惜因為家裡破產而寄人籬下，可能靠不怎麼慷慨的有錢親戚接濟過活。但

「這位漫遊者」是如何闖進她的生活圈呢？是因為品茶會這個滋潤的管道，或只是枯燥的公事往來？是陶古德先生出手撮合，還是伯爵夫人？身為裝飾藝術家，她有時可能喜歡鼓勵別人談情說愛，特別是年輕氣盛的無名小伙。就所有跡象看來，兩人的相遇主要出於偶然與大自然的恩典。

「美麗的森林城堡（Waldschloss）啊，」我們這位自述者這樣寫道：「任何人見到你，就算是剛離職的實習律師，口袋裡還裝著他寫的最後一份狀子（Relatio ex Actis），也會忍不住駐足讚嘆！多高雅的府邸！你就矗立在深山裡碧綠如茵的草地上，沉靜絕俗，莊嚴宏偉，花崗石在西斜陽光下閃閃發亮，有如綴滿寶石的黃金國（El Dorado）宮殿。周圍山巒護駕，重重相疊宛如波浪，草地更是翠綠極了。深棕色峭壁劃開幾道裂口，還有幾棵孤樹和樹影點綴其間。對這位不期而遇的徒步旅人，你又像利比亞荒野上的太陽神殿，他的命運就寫於殿中，令他既喜又憂。他駐足靜觀或許是對的，那一眼裡就含著預感與莫名的警兆。」

不過，讓我們在此稍作推測，這位懷著預感的實習律師交出狀子之後，就被請去喝了一杯萊茵河白酒。因此，他不是垂頭喪氣渴著回到城裡那滿是灰塵的住處，而是被人帶到這間公園洋房，和盡是一時之選的先生女士們同桌。就算不是品茶會，也是知心的傍晚閒談，甚至是音樂咖啡會，因為「豎琴和清亮的歌聲讓寂靜充滿生氣」。看來這間洋房的尊貴氣派並不比府邸遜色太多。「那裡花團錦簇，玫瑰盛開，五顏六色的花朵散發著各種香氣。這群新同伴坐擁其中，前方門外是美麗的鮮花與灌木叢，還有果樹和茂密的綠草，一路起伏綿延到遠處的群峰。那裡是如此明亮、如此清雅，隨處聽得見鳥和其他生物的開心鳴唱，感覺就像從豔陽罩頂的夏日裡偷得的蔭涼處一樣。我們的漫遊者是如何心有預感地（ahnungsvoll）來到宴會主人身旁？是否察覺自己應該關閉堅硬的心門，擋開這些溫柔的影響？是否看出命運又一次想試探他，開他玩笑，看他是否骨氣還在？

「他隨即被介紹給座上客，尤其是其中一人：布露明！在所有貴婦淑女當中，端莊的布露明的眼眸就像人間燈火中的一顆天星。哦，多麼高貴的少女！他的身和心都朝她作揖行禮，卻不敢正眼看她，因為她的存在讓他心裡充滿了又苦又甜的困窘。

「他早就聽過布露明。這個悅耳的名字傳得很遠很廣，因為她的天賦與優雅，也由於她的善變。從各種模糊的繪聲繪影，以及不少於讚美的責難，我們這位朋友已在心裡將她描繪成一個專橫的心之女王、溫暖綻放的人間天使，比宛如皎潔天使的女子更加誘人，不像她們平靜的血管裡幾乎找不到易燃的火花。他也曾在公共場合裡見過她，目睹那輕盈不失端莊的體態，以及被烏黑鬈髮微微遮去笑靨與陽光的深邃臉龐。然而那些身影對他而言只是幻象，可望不可即，幾乎不具現實。她的世界離他太遠，怎麼可能會記得他？哦，老天！他們怎麼會聚到了一起？而現在這位玫瑰女神就和他同坐在一群人之間，她的目光正在對他微笑；只要他開口，她就聽得到！就連天上的陽光也會照進最深的山谷，誰曉得布露明是不是之前就注意到了他這個不值得注意的人？甚至和他一樣，從批評者那裡對他心生好奇，產生好感？這麼說來，這股吸引與悸動是共通的，就像電極和電極，只要放在近旁就會顫動著想貼在一起嗎？甚至應該說，凡心面對心之女王就會鼓脹，如同大海靠近月亮！這位漫遊者更是如此。他就像受到向天吸引的萬有引力，被撒拉弗⑥的權杖輕輕一點，整個靈魂瞬間從最深處騰起，所有痛苦與一切喜樂，還有關於過去與未來的朦朧畫面與模糊感覺，統統如漩渦一般在他心裡不安翻騰。

「換作遠不那麼悸動的場合，我們這位安靜的朋友往往刻意龜縮，將所有振動與顫抖一股腦地藏到沉默這件安全的大衣之下，甚至包藏在表面的冷漠裡。但他此刻顫抖到內心最深處，為何卻沒有龜縮昏迷，反而振奮出力量、無畏與清醒來？是他的引領神（Dämon）感召了他，讓他上前面對自己的命運。現在就展現自己，不然就永遠隱藏，命運對他悄聲說道。因此，有時就連焦慮都能被超越。靈魂先是覺得可以超越焦慮，隨即以火熱的勝利之姿超越了它，同時張開新擁有的勝利之翼在天空翱翔，那動作是如此平靜，甚至正因為飛得如此迅速而不可阻擋。這位漫遊者肯定會永遠記得，自己那天是懷著怎樣的滿足與驚訝，一刻也無法沉默，而是靈巧地投入談話的洪流，後來甚至（說一句明顯不是誇張的話）一直帶領談話的走向。那幾個小時顯然有某種靈感在幫助著他，並且之後還是可能出現。這位自我孤立之人以高貴的思想及自由奔放的言詞展露自己，靈魂有如一片光明的海洋，是真理與智性的居所，任幻想一一成形，散發著各色稜光。」

看來那場原本無比歡樂的聚會上有一個庸人（Philistine），即使大家都聽煩了，他仍然獨霸全場，不停倒出庸俗思想（Philistriositäten）。想也知道是哪位英雄登場擊倒了他！這裡就不提那一連串蘇格拉底式（應該說第歐根尼式）的發言了。總之，那個怪物被說得「啞口無言」，沒多久就藉口天黑告辭了。「那位搶話者落荒而逃，」這位英雄寫道：「大多數人顯然都鬆了口氣。但比起布露明報答給勝利者那隨時可能變成燦笑的盈盈一笑，所有的讚美又算得了什麼？他壯著膽子與她攀談，而她不僅認真回話，那銀鈴般的聲音甚至有點顫抖，連夕陽也差點遮不住她臉上閃過的羞紅！

「談話愈來愈熱烈，美妙的想法一個牽一個源源而出。這真是難得的場面，靈魂完全自由地舒展，人與人彼此親近，輕鬆愉快地高談闊論，友善的談話使得在座所有人都參與進來，因為每個人心頭上的負擔都釋去了，平常作為生活規矩的儀式化為烏有，不再成為障礙，無謂的『你』『我』之稱也消融散去，不再截然二分。生命一片和諧多彩，有如美麗莊嚴的原野，而擁有這片原野的唯一主人就是愛。在這樣親切的時空環境，從這些親切的心靈裡湧出了這樣的樂音。然而，當山頂上暮色愈來愈濃，照在山谷裡的影子愈拉愈長，淡淡的輕愁似乎也滲進了心頭，以微微可聞的聲音提醒在座每個人，猶如光明的白晝將盡，人生的白晝也注定會墮入暮色與黑暗之中，帶著所有令人厭倦的疲累，以及快樂與悲傷的喧嚷，一起沉入寂靜的永恆。

「對我們這位朋友來說，那幾小時就像一瞬間。他既聖潔又快樂。從那甜美雙唇吐出的話語，對他有如降在乾枯草地上的甘露。他靈魂裡所有較好的感受似乎都在低語：我們能待在這裡真好。分別時，布露明和他是牽著手的。在芳香的黃昏和天上親切的繁星面前，他說了期待再見的話，對方沒有拒絕。他溫柔握了握那柔嫩的小手，感覺那手並不急著或氣著抽開。」

可憐的杜費爾斯德洛赫！一切都明擺著你已經神魂顛倒了。心之女王將見到「有天分之人」同樣為了她唉聲嘆氣。在那段超自然的時間裡，她用魔法魅術綑綁了你，令你著迷。「愛不必然是精神錯亂，」他在別處寫道：「但兩者還是有許多相同點。若你問我，我會說愛是在有限裡認出無限，看出化為現實的理型。你可能認對了，也可能誤判，可能純潔也可能邪惡，可能是靈感，也可能是瘋狂。但就算是愛，它也和所有瘋狂一樣，都是加在眼見事物之上的幻想，有如阿基米德槓桿⑦，可以在如此狹小的真實裡任意擺弄無限的精神世界。我想說，幻想才是人的天堂或地獄之門，人的肉體生命只是短暫過渡（Zeitbühne），明顯受到這兩股雖遠猶近的洪流影響，可以是悲歌，也可以是通俗劇。幾乎所有地方，感官只要每天十八便士就能餵飽，但幻想就算奉上所有星球和太陽系也嫌不夠。皮洛士就算征服了世界，喝的紅酒也沒比較好。」唉，瞧瞧各位的「第歐根尼」，他全身著火直撲天界，瀕臨瘋狂，就為了一個「靈魂高貴的褐髮女子」，彷彿世上絕無僅有，再也找不出第二或第三個！

他說，他們在城裡又見了面。「日復一日，如花綻放的布露明就像他心中的太陽一般照耀著他。啊！他不久前還完全置身黑暗之中，怎麼會有佳人（Holde）愛上他？這個可憐的年輕人什麼都不信，也不曾學會相信自己。他總是帶著驕傲的膽怯縮在自己的硬殼裡，遠離眾人，卻還是受盡夜魔的煽動，悲憤看著自己被迫放棄生命裡最美好的希望。可是現在，噢，現在！『她看著你，』他喊道：『她是如此美麗、如此高貴，而那雙黑色眼眸不是告訴了你，她沒有瞧你不起？哦，她是上天派來的信使！願上天所有祝福都歸於她！』他心裡流瀉著溫柔的旋律、無限感激的曲調與最甜美的暗示，宣告他也是男人，世上難以言喻的快樂也有他一份。

「自在的交談，有熱烈也有歡快；柔情的目光、笑語和淚水，外加無法言傳的神祕的樂音絮語。這些現在都成了他們的生活日常。那繽紛浪漫的氛圍，還有最美麗的東方光明使者為伴，肯定讓我們這位朋友受寵若驚，感覺天地的啟示在他面前展開。美麗至極的布露明啊！她是星辰，完全的火與溫潤，是光的化身！在她身上哪還有缺點，還有令他將就的『善變』可言？她難道不是他的晨星，為他帶來了天界的氣息？凡間不曾有過的音樂在他耳邊迴響，彷彿來自風神拂曉撥弄的豎琴，來自奧羅拉（Aurora）紅潤手指撩撥的門農像，輕輕將他推入前所未有的溫馨安息。蒼白無力的懷疑被甩得老遠，生命盛開著幸福與希望。往日不過是殘夢一場，他早已置身伊甸園中，卻不曾發覺。但你看現在！監牢的黑牆消失了，遭囚的人還活著，而且自由了。他是否愛著那個替他解除魔咒的女子？老天（Ach Gott）！他的心、靈魂和生命早已全是她的了，只是他還不曾稱之為愛。他有的只是感覺，還沒化成想法。」

儘管如此，化成想法（甚至行動）是必然的。因為不論解除魔咒者是男是女，都不過是「時間的兒女」，不可能只停留在感覺裡。教授至今仍不明白，「就算是『必然』的命令，那可人兒溫柔熱情的心裡怎麼會生出這樣的決定，斬斷如此美妙的連結？」他甚至沒想到，那位他不知是誰的「表妹的保母」竟然抱著「淺薄貧瘠的哲理，打從開始就不大贊同這年輕心靈信奉的宗教」。雖然事隔遙遠，但我們無須通靈也能解釋這一切。我們就問這位哲學家一個問題：成為杜費爾斯德洛赫夫人，在上流社會是能如何？別說黃銅二輪單馬車，連鐵馬車都坐不上。你這個愚蠢的「離職實習律師」，在你前方沒有未來可言，有哪個「年輕心靈信奉的宗教」能確保廚房天天開伙？啐！你那聖潔的布露明，當她「聽話和富人結婚」，就算只是出於「女人的天分」，也比你這個自認男人的傢伙有哲理多了。

讀者已經明白這場狂熱愛情的緣起，也讀到這份情感是以何種莊嚴美麗的姿態滋長與萌發的。請別要求我們描述這場愛情全盛時的燦爛，更別提它幾乎是頃刻消失的那份恐怖。這些紙袋裡的資料本來就毫無章法，之後更加倍錯亂，連一點鮮明的輪廓片段也理不出來。再說，就算理出來了又有什麼好處？我們開心看著這個絲綢做的熱氣球離地高飛，穿越重重水氣，直到小得像顆璀璨的天星。然而，當它一旦由於過度緊繃或意外著火而爆炸，那還盯著看幹嘛？不過就是一位倒楣的舵手，連同破掉的綢布、沙包和雜亂的殘骸一起下墜，直直掉進惡魔嘴裡！我們只需要曉得，杜費爾斯德洛赫曾以自然的拋物線飛抵七重天外，隨即猛力垂直墜落，其餘就讓有過類似經驗的多情讀者自行描繪吧。不妨這樣想：倘若他迷上的是一個較為遜色的女子，卻經歷了同樣的痛苦與瘋狂，那等他遇上無與倫比的布露明，那火熱的心靈會變成什麼模樣！我們只需瞧瞧那最後一幕：

「有天早晨，他發現他的晨星黯淡了，變成了黑紅色。那美麗的佳人變得沉默，心不在焉，似乎哭了很久。唉，她已經不再是晨星，而是動盪的災星，預告著世界末日的來臨！她用顫抖的聲音說道，他們不能再見面了。」這位遭受雷擊的舵手並不想面對這可怕的時刻，但又能如何？這裡就不提那些激動的挽留、哀求與憤慨了，因為一切都是徒勞，他連一個解釋都沒有得到，只是一頭撞向了災難。「那就永別了，小姐！他語氣不無堅定，因為他受刺的自尊心幫了忙。她握起他的手，望著他的臉龐，淚水開始湧了出來。他忽然瘋也似地大膽將她摟進懷裡，兩人嘴唇接在一起，兩顆心有如兩顆露珠滾成了一顆。這是他的初吻，也是最後一吻！」杜費爾斯德洛赫就這樣一吻而不朽。後來呢？後來嘛——「沉甸甸的夜幕急速蓋住了他的靈魂，一股巨大無比的毀滅力出現，拉著他在分崩離析的宇宙裡不斷墜落、墜落，直到那無底的深淵。」

注釋

①典出《奧德賽》第一部第五章，寧芙仙子卡呂普索（Calypso）將尤里西斯囚禁在奧吉吉亞島上七年。

②基路伯，聖經中的天使，持發出火焰的劍守衛伊甸園。

③譯注：威廉·康格里夫（William Congreve, 1772-1828），英國發明家，曾任職於皇家兵工廠，其間研發完成的火箭便以他為名。

④指十一月的好天氣。每年十一月十一日為聖瑪爾定節。

⑤佩脫拉克式是指義大利詩人佩脫拉克（Francesco Petrarch, 1304-1374）的情詩風格，維特式則是指歌德感傷小說《少年維特的煩惱》的風格。

⑥撒拉弗，聖經中的天使。

⑦典出古希臘數學家阿基米德（Archimedes, 287-212 BC）論槓桿原理的名言：「給我一個支點，我就能舉起地球。」

第六章　杜費爾斯德洛赫的煩惱

杜費爾斯德洛赫的反應；轉為朝聖者；對故鄉安特福村最後眷戀一瞥：原始群山間的夕陽；敞篷四輪馬車的驚鴻一瞥；對獵取風景的看法；漫遊與煩惱。

我們很早就察覺到，遇到像我們這位教授這種人，事情的發展往往不難想見會和一般不同。在他那錯綜複雜的天性裡，或許有些接收和發送的管道，是心理學家很少注意到的。簡單說來，就是不論大場面或大事故，遭遇的風暴是苦是樂，你都無法預測他會是什麼反應。

譬如，對不擅哲思的讀者來說，情緒激昂的杜費爾斯德洛赫如此突然墜入「分崩離析的宇宙」，照理接下來只有三種可能：進瘋人院、寫魔鬼詩篇（Satanic Poetry）①或轟掉自己的腦袋。而且不論最後如何，他們肯定預期會發生一些脫序行為，如搥胸頓足、拿頭撞牆或獅吼咒罵；就算不會放火燒掉房子，也會踹打和砸爛家具，對吧？

杜費爾斯德洛赫完全沒有這樣做。他只是默默拎起朝聖者的手杖（Pilgerstab），「迅速放下舊事」，就開始經山歷水、周遊列國了！這點實在令人不可思議。一個想法如此活潑，情感如此強烈，言詞習慣如此離譜誇大的一個人，外在表現竟然可以如此平靜與節制。因此，就算他突然痛失佳人，失去他的花神，就算這件事講來確實可比世界末日和天崩地裂，至少對他算是如此，他的本性非但沒有瓦解，反而變得更加密實。我們或許可以這樣說，當他封閉的心靈被布露明以神奇的魔法打開，裡面隱藏的一切剎時宛如擺脫小玻璃瓶的精靈一般，肆無忌憚地冒了出來。但當魔法退去，那顆奇特的心靈就又立刻蓋上，或許再也不會有外在的鑰匙能將它打開。誠如我們之前所言，杜費爾斯德洛赫不會再愛第二次了。孤絕的第歐根尼啊！那件心碎之事一發生，他就裝作一切都很自然，沒什麼可說的。「他在天使眼中隱約見到一個美妙的希望，將他從死亡的陰影裡帶向了天界的生命。只是一道來自陀斐特（Tophet）的火光閃過天使的臉龐，讓他被旋風捲走，耳裡聽見魔鬼的笑聲。那是熱病，」他接著說道：「年輕人染上了就會在荒涼的海水裡見到天堂的綠茵。那是幻象，卻不完全是假，因為他確實看見了。」但當他不再見到幻象，不論他心裡發生過什麼，不論他靈魂裡出現了多少憤怒與絕望，杜費爾斯德洛赫都有個優點，就是將一切隱藏在難以看穿的沉默之下。這點我們都很清楚。第一波瘋狂發作之後，我們勇敢的小根尼立刻收拾好他支離破碎的哲學，就此三緘其口，重新變得溫順安靜，只談天氣與時事。唯有從他緊鎖的雙眉和目光深處那不知是淚珠或怒火的閃動，才能猜出他心底有著怎樣的煉獄（Gehenna），裡頭群魔亂舞，只是聽不見聲音，有如煙囪吞回黑煙那樣嚥下自己的暴怒，抑制心裡的群魔亂舞，至少不讓他們出聲。這樣的德行雖然消極，卻不微賤，在這個時代更是罕見。

不過，我們也不必刻意否認，他的詭異做法是有一點瘋狂。魔羯宮和水瓶宮紙袋裡的手稿的實際狀況就是不錯的指標。恣意漫遊本身就夠累了，而且他還漫無目的，至少沒有特定方向。內在的不安是他唯一的嚮導。他漫遊再漫遊，彷彿受到了先知咒詛，讓他「有如輪子」不停滾動。此外，這些紙袋裡的混亂也讓我們更摸不著頭腦。譬如那裡頭突然冒出這樣一張字條：「當這位旅人行經沙漠，翻過一道山脈，他俯瞰山下遠方的一切，內心湧起了一種異樣的情愫。那美麗的城鎮，以及四周環繞的小樹林與翠綠的自然堡壘，全縮成了一個玩具盒。鎮上那麼多男男女女，不論從山上看得見或看不見，都在各忙各的。白色尖塔看上去真像指著天空的手指，遮滿天空的青煙則是宛如生命的呼息。心是一體的，因此當它懷著愛看什麼都會是一體的。而這個小聚落雖然包含許多屋房瓦舍，在我們眼中卻化為一體，幾乎像是一個人。然而，假若我們曾經歌於斯、哭於斯，我們沉睡過的搖籃依然靜立在那裡，家人還在那裡生活，逝者仍在那裡安息，我們又會對這地方多出多少聯想！」杜費爾斯德洛赫是否如傳說中的老鷹，受傷了就只想飛回老巢？其實所有逃兵、所有被追捕的放逐者，不都會像本能驅使一般轉回自己的出生地，從天涯海角飛向他的安特福村嗎？但當他轉念一想那裡沒有援手，又會遠遠留戀地再看一眼，然後轉向他方？

他的下一段飛行似乎稍微開心了一些。他飛向了自然的原野，彷彿想在母親懷裡求得慰藉。因此，儘管下面這份紀錄離上一份很遠，而且沒什麼值得一提之處，我們還是覺得應該解釋一下：

「山對他並不新奇，但他很少見到如此兼具巍峨與秀麗的山。這裡的岩石是礦物學家口中的『原始』岩，統統有稜有角，巨大成堆，但由於造型獨特優美，周圍景物又很溫雅，使得稜角柔和不少。這裡的氣候適合植物，灰色峭壁覆滿苔蘚，從蒽鬱如衣的草木之間探出頭來。白花花的小屋有樹為蔭，聚集在這不朽的花崗岩下。美麗與壯闊在此巧妙交替。你穿越多石的山谷，騎過狹長的隘口，前方橫著一道道湍流，兩旁是萬丈懸崖，一會兒是蜿蜒的峽谷罅隙和巨大的斷岩，一會兒又突然進到翠綠的山谷，還有一條小溪聚水成湖。人們又在這裡找到了美好的居處，感覺寧靜就棲息在力量的懷抱中。

「然而，在生存的渦流裡，這位時間之子並無法自稱得到了平靜，尤其是過去的幽魂還糾纏著他，而未來更是如冥河般黑暗，同樣充滿幽魂。這位漫遊者或許可以理智地對自己說：這世界的幸福之門不都已經無情地對你關上了嗎？你還有哪個不算瘋狂的希望？不過，一個人還是可以喃喃道出這樣一句話，如果用希臘原文更好：『能正視死亡，生命裡就沒有黑暗。』

「這時，這位漫遊者的思緒被引到了外在，因為山谷突然中斷，一道巨大的山嶺橫阻在前方，而且岩石被水磨得太過光滑，騎馬無法通過。等他爬到高處，晚霞已經再次籠罩大地，於是他只好歇息片刻，四下巡視了一周。前方是不規則高原形成的高地，峽谷錯綜延伸，或陡或緩地朝四面八方迤邐。山脈在你腳下層巒疊嶂，只有從這較高的山峰俯瞰過去，才覺得群山綿延宛如另一塊平原，還有清澄的湖泊點綴其間。這裡見不到半點人跡，也許只有他走出來的這條小路，穿越這個不可企及之處將兩個地方連接起來。但你朝太陽的方向看！這山巒世界是多麼陡峭，有如尖塔，是這片山區的王冠與中心！成千上百個險峻山峰在白晝餘暉中閃閃發亮，金碧輝煌，好比曠野裡的巨靈，孤獨沉默，從挪亞洪水退去那晚就屹立到現在！如此華美近乎莊嚴的景色忽然出現，我們的漫遊者望著眼前的壯麗，內心充滿驚嘆，甚至渴望。直到此刻他才明白自然是一，是神聖，是他的母親。當太陽離去，紅暉消逝在清朗的天空中，一陣低語悄悄潛入了他的心靈。那是永恆與無垠的呢喃，也是死與生的細語。他感覺生死本是一體，大地並未死去；大地的靈魂在這壯麗中稱王，而他的靈魂正與之交通。

「一陣輕快的車輪聲打破了魔咒。只見一輛敞篷四輪馬車從北方閃現，轉眼又消失在向南的道路上。僕人與車夫身著禮服，而終成眷屬的新人，今晚就是他倆的新婚夜！不一會兒，馬車就接近了。天哪（Du Himmel）！竟然是陶古德先生和——布露明！兩人若有似無地點頭致意，隨即從我身旁過去，沒入附近的雜木林裡，朝天堂、朝英格蘭前進，留下我，如我朋友讓保羅所說的，獨自在他們身後與黑夜為伴②。」

儘管有些殘忍，不過這裡或許可以加上一段評語。這是很久前從這本論衣裳的大作裡摘錄出來的一段話，其中意涵和上面提到的內容大異其趣。「早在天花根絕之前，」我們的教授寫道：「歐洲就出現了一種新的精神惡疾。我指的就是獵取風景這種如今已經成為風土病的傳染病。從前的詩人在感官上得天獨厚，他們也很享受外在自然，不過就像我們欣賞水晶杯，不論裝的是好酒劣酒都默默享受，頂多偶爾評論一、兩句。就我推斷，從《少年維特的煩惱》問世之後才有人開始說：讓我們描述一番吧！喝完酒後也把杯子吃了！可惜詹納醫師③到現在還沒注意到這種風土病。」這話說得太對了！

我們認為在此必須指出一點，那就是儘管隔著隱忍和憤世嫉俗的外殼，但從這裡還是能看出教授此趟漫遊（不論愚蠢與否）的真義。四輪馬車那一瞥似乎有如毒液，讓他心底或許尚存的一點方向化為泡影。生命已經成為徹底黑暗的迷宮，而我們這位朋友多少年來為了擺脫幽靈一直在裡頭跌跌撞撞，自然是慌忙多過朝出口靠近。

哪怕只是遠遠追隨，要想跟著教授走完這趟非凡的世界漫遊也是癡人說夢；光是簡單紀錄（如果真有辦法交代清楚的話）就得寫滿好幾大冊，何況內容晦澀得令人絕望，混亂得讓人無言。他從一個國家遨遊到另一個國家，一個環境換到另一個環境，行蹤時隱時現，沒有人算得準他會在哪裡現身，如何出現。他周遊世界各地，顯然踏遍了社會大小圈子。就算他曾在某個（地理位置很難確定的）地方定居片刻，建立了一些關係，之後也會斷得一乾二淨。這會兒他是民間學者（Privatisirender），在歐洲某都城靠上帝恩典過活，下次出現已經是麥加附近的伊斯蘭朝聖者。他是費解的幻影，反覆無常，飄忽不定，彷彿不是用腿在地上走，而是藉由魔毯或福徒拿都（Fortunatus）的帽子④在天上飛。這些事同樣是從那些雜七雜八的紀念品（如街頭廣告）拼湊來的。直接的紀錄少又零碎，只像朦朧世界裡發光的孤島摻雜其間！於是從這時起，我們的教授變得比以往更像謎團。用比喻來說，他雖然沒有變成鬼魂，卻已經鬼魂化，人間蒸發了。這在傳記裡是絕無僅有的事！面對他的人生長河，我們從最小的源頭追起，希望一路看它蜿蜒壯盛，匯入大海，結果卻見它墜下愛人之崖⑤，化成白沫滔滔的瀑布，飛瀉成狂亂的水霧！縱使之後它又再積成池子與水窪，但已經過了很遠，而且再難匯聚成河。光是瀏覽其中幾個池子和水窪，摸索它們流向何方，就得用去一兩章的篇幅，我們實在力有未逮。

在這方面，如果有直接的事件紀錄當然是最好不過。但就目前情況看來，即使是這類資料也多半大有問題。以杜費爾斯德洛赫的公眾活動史為例，他接觸的人三教九流，像是他和大人物的談話往來，包括蘇丹馬哈茂德及拿破崙等等，到底要算外交紀錄，還是傳記？編者基於對君王天威的理解，甚至懷疑這些內容是這位衣裳哲學家設下的詭計，因此暫時略去這部分，有待日後出現新的洞見，或許再另外處理。

倘若撇開終極目的，因為根本沒有，只問短期目標，這位教授到底抱著何種心情展開這趟世界漫遊，那麼答案其實很清楚，即使並不動人。「一種無名的不安，」他這樣寫道：「驅使我走下去。外在行動只是短暫的假性慰藉。我該去向何方？我的指路星被遮去了，烈火森然的天空已經不見星星閃耀。但我不得不走；大地在我腳下燃燒，使我腳掌無法停歇。我孤單一人！一人孤單！內在的強烈渴望不停製造幻想，驅使我徒勞地追著一個又一個的幻想跑。我覺得世上會有也當有一處甘泉，可以解我火燒般的乾渴，而我前往的便是這些遐想中的甘泉、現代的聖者之井，便是偉大的人、偉大的城市與事蹟，可是卻發現在那些地方得不到醫治。不論陌生或熟知的國度，荒漠或腐敗的文明社會，結果都是一樣。你這個漫遊者怎麼可能逃脫自己的影子？於是只能再走！我只感覺急迫，卻看不出為什麼要這樣做。我只聽見心底深處一個聲音高喊：走下去！所有風吹水動，所有自然的聲響，聽在我耳裡都是：走下去！哦，老天（Ach Gott）！我始終是時間的兒女。」

這裡豈不顯明了他心裡依然群魔亂舞？教授在另一處說：「我隨身帶著愛比克泰德的《手冊》，它時常是我唯一的理性良伴；可惜我必須這樣說，它給我的滋養也就只有那麼一點。」你這個愚蠢的杜費爾斯德洛赫！要不然呢？你的希臘文程度還不夠讓你明白這句話嗎：人的目的是行動，而非思想⑥，即使思想再崇高也不例外。

「我是怎麼活下來的？」他曾經這樣寫道：「朋友啊，你是否想過，索福克里斯口中那『無所不養的強健大地』⑦是如何養活了屋頂上的麻雀，更別提她最寶貝的人類？只要還活著，有手有腳，就有希望掙得食物。我的早餐是一位韃靼婦人煮的，用的是黑龍江的水。她會用馬尾擦拭陶壺。我曾將野生動物的蛋埋在撒哈拉沙漠裡烤來吃，也曾在巴黎的吊刑路（Estrapade）和維也納的馬茲連巷（Malzleins）醒來，除了基本飲水根本別想吃早飯。正是為了填飽肚子我才沒死，才沒有自殺。身在力力碌碌的歐洲，從化學、機械、政治、宗教、教育到商業，不是永遠需要有頭腦的人嗎？身在異教徒的國度，不是能寫偶像崇拜的文章嗎？活下去！你對心靈的創造力知道太少，不清楚它有何等點石成金的能力。它只要動動小指，就能創造足以維持（哲學家）身體運作的養分。但當它雙手並用，創造出的卻不是溫飽所需，而是折磨自己的幽魂。」

可憐的杜費爾斯德洛赫！伴著飢餓飛翔一直是他的寫照，而他身後又有一大群惡鬼在追趕；相比之下，飢餓對他還算慈眉善目了！於是他只能懷著古代該隱和現代流浪的猶太人的心情，以毫無方向的速度往來奔忙，差別只在他不覺得自己有罪，卻遭受罪的苦罰。他只能浪跡天涯，以步履寫下「杜費爾斯德洛赫的煩惱」，就像偉大的歌德以激情的文字寫下《少年維特的煩惱》，因為唯有如此，心靈才能得到解放，他才能成為一個人。就算天下第一的飛毛腿，想「逃離自己的影子」也是癡心妄想！不過，就在這心煩意亂的時期

（二十歲左右），這位天縱之才首次察覺到了我們所處的世界有兩樣東西多過以往，那就是真理的過氣與技藝的過時。愚者只會覺得這世界就是個謊言之窟，一個人不說假話、不做假事就只能空轉與絕望；智者卻看出不論使用何種語言，發表這類作品幾乎是時代的必然。認真對抗魔鬼之前，和他先吵一架不是理所當然嗎？各位的拜倫不也用韻文和散文滔滔講述了《喬治爵士的煩惱》？拿破崙更是驚天動地，以炮聲和一整個世界的殺戮聲為配樂，漫天烽火為燈光，兵馬踩踏和城市陷落為節奏與敘唱，上演了他《拿破崙的煩惱》。能像我們這位衣裳哲學家寫出這些煩惱還能活下來的人是幸福的，因為這些事非寫不可，而且只能用雙腳寫在這無感的大地之上！

注釋

① 英國詩人騷塞（Robert Southey, 1774-1843）一八二一年使用該詞指稱拜倫和雪萊等人的詩作。
② 出自讓保羅一七九六年《費克斯萊因》（*Quintus Fixlein*）敘事詩的結尾段落。
③ 愛德華・詹納（Edward Jenner, 1749-1823），天花疫苗發明人。
④ 福徒拿都為德國民間傳說中的英雄。他有一頂許願帽，能送他到他想去的任何地方。

⑤ 愛人之崖（Lover's Deep）希臘西部一處斷崖，據說莎孚（Sappho）因為深愛法翁（Phaon）而在此跳崖殉情。

⑥ 改寫自亞里斯多德《倫理學》卷一第三章。

⑦ 出自索福克里斯《菲羅克忒忒斯》。

第七章 永遠的否定

失去希望與信仰；得失哲學；杜費爾斯德洛赫身陷黑暗與絕望，依然恪遵真理，履行責任；不信的痛苦與恐懼不可名狀；狂熱危機：挺身反抗永遠的否定：巴弗滅的浴火洗禮。

我們的教授就這樣將自己包裹在古怪模糊的外殼裡，但其精神天性還是無疑在成長與茁壯。畢竟「時間的兒女」怎麼可能靜止不動？我們看著他經歷那段充滿危機與轉變的黯淡歲月，展開新的①朝聖之旅，陷入漫無目標的中斷狀態。這一切難道不就是個瘋狂的發酵作用，過程愈劇烈，未來的成果就愈清澈？

這種轉變總是充滿痛苦，就像老鷹為了脫胎換骨必須受罪，唯有在岩石上將舊的鳥喙狠狠敲掉，才能生出新的喙嘴。不論我們這位漫遊者的行為舉止多麼隱忍自制，在他心裡顯然奔騰著一股肆無忌憚、悲慘不幸的狂熱，從內在閃現出來。要不然呢？我們不是看到他失意多年，不斷受命運嘲弄嗎？不是見到這顆年輕心靈所渴望祈求的一切都遭到了拒絕，就像前兩章提到那個最慘的例子，明明給了他又奪了回去？縱使從小擁有「出色的被動性」，但對被動性來說如食物般必要的那種有用又合理的主動性，上天卻一點也沒有賜給他。在這趟瘋狂的朝聖之旅中，他必然被迫追求主動性，但他獲得的主動性卻沒有用處又不理性。唉，他的苦杯從踏進亨特許拉格中學那個「晴朗早晨」開始一滴滴累積，早就滿到杯口了。現在又加上陶古德和布露明的毒液，苦杯整個溢了出來，泡沫湧得到處都是。

他自己有次這麼說：「嚴格說來，人是靠希望而活的，除此之外人一無所有。這世界只是他的希望之所。」這句話雖然缺乏創意，卻很公允。那教授又擁有什麼？就我們目前所見，他被希望拒在了門外，放眼望去不是金碧輝煌的東方，而是布滿了地震與颶風的暗銅色天空。

唉，教授被希望拒在門外的程度，比我們想得還要嚴重。因為他不僅在這個世界疲憊漫遊，更失去了他與另一個更高世界的所有聯繫。我們這位朋友原本充滿信仰，至少具有宗教性格，但那段日子他不諱言自己完全沒了信仰，「懷疑變成了不信，」教授這樣描述：「如暗影般步步逼近你的靈魂，直到你陷入毫無星光、地獄般的黑暗。」假如讀者曾用可以稱之為反省的方式反省過人生，並開心發現只問得失的思辨或得失哲學②錯了，靈魂和胃不能畫上等號，從而明白（用我們朋友的話來說）「人的福祉有賴信仰：有了信仰，虛弱的殉道者就能歡喜承受羞辱與十字架；少了它，世俗之人就算身處榮華，也會用自殺了結自己有病的生命」，他們定會明白，對純潔有德之人來說，失去宗教信仰就等於失去一切。不幸的年輕人啊！不論什麼創傷，從長期困乏的壓迫到假友誼與偽愛情的背刺，你那和善的心靈都能從中痊癒，只要生命熱力沒有消失。他大可用自己一貫的張狂高喊：「所以是沒有上帝了嗎？還是頂多有個不管事的上帝，從造好宇宙休息以來就一直袖手旁觀，置身事外？難道責任這個詞沒有任何意義？難道我們稱作責任的東西，不是上帝差來的信使與嚮導，而只是凡世的幻覺，由恐懼和慾望組成，來自絞刑台和格拉罕醫師的聖床③？誰良心過得去，誰就幸福！大數的保羅豈不是被欽慕他的人稱為聖徒？可是他卻覺得自己是『罪人中的罪魁』。羅馬的尼祿幾乎成天玩豎琴，靈魂卻輕鬆自在（wohlgemuth）。愚蠢的語言販子和動機研磨者，你們的邏輯磨坊用人世間的工法仿效神，想從享樂的糟糠裡磨出德行來，我告訴你不可能！對被縛的普羅米修斯（Prometheus Vinctus）④而言，知道自己有德很苦，覺得自己不僅受苦而且受得不公平，才是更大的磨難。所以呢？我們稱作德行的這種英雄感召，難道只是一種激情，是血氣方剛，以利他為方向？我不曉得。我只知道如果你將幸福當作真正的目標，那我們全走偏了。人只要愚蠢和消化良好，就能面對許多事。在這麻木枯燥的時代，良知的顫慄哪裡比得上肝有毛病？就讓我們不再以道德，而是以烹飪為基底，煎鍋為香爐，供奉菜香給魔鬼，舒舒服服生活在他替我們這些選民準備的肥美事物上！」

於是，這位困惑的漫遊者經歷了那麼多，被迫不斷向西比拉的命運之洞發問，卻永遠只得到回聲，沒有回答。那曾經美好的世界，如今只是一片可怖的沙漠，只有野獸的咆哮與人憤恨絕望的嘶吼。白天沒有雲柱，夜晚也沒有火炷指引朝聖之路，讓他只能靠好問的精神苦苦支撐。「但這又有何干⑤？」他高喊道：「這是這時代的共同命運，既不是路易十五世紀之前⑥的靈性世代，也不是生來愚昧（dummkopf），毫無指望。整個世界和你一樣賣給了不信；舊的神殿早就不能遮雨而頹圮，以致人們開始質問，上帝在哪裡？我們為何從來不曾親眼見到他？」

如果只因這些狂亂之言，就說我們的第歐根尼是邪惡的，那真是太可憐了。雖然他和我們一樣是無用的僕人，而且現在懷疑神的存在，但在他人生裡可能沒有比此時此刻事奉善和上帝更堅定的了。「經歷了那麼多無名的磨難之後，」他這樣說：「我發現儘管於我來說，探問才是真正的熱愛真理，縱使有時並非如此，但探問到底為我帶來什麼？不過，我仍然愛著真理，分毫不會減少對它的忠誠。『真理啊！』我呼喊道：『就算上天因我追隨真理而碾壓我，就算背叛真理能為我賺得天上的樂土，我也不要虛假！』行為也是如此。倘若有天使從雲端傳話，或牆上有天上的話語寫出來，明確告訴我『你該這樣做』，那我就會如自己常想的那樣，哪怕必須縱身煉獄，我也義無反顧。因此，不論動機研磨者和機械式的得失哲學帶來多少眼翳與幻覺，責任的無限於我依舊隱然可見。即使生活在這世界而沒有上帝，祂的光於我也未完全失去。就算我眼被封住，再渴望見祂也見不到，上帝和祂在天上寫下的律法依然在我心裡，神聖而清楚。」

這其間，面對所有波折和種種肉體與精神的貧瘠，這位漫遊者在他沉默心靈裡的負擔肯定多麼沉重！「最痛苦的感受，」他寫道：「是自己的脆弱（Unkraft）。正如英國人米爾頓所言，軟弱才是真正的不幸⑦。但你不曾也不會對自己的力量有清楚的感受，除了那些已經成功和做到的事。模糊搖擺的能力與確定無疑的表現之間的差別是多麼巨大！我們裡面隱約存在著說不清楚的自覺，唯有實作才能使它變得絕對清晰可辨。實作是一面鏡子，讓靈魂得以見到自己生來的樣貌。因此，『認識你自己』這句箴言是愚蠢的，做也做不到，唯有改成『認識你能實作的』才行。

「但以我而言，我是如此古怪地不走運，以致我到目前所有的實作成果加起來不過是——零。既然我沒有鏡子可看，又要如何相信自己的力量？結果就是即使我現在明白煩惱也是於事無補，卻始終無法回答這個問題：你是否具有某種能力或價值，是大多數人所沒有的？抑或你是現在這個時代最徹底的蠢蛋？唉，最可怕的不信就是不相信自己，但我又怎麼會有信心？我不是才在最初也是最後一次的自信裡，似乎看到天堂之門也為我打開了，於是大膽去愛，結果卻被狠狠欺騙了？抽象的生命之謎，於我是愈來愈神祕；現實的生命之謎，我也幾乎沒有進展，到處被打擊、阻擾和輕蔑丟棄。我只是浩瀚無限裡的一個脆弱小點，除了眼睛之外似乎什麼也沒得到，只能看見自己的悲慘。一道道看不見也穿不過的高牆，有如魔法將我和其他生命隔開。廣闊天地裡是否真有一個人，我可以充滿信任與之擁抱？老天，沒有，我找不到！我替自己的嘴上了鎖。我為什麼要跟這些朝秦暮楚的所謂朋友多費唇舌？在他們凋萎、空洞又飢渴的靈魂裡，友誼只是不可靠的傳統。這時，你的對策就是少講話，就算講也大多只談報紙上的內容。現在回想起來，我那時所處的疏離是奇怪的。我身旁的男男女女就算與我交談，也都只是形影；我完全忘了他們是活人，不是自動的機器。在他們擁擠的街道和聚會上，我踽踽獨行，而且和叢林裡的老虎一樣野蠻，只是吞吃的是我自己，而非別人的心。倘若我能和浮士德一樣，幻想自己是在被魔鬼試探與折磨，或許還能得到些許安慰。因為在我想像中，比起惡魔般的一生，沒有生命的地獄更可怕。但在我們這個墮落不信的時代，連魔鬼都被拉下神壇，以致你連信仰魔鬼都有困難。宇宙在我眼中已經徹底沒了生命、目的與意志，甚至惡意也沒有了，就只是個沒有生命又無法度量的巨型蒸氣機，死寂無情地將我輾磨殆盡。哦，這廣袤陰森孤寂的各各他⑧，死亡的磨坊！為什麼生命會在這裡神智清醒地孤單漂流？為什麼這裡連魔鬼都沒有？還是魔鬼根本就是你們的神？」

持續遭受這樣的腐蝕，而且不斷加劇，就算杜費爾斯德洛赫有著鋼鐵般的體格，不也可能倒下嗎？我們推斷他知道自己病了；儘管他有運動習慣，但可能得的是慢性病。譬如以下這一段：「在紙上心碎而死多美啊！但真正的死亡卻是另一回事。你的所有感官之窗都會晦暗，連理智之窗也不例外；彷彿沾上了泥土，一點光線也透不進來。你裡面像是開了藥房，筋疲力竭的靈魂在反胃的泥淖裡緩緩滅頂！」

將這些內在和外在的不幸加在一起，我們不是就能在下面這些句子裡，看出我們教授平靜的血管裡流的是什麼？「最後是基督教的某種餘光（Nachschein）救了我，使我不致自殺。或許出於我的某種怠惰性格，否則這帖解藥不是一直伸手可得嗎？只是我心裡往往會浮現一個問題：此時此刻會不會有某個人突然從轉角冒出來，一槍將你從這個世界轟到另一個世界，甚至轟到烏有之地呢？萬一那樣會是如何？此外，我腦中也常浮現海上風暴、城市被圍或其他死亡場景，卻都處之淡然，讓我誤以為那是勇敢。

「就這樣，」我們的漫遊者結論道：「有如拖長的臨終痛苦一般，事情就這樣持續了許多年。我的內心得不到天上的半點甘霖，只能在地獄礦火裡緩緩悶燒。幾乎從我有記憶開始，我就不曾流過眼淚；頂多只有一次，就是我喃喃引述浮士德死亡之歌裡的那一句——戰場上得榮耀的人有福了（Selig der den er im Siegesglanz findet）⑨——的時候。我心想這最後一位朋友不會拋棄我，就連命運也不能免我不死。我沒有希望，也沒有確切的恐懼，對人或魔鬼都一樣。我甚至常這樣想，哪怕出現在我面前的是大魔鬼，氣氛如煉獄般可怖，只要他能聽我說說心裡話，也能給我慰藉。但說也奇怪，我一直活在無止無盡、令人憔悴的恐懼中，不知道自己為何顫抖、膽怯與擔憂，感覺天上和地上所有事物都準備傷害我；天地本身是巨獸的貪婪大嘴，而我心臟狂跳，等著被它吞噬。

「我心裡滿是這種情緒，感覺自己是整個法國都城及周邊區域最不幸的人。某個悶熱的三伏天，我在城裡閒遊了好一陣子，沿著骯髒狹窄的聖多瑪地獄街（Rue Saint Thomas de l'Enfer）踽踽而行，地上全是人們製造的垃圾，空氣不流通，人行道悶熱得像是尼布甲尼撒的火窯。走在那種地方，我心情當然快樂不起來。但忽然間，我心裡冒出一個念頭：『你到底在怕什麼？為什麼像個懦夫嗚咽煩惱，瑟縮發抖？你這個可悲的兩足動物！前方所有苦難加起來會是什麼？死亡嗎？好吧，就算死亡再加上地獄的刑罰，所有人和魔鬼都會或都能對付你，你不是還有心靈，不是還能承擔這一切，即使遭到放逐，即使被地獄吞噬，仍然能將它踩在腳下，只因你是自由之子？來吧，看我如何迎頭痛擊！』當我這樣想著，一道烈火流過了我整個靈魂，心底那股卑劣的恐懼就此消失。我體內湧起一股莫名的力量，使我剛強，靈魂可比神明。自此之後，我的不幸改變了，不再是恐懼與悲傷，而是憤慨及兩眼冒火的鄙視與反抗。

「永遠的否定（das Ewige Nein）就這樣蠻橫響徹了我存在的最深處，響徹了我的自我的每個角落。但我的整個自我都站了起來，帶著神所賜予的威嚴，大力出聲抗議。這聲抗議是我生命裡最重要的作為，從心理的角度看，稱之為憤慨和鄙視毫不為過。永恆的否定這樣說：『看哪，你是孤兒棄子，整個宇宙都是我（魔鬼）的。』但我的整個自我如此回答：『我不是你的。我是自由之身，而且永遠恨你！』

「或許就是這一刻——我想將這一刻訂為我靈魂新生之日，巴弗滅⑩的浴火洗禮式——我直接開始成為一個人。」

注釋——

①後來版本改作「瘋狂的」。

②得失哲學（Profit-and-Loss Philosophy）意指功利主義。

③十八世紀蘇格蘭格拉罕醫師（James Graham）設計聲稱可治療不孕的聖床。

④古希臘劇作家埃斯庫羅斯（Aeschylus）的劇名。根據希臘神話，普羅米修斯因為從天上盜火給人，而被宙斯懲罰，用鎖鏈將他縛在巨石上，讓禿鷹啃食他的肝臟。

⑤後來版本改作「何用」。

⑥指法王路易十五在位（1715-1774）的那一百年間，理性主義與懷疑主義盛行的世代。

⑦典出《失樂園》卷一第五七行。

⑧各各他（Golgotha），耶穌曾被釘在各各他山上的十字架上。

⑨典出《浮士德》第一部第四幕。

⑩巴弗滅（Baphomet），基督教中的羊頭惡魔，亦是撒旦的代名詞。

第八章　無感的中心①

杜費爾斯德洛赫向外採集「非我」作為更有益的糧食；舊城古鎮：起源與發展之謎：無形的遺產與所有物；真正的書的力量與益處；瓦格拉姆戰場：戰爭；漫遊時見到的壯麗景象：偉大的人與事；拿破崙是神聖的傳道者，宣揚「唯才是舉」；杜費爾斯德洛赫在北角：現代的自我防衛手段；火藥與決鬥；朝聖者鄙視自己的悲慘遭遇，來到無感的中心。

儘管經歷了「巴弗滅的浴火洗禮」，我們的漫遊者卻提到自己更不安了。畢竟「憤慨與鄙視」並非最平靜的室友，尤其和一般事物作對更是如此。然而，熟諳心理的讀者不難猜出，這份不安已經不再令人絕望，至少繞著一個固定的中心打轉。對一個長久以來飽受傷害與雷擊的靈魂來說，浴火重生使它感受到了屬於自己的自由。這份感受便是它的魔鬼洗禮。靈魂王國的城堡已經苦戰拿下了，再也無法被攻陷；而城堡外的領土確實還有激戰，不過遲早會得平定。換個比喻來說，在那偉大的一刻，在聖多瑪地獄街上，他心裡的亂舞群魔就算沒有被掃地出門，也明明白白收到了逐客令，以致它們的叫囂、咒罵

（Ernulphus cursings）與咬牙切齒變得更加劇烈，難以掩藏。

因此，當我們細細檢視這些朝聖之旅，或許不難看出瘋狂之下開始浮現秩序。杜費爾斯德洛赫不再像個幽魂在世界橫衝直撞，而是至少像個對抗幽魂的人，甚至終有一天會成為幽魂征服者。就算他不眠不休造訪了無數座「聖者之井」也未能止渴，但至少尋獲了一些世俗小井，可以不時救急。總之，即使他還沒有停止「吞吃自己的心」，至少也不挑食了；他開始向外採集「非我（not-me）」，作為更有益身心的糧食。下面這一小段呈現的他，難道不是自然多了？

「從鄉村到城市，我都沒忘了提起興趣參觀一番。尤其走在舊城古鎮上，那感覺就像眺望著遠古時光，一段元初的過去完好無缺地搬到了現在，呈現在你眼前，簡直美妙到極點！也不過就兩千年前，那座古老的城市才有了烹調用火，從此靠著當地提供的燃料不無驕傲地燃燒著，直到現在，你不是親眼見到了那炊煙？啊！還有那神祕百倍的生命之火也隨之出現，現在仍奇蹟似的燃燒與蔓延。它的煙與灰在法院和墓園裡，風箱在教堂中，你放眼依然看得見。它的火有時慈眉善目，有時面目可憎，依然給你溫暖，使你燒傷。

「人類才能與行為的主要成果都是神祕無形的，只保留在傳統之中。從權威賴以成立的政府形式、風俗習慣到身體和精神的衣著式樣都是如此，更別提人所取得②的所有工藝技術與操縱自然的能力了。所有這些成果雖然不可或缺，價值非凡，卻絕對無法封鎖，而是只能像精神一樣，藉由無形的工具從父親傳給兒子。就算你想眼見為憑，也無從得見。耕田和打鐵的人是見得到的，甚至從該隱和土八該隱以後就有了，可是人類累積的農作、冶金和其他製造技術都擺在哪裡？它們是靠著空氣與陽光（即聽覺和視覺）傳遞的，無影無形，是精神之物。同樣也別問我法律在哪裡？政府在哪裡？就算你到美泉宮、唐寧街或波旁宮也是白費力氣。那裡除了磚樓石院和用帶子捆好的文件，什麼也找不到。所以，這些精心設計的大有為政府到底在哪裡？它們無所不在也無處可尋，只能見其運作；但那運作同樣無影無形，可以說如奇蹟般神祕。人類的日常生活是如此精神化（geistig），我們所做的一切都源自神祕、精神與無形的力量，就連身體也不過是浮雲蒼狗、阿米達宮（Armida's Palace）③，同樣誕生自那偉大深邃的奧祕。

「至於可見可觸的過去產物，我則是歸納出三大類：一是城市及其政府與軍備，二是耕地，道路與橋樑也屬於此類，三是書。這最後發明的第三種產物，價值遠超過前面兩者。它不像沒有生命的石造城市，每年都在坍塌，每年都得整修，而是更像耕地，只不過是精神的耕地，嚴格來說是精神的樹木，月月年年、世世代代挺立著（有些書已經四千五百年了），而且每年都會長新葉（評論的、演繹的、哲學的或政治制度，甚至包括講詞、傳單與社論），每片葉子都有奇法妙術，能說服人。你這個會寫書的人啊，有這種才能的每兩百年左右才會出現一個。不要羨慕造城的人，但要對所謂的征服與燒毀城市的人寄予說不出的憐憫！你也是征服者和勝利者，只不過是正牌的，因為你勝過了魔鬼，你所建造的也比大理石和金屬做成的一切更耐久，是能帶來驚奇的心靈城市、精神廟堂與先知之山，地上所有人都會去朝聖。你這個笨蛋，何必如此辛苦跋涉，只為了滿足好古的狂熱，看一眼吉薩的石頭金字塔或薩卡拉（Saccahra）的紅土金字塔？我可以告訴你，那些東西在那裡閒置了三千年，只是眼瞪著沙漠，真是夠愚蠢的！你就不能打開希伯來聖經，甚至路德版聖經嗎？」

同樣令他心滿意足的還有置身戰場，雖然不是親臨戰爭。我們從文中不難猜出那地方應該是瓦格拉姆——總算有件事的日期算是明確的了。我們略過其中大部分，只摘錄以下這段：

「真是夠可怕的！整個戰場佈滿了彈殼碎片、砲彈、砸壞的彈藥車和死人死馬，屍體散倒各處，還沒有人去埋。唉，那一堆堆血紅全是士兵的軀殼，所有生命與德行都被炸空了。此刻他們被掃到了一邊，清除到視線之外，猶如蛋殼一般。戰場啊，大自然不是吩咐了多瑙河，要他將卡林西亞和卡帕西亞高地的泥土帶來散布在這一帶，變成最鬆軟肥沃的膏壤？她是要你成為長五穀的良田，讓她的兒女得照顧，還是要你成為戰場，方便她的兒女被扼死和撕爛？三條大路從歐洲遠方到你這裡會合，就為了行駛軍火車嗎？瓦格拉姆和施蒂爾弗里德那麼多砲塔，又是為了讓哈布斯堡王朝砲擊敵人和被敵人砲擊嗎？奧托卡二世（König Ottokar）在遠處小丘命喪魯道夫一世麾下，法蘭茲二世也在這裡死於拿破崙手中。五百年來，不提別的地方，單是你的胸膛，這片美麗的平原，就受過多少蹂躪與糟蹋！青青草原被掀翻踐踏，人們悉心照料的土地，連同果樹、籬笆與快樂家園都被火藥炸得一乾二淨，一方沃土變成了荒涼陰森的骷髏場。然而，大自然並未放手，所有魔鬼至極的火藥與惡行都否定不了她，所有鮮血與屠殺都會被覆蓋和吸收，化為肥料。來年戰場又會綠意盎然，甚至更加青翠。辛勤不倦的自然啊，即使從我們的屠殺裡，妳也能掙得一點好處，就連殺人者的屍體，妳也能為活人帶來生命！

「我們就不打官腔了，戰爭到底有什麼意義與結果？譬如就我所知，英國達姆德拉村（Dumdrudge）④的村民有五百人左右，在那裡辛勤勞作。但就為了法國這個「宿敵」，他們前後送了三十名壯漢上戰場。達姆德拉隻身餵養他們，含辛茹苦拉拔他們長大，甚至教他們各種技能，這個會織布，那個能蓋房子，另一個會打鐵，就連最沒力氣的也扛得了三十英石。但在眾人的哭泣與叫罵聲中，他們還是被選中，換上紅衣服搭船走了。費用公攤，航程兩千多英里，先送去西班牙南部等著。而在西班牙南部同一個地方，還有三十名來自法國達姆德拉村的工匠，也經歷了同樣過程。百般努力之後，這兩群人終於交鋒了。三十人對三十人，每人手上都一把槍。當『開火』一聲令下，雙方開始互轟腦袋，六十名強壯有用的工匠轉眼就成了六十具死屍，而這世界還得替他們下葬，再掬一把眼淚。這些人吵過架嗎？活見鬼了，根本沒有！天地之大，他們住得那麼遠，素昧平生就不說了，甚至還由於商業往來而不知不覺幫過彼此。那為何會這樣呢？傻瓜！就因為兩方的統治者鬧翻了。但他們沒有自己決鬥，而是狡猾地讓這些笨蛋去送死。可悲啊，德國也是如此，其他地方亦然，從古到今都沒變：『國王幹壞事，百姓擔後果！』的確，英國人斯莫里特的那本小說⑤或許預言了戰爭的最終結局：兩位宿敵各叼著一支塞滿硫磺的菸斗，面對面朝對方臉上吐煙，直到其中一方投降為止。但在他預言的和平時代到來之前，還有多少血腥的戰壕與衝突的歲月要將我們分開！」

如此看來，這位教授至少還有一些清明的片刻，能將目光從自己的悲傷上移開，轉向多采多姿的世界，並做出頗為中肯的觀察。我們甚至可以說，純粹就精神層面而言，他生命中或許很少有比這段時期更豐富的。內在上，他正走向最具啟發力的一種實用哲學，並以實驗為輔助；而他習慣漫遊與愛好沉思，都對他正確理解這套哲學有益而無害。外在上，由於他東飄西蕩，因此即使飢渴的心靈沒得到什麼，眼睛倒是和之前一樣見識了不少。在那些漫無邊際的旅途裡，連內心的群魔亂舞都平靜了幾分；而他對我們這個星球和居住其上的人們，以及他們的各種勞動，又增加了多少不可思議的認識！換句話說，沒有什麼知識是杜費爾斯德洛赫得不到的！

「從君士坦丁堡到撒馬干地，」他說：「幾乎所有公立圖書館我都造訪過。除了中國的學校，幾乎所有大學我都進修過，或發現沒什麼可學的。如果語言不通，我最常的做法就是借助自己的聽覺器官，從天然資料庫（空氣）裡網羅。統計、地理和地形學則是自動經由眼睛進入到我腦中；大多數地方人的行為，例如如何求得溫飽與保護，也是用眼睛看來的。我就像那偉大的哈德良⑥，全憑只屬於自己的一雙羅盤，上山下海探測了大部分地球。

「何不說說那些壯麗的景致呢？我曾在碧泉村的松林谷裡徜徉了三個夏日天，在那裡沉思甚至寫作（dichtete），在清澈的小湖裡弄濕麵包。我也曾坐在塔德莫的棕櫚樹下，對著巴比倫廢墟抽菸斗。我還造訪過中國的萬里長城，能證明它是用灰磚築成，外面覆上花崗岩，工法頂多二流。重大的事件我也沒有少經歷過。我見過國王對著柏林和米蘭的海關官員低頭哈腰（ausgemergelt）⑦，目睹過成王敗寇，也不只一次看過一天內十萬人開槍互攻喪命。所有家族、社會與國家彼此衝撞，合縱連橫，這裡動盪不安，那裡握手言和。民主誕生的陣痛讓歐洲號叫呻吟，聲音響徹天際，怎麼可能逃過我的耳朵？

「但我向來最熱衷的還是偉大的人，而且我或許能自豪地說，這個時代的大人物很少有完全逃過我注意的。偉大的人就像聖經啟示錄裡受神感召（用言語和行動）寫下的經文。每個時代都是歷史寫成的章節，少數有才能的人是文中較好的注釋，多數欠缺才能的人是較壞的注釋，而數目車載斗量、過於愚昧的異教徒與東正教徒，則是週日的講道。至於我，我只看經文！因此，我不是小小年紀就曾假扮酒店侍者，站在耶拿大道旁特列斯尼茲（Treisnitz）一處樹蔭下的露天座椅後方，伺候偉大的席勒和更偉大的歌德，聆聽我至今不曾或忘的談話嗎？因為——」

摘錄到這裡，編者忽然記起已經忘了好一陣子的謹慎原則，於是只能略過大半。畢竟文壇大家的神聖不容侮蔑，更別提君王了。未來有一天要是我們發現環境變了，出版的時機已經到來，或許這些一窺大人物隱私的部分就能曝光，否則目前這些內容不比陰謀背叛的偷聽好到哪裡。因此，拜倫爵士、教宗庇護九世、道光皇帝和中國燒炭黨「白蓮教」的祕密，這裡全不提了！至於拿破崙，我們只能隱隱看出杜費爾斯德洛赫和他關係似乎非比尋常。起先這位可憐的教授差點被當成間諜槍斃，接著卻和拿破崙私下談起話來，對方甚至還捏了捏他的耳朵⑧，只不過沒給犒賞；最後則是氣沖沖將他趕走，幾乎是掃地出門，只因他是個「空想主義者」。「拿破崙自己，」我們的教授這樣說：「才是徹頭徹尾的空想主義者，至少也是個空想家。他活在空想之中（in der Idee），全憑空想行動與作戰。這人是神聖的傳道者，只是自己不知道，並且是用砲口傳講那偉大的教義——唯才是舉（La carrière ouverte aux talens）。這是至高的政治福音，也是自由之所繫。而他傳教確實是夠瘋狂的。如同狂熱者和第一批宣教師，他的講道並不完美，夾雜著大量口沫橫飛的高論，不過只要情況許可都還算清楚。你不妨將他想成一個家住蠻荒的美國人，必須到沒人去過的森林伐木，跟數不清的狼戰鬥，同時免不了會喝點烈酒，叫囂打鬧，甚至偷竊。但唯有他先開墾，後面才會有播種者安心耕作，收穫無窮。」

有件事的真實度倒是比較確定，那就是某年六月午夜，杜費爾斯德洛赫獨自出現在了歐洲最北角，雖然原因為何我們並不清楚。他身上披著一件「淺藍色西班牙斗篷」，那是他「最方便、最主要，其實也是唯一的大衣」，有如一座藍色小鐘樓（我們這樣覺得）佇立在世界盡頭眺望浩瀚無邊的海水，儘管此時凝然不動，但只要一出聲就會發出最奇特有趣的變奏。

「午夜的死寂，」他這樣寫道：「就算在北極這樣的高緯度地帶，也有其個性。這裡什麼都看不到，只有微微泛紅的花崗岩峭壁與波平浪細的北極洋，還有太陽慵懶低垂在極北方，彷彿打著瞌睡，但他的雲車依然緋紅，披著金裝，而他的光線照在如鏡的水面上，宛如一道顫抖的火炷射向萬丈深淵，消失在我腳下。這種時候，孤獨是無價之寶。當整個歐洲與非洲除了守更人都在他身後沉睡，而他眼前是寂靜的無垠與永恆的宮殿，太陽不過是門廊上的油燈，這時誰還想說話？想有人看著？

「但就在那莊嚴的一刻，忽然有人，或者說是一頭怪物，從岩石縫裡冒了出來。那人魁梧多毛，像頭北極熊，用俄語向我打招呼，因此很可能是個走私者。我簡潔客氣地向他表示我對違禁品沒興趣，並表達了想獨處的強烈願望。結果沒用，那頭怪物顯然看準了自己的體格優勢，想拿我尋開心或撈好處；照這樣下去，或許會演變成謀殺。他不停用帶著鯨油味的口臭緊逼我，直到我倆都站到了岩石邊上，而底下就是虎視眈眈的翻騰大海。這時還有什麼理由好講？面對這頭愚蠢的北極熊，就算你比基路伯會講道理，比撒拉弗口才好也是白搭。對於這種絕境我早有準備，立刻敏捷地往旁邊站了一步，從斗篷裡掏出一把威力十足的伯明罕馬槍說：『朋友，你最好退開（Er ziehe sich zurück, Freund），而且要快！』這道理一亮出來，連北極熊也懂。他討饒似的道了聲對不起，就轉頭走開了；除非想自殺或和我拚命，應該是不會再回來了。

「我認為這才是火藥的真正用途，就是讓人人都一般高；甚至你只要比我冷靜，比我機靈，比我有頭腦，就算身體不行，還是能先致我於死，因此比我還高。至少這就是歌利亞毫無力量，大衛所向無敵的原因。原始野蠻的體力一無是處，善於創造的精神才是一切。「至於決鬥，其實我也有自己的見解。在這個如此令人驚詫的世界，很少事物比決鬥還要使我驚奇了。兩個明明小如光點，顫巍巍附著在深不可測的時間之上，很快就會消失掉的人，卻走到相隔十二步的兩個點上，然後瞬間轉身，嘗試用那最精巧的機械轟掉對方，讓對方化為空氣，瞬間烏有！見鬼了（verdammt），這個噴火的小玩意兒！我的想法和特林貝格⑨一樣，『神要是見到奇妙的下界人類竟然做出這種事，肯定會捧腹大笑。』」

儘管有這些特殊事件，但可別忘了更重要的普遍性，那才是我們的主要追尋：杜費爾斯德洛赫外在經歷了那麼多變動，對他內在的人產生了什麼影響？他心裡的千軍萬馬雖然受到壓制，是否仍在糾纏，還是他已經將亂舞群魔徹底趕了出去？我們可以指出症狀仍然持續改善。經驗是絕佳的精神醫師，而杜費爾斯德洛赫身為長期病人，已經吞了許多苦藥。除非我們這位可憐的朋友病入膏肓，但看上去不可能，否則藥肯定會有效果。我們應該這樣說，他心裡的千軍萬馬和亂舞群魔已經驅逐殆盡了，但還沒有東西補上，以致心靈一時還處在安靜但不自在的狀態。

「最終，在經歷了那麼多折騰之後，」我們這位自述者如此寫道：「我可以說是淬鍊完成了。但願我不會像常有的結果那樣，只剩廢渣（caput-mortuum）⑩！但不論如何，單憑親身經歷，我就熟悉了許多事物。不幸的東西仍然不幸，但我如今已經可以部分看透，進而鄙視它們。我發現在這個虛無的世界，一個人再崇高也只是追逐影子或被影子追逐的人。當我看穿那勇敢的外衣，只見裡頭不也可憐得很？我心想，你的願望是被輕蔑無視了，但就算實現了又如何？少年亞歷山大不是為了沒有下一個地球可以征服而哭泣？再來是太陽系，然後整個宇宙？老天（Ah Gott）！每當我仰望繁星，它們不是從靜謐的空中可憐看著我，宛如閃著天界淚光的眼睛，俯瞰人的卑微命運！人類歷來萬代都和我們這一代同樣熱鬧，最後全被時間吞沒，不留半點痕跡，而大角星、獵戶座、天狼星和昴宿星仍在軌道上發光，和示拿曠野上的牧羊人頭一回見到時一樣年輕、一樣閃亮。呿！地球這個不足道的小狗籠算得了什麼？你又何必坐在裡頭哀鳴泣訴？的確，你仍然啥也不是，誰也不是；但又有誰不是這樣？你在人類家族裡毫無用處，被他們當成斷手斷腳棄之不顧，那就這樣吧，或許這樣更好！」

這負擔太重了，杜費爾斯德洛赫！但他身上的綑綁確實正在變鬆，總有一天能將這負擔遠遠拋開，在重拾的青春裡自由前行。

「我就這樣，」我們的教授說道：「來到了無感的中心（center of indifference）。誰想從負極走到正極，就非通過這裡不可。」

注釋

① 原文center of indifference原指磁鐵兩極的中點，兩邊磁力抵銷。見本章最後一段。
② 後來版本改作「學到」。
③ 典出塔索（Torquato Tasso）敘事詩《耶路撒冷的解放》卷十六，阿米達宮為魔女居住的宮殿，引申為「海市蜃樓」。
④ 原文為卡萊爾的自創詞，由dumb drudgery（愚蠢的苦役）組合而成。

⑤斯摩萊特（Tobias Smollett）《法托姆男爵斐迪南歷險記》（*The Adventures of Ferdinand Count Fathom*），第四十一章。

⑥哈德良（Hadrian, 76-138），古羅馬皇帝，統治期間曾徒步走遍國內。

⑦典出拿破崙一八〇六至〇七年頒布的柏林和米蘭敕命，要求歐洲所有國家沒收從英國進口的貨品。

⑧譯注：相傳拿破崙喜歡捏對方耳朵表示恩寵。

⑨特林貝格（Hugo von Trimberg, ca.1230/1235-1313），德國教師、詩人，著有長詩《跑者》（*Der Renner*），後文即引自該詩。

⑩直譯為「死亡的頭顱」，古代化學用語，意指蒸餾或昇華後留下的殘渣。此處轉義為廢渣。

第九章　永恆的肯定

曠野的試探：戰勝試探者；摒除自我；信上帝與愛人；罪的起源：一個永遠需要重新解決的問題：杜費爾斯德洛赫的解決之道；熱衷幸福是徒勞的空想：人裡面有更崇高的東西；永恆的肯定；敬拜悲苦；伏爾泰：他的任務已經完成；信念不能沒有行動，沒有行動就一無是處；真正實在的理想：起身工作！

「曠野裡的試探！」杜費爾斯德洛赫這樣喊道：「我們不是都經歷過嗎？從我們生來就住在我們裡面的老亞當可不是那麼好擺脫的。我們一生都圍著必然打轉，但生命的意義除了自由與自發之外就沒有別的了。因此，人生就是一場戰役，尤其一開始便是苦戰。因為神的命令『你要極力行善』就刻在我們心中，有如普羅米修斯帶來的先見之明一般，使我們日夜不得安息，直到行為出現印記，讓人看見自由的福音得到實踐為止。然而，肉體的命令『你要盡力吃飽』也在我們腦中強力放送。因此，我們豈不得先經歷一場困惑與爭鬥，才能讓比較好的影響取得上風？

「對我來說，這件事天經地義：當神的命令有如預言在人子心中萌發，肉體不是被他征服，就是征服他，心靈就該將他帶到險惡的孤獨裡，讓他和試探者決一死戰，直到對方落荒而逃。不論我們如何稱呼它，也不論魔鬼是否現身，地點在飛沙走石的天然荒漠或自私卑劣的人性曠野，人人都會遭遇這項試探。沒有遇到才是悲慘！代表我們只是半人，神在我們裡面寫下的敕命始終蟄伏，永遠不曾綻放太陽般的光輝，只會在微光裡危弱顫動，或在世俗虛妄下的黑暗裡痛苦悶燒！無神時代的廣大世界就是我們的曠野，長年受苦與禁食就是我們的四十天試探，然而這一切並非沒有盡頭。沒錯，就算不是註定勝利，我也必然會有所覺悟，只要能力還在、一息尚存，就要戰到最後一刻。就算困在魔鬼寄居的誘惑森林裡，眼見耳聞盡是悲傷，在我經歷最令人疲憊的漫遊之後，也註定能爬上陽光普照的高坡，前方不是山頂，就是天堂！」

他在另一處說得不那麼雄心萬丈，而是總算切合本性：「你的人生不是正和這個世代最有能力的人（tüchtigen Männer）一樣嗎？年輕而莽撞的熱情可比復耕的農田，第一批作物良莠不齊，一旦遇上現實與精神上的無信仰乾旱，就全枯萎了。思想和行動上的失望一再重複，就會產生懷疑，懷疑再慢慢變成否定！如果再來的作物能常保鮮綠，而且有香柏遮蔭，足以抵擋任何乾旱（與懷疑），那我要讚美上天，讓我不乏前例，甚至不缺榜樣。」

因此，杜費爾斯德洛赫也有了一次「光榮革命」。那些追逐影子和被影子追逐的朝聖旅程，只是在他展開（所謂的）使徒工作之前滌淨人心的「曠野中的試探」。而現在試探終於結束了，魔鬼再一次敗北，真是可喜可賀！這麼說來，在「聖多瑪地獄街的那個高光時刻」，當魔鬼說『敬拜我，否則你將粉身碎骨』，而他勇敢回答『撒旦，退去吧（Apage Satanas）』①，不就是這場戰鬥的轉捩點？無與倫比的杜費爾斯德洛赫，你能不能將你那無與倫比的故事說得白話點？但想在這些紙袋裡找到是徒勞的，因為那裡頭除了諷刺和僻怪的比喻就沒別的了，有如閃爍不定的影子，充滿預言與嘲諷的色彩，缺乏明確合邏輯的圖像。「在這個瀆神的時代，」他曾經這樣問道：「該怎麼向肉眼描述人類靈魂的至聖所裡發生的種種？又怎麼用這個時代所知曉的話語，說明甚至無法言說的事物？」那我們就要問了：既然知道是瀆神的時代，那還用不必要的模糊、省略與推託把話講得那麼難懂做什麼？我們這位教授不只神祕，還難以捉摸，尤其這裡的明暗轉折（chiaroscuro）又比其他部分莫名其妙。底下如實轉述幾段，只能請有本事的讀者自行拼湊了。

他這樣說道：「炎熱的哈麥丹風總算靜止下來，不再在我心裡咆哮，聾掉已久的靈魂現在又聽得見了。我停下瘋狂的漫遊，讓自己坐下等候，同時思考，因為改變的時刻似乎近了。我彷彿就要投降，徹底放棄，開口說道：希望的幻影，你們走吧，我不會再追逐你們了。還有猙獰的恐懼幽魂，你們也滾吧，我不會再在乎你們了。你們全是幻影與謊言。讓我在這裡休息，死也無妨。生死對我都一樣，都無關緊要。」接著他又說：「後來當我置身無感的中心，一股顯然來自上界的仁慈力量使我沉入了療癒的睡眠。沉重的夢緩緩消散，我醒來眼前已是全新的天地。泯除自我（Selbst-tödtung）這一道德行動的第一步已然可喜完成，我心靈的眼解封了，手也鬆了綁。」

接下來這一段話，我們不是不難猜出它就發生在「療癒的睡眠」期間，他丟下了朝聖手杖，放在「高起的台地」之上，而那次休息已經對他產生了良效？否則他有些語調不會這麼開心，甚至輕佻，遠超乎我們意料。然而，杜費爾斯德洛赫始終有著奇特的雙重性：前院是吉他旋律伴隨著輕歌曼舞，屋裡卻隱約傳來悲傷的啜泣與啼哭。這裡整段節錄他的描述：

「坐在這裡，待在天幕之下沉思冥想，感覺真是美妙。我坐在高起的台地上，面對著群山，上方有蔚藍的穹蒼為頂，四面有飄逸的蔚藍簾幕作牆，而我看見那蔚藍的四方底邊鑲著金光。接著我眼前浮現幾座美麗的城堡，安然佇立於群山之間，那青草如茵的花圃、漂亮的貴婦及大家閨秀都婀娜可愛；更棒的是那些茅草小屋，婦女們在屋裡烤麵包，小孩圍在她們身邊。所有這些都隱藏在山谷起伏處，受山保護，但我能想像它們就在那裡，活絡熱鬧。不只想像，我端坐山頂還看見圍繞著我的九個城鎮，天氣靜好可以聽見它們鼓動鐵舌（鐘樓裡的鐘）跟我說話，其餘時候則是見到它們不停用煙霧展現生氣。那些煙霧有如烹飪鐘，讓我讀出現在是一天的什麼時候。因為它們是炊煙，代表賢慧的主婦正在為丈夫煮飯。每個城鎮每天早中晚陸續或同時飄出青煙，明白告訴所有人：這裡飯快煮好了。這多有趣！因為整個區域，連同其中所有歡愛和醜聞買賣、紛爭與滿足，統統盡收你的眼底，縮小到用你的帽子就能蓋住。若說我在廣闊的旅遊中學會了觀察世界事務的細微之處，那麼這裡或許是我將細節串連成普遍命題，得出推論的地方。

「我也時常見到烏黑的風暴從遠方忿忿襲來，環繞住施雷克峰，森藍的水氣慢慢形成漩渦，接著宛如瘋狂女巫的披頭散髮傾瀉而下。不久之後，烏雲消散，施雷克峰再次浮現在清朗的陽光下，露出森白的微笑，因為剛才的水氣已經凝成了雪。大自然哪！妳是如何在妳偉大的大氣發酵桶與世界實驗室裡培養萬物、精緻萬物的啊！但大自然又是什麼？哈！為何我不稱妳為上帝呢？妳難道不是『上帝的活衣裳』？老天！上帝是否其實藉著妳開口說話，在妳裡面活著、愛著，在我裡面活著、愛著？

「這道真理的前影，應該說所有真理的曙光，就這樣神祕臨到了我的靈魂，比新地島船難倖存者見到的黎明還要甜美。啊，就像在陌生的嘈雜聲裡迷失困惑的孩子，忽然聽見母親的聲音，又像我極度惱怒的心裡忽然浮現仙樂，聽見福音的聲響。宇宙既不死寂也不邪惡，不是住滿幽魂的停屍間，而是神聖的，是我天父的居所！

「至於我的同胞，我也換上了另一副眼光，懷著無限的愛與無限的憐憫。任意漫遊的可憐人哪，你是否和我一樣受到審判與鞭打？不論穿著王袍或乞丐的破衣，你都如此疲憊，如此負擔沉重，唯有墳墓是你的眠床？哦，我的弟兄，我的弟兄！我為何不能擁你入懷，擦去你眼中所有淚水？的確，在這片孤寂之中，我心靈的耳朵聽到的生命之音不再是令人瘋狂的嘈雜，而是感傷的旋律，有如口不能言的生物發出的含糊呼喊與啜泣，聽在上天耳裡便是祈禱。可憐的大地和她可憐的歡愉，如今成了我需索無度的母親，而非殘酷的後娘。人和他的需求過多與努力過少，讓我感覺更加可親，甚至因為他的苦難與罪，我第一次稱他為弟兄。我就這樣沿著古怪陡峭的道路，被引到了『悲苦聖殿』的門廊邊。神聖的大門很快就會打開，『神聖的悲苦深淵』就會展現在我面前。」

教授說，就是這時他頭一回看見那個一直勒住他的死結，發現自己可以輕鬆解開它而獲得自由。「自有天地以來，所有靈魂都會遇上一個沒有休止的無謂糾結，」他這樣寫道：「那就是現在稱為『罪的起源』之類的問題。所有靈魂必須先解決這個問題，才能從無謂的受苦轉為切實的奮鬥。在我們這個時代，大多數人只能滿足於片面壓抑這個糾結，只有少數人非求得解決不可；而且每個時代有每個時代的解決之道，我們只會發現上個時代的解決之道永遠是過時的，沒有效用。因為人生來就會隨著世代而改變語言，就算反抗也只是徒然。我還沒拿到這個世紀的正版《教義問答》，但為了自己好，我嘗試自己闡明。我認為，人的不幸源自他內在的無限；人再有手段也無法將那無限掩埋在有限之下。全歐洲的財政大臣、室內裝潢商和糕點糖果師齊心協力，就能讓一位擦鞋匠快樂嗎？他們頂多做到一、兩個小時，因為擦鞋匠除了腸胃，還有個靈魂；因此為了讓他長久滿意與飽足，不多不少就只有一種分配方法，就是將『上帝的無限宇宙整個交給他』，讓他享受沒有極限，一有願望就立刻成真。喝不完的霍赫海姆之海，還有蛇夫的喉嚨②！別提了，對這個無限的擦鞋匠，這些根本不算什麼。酒海才剛填滿，他就開始抱怨應該有更好的葡萄品種；給他宇宙或上帝全能的一半，他就會跟擁有另一半的人爭吵，哀怨自己是最受虧待的人。陽光裡永遠有黑點，而我要說那黑點就是『自我的影子』。

「但這就差不多是我們對幸福所抱持的幻想。我們根據自己定下的價值與平均，獲得某種平均的世俗命運，就誤以為那是我們生來的命運，不可剝奪的權利，深信那就是我們應得的賞罰與報償，無須感謝，也不用抱怨。多了我們才會覺得幸福，少了我們就認為不幸。只要想想我們每個人都會認定自己應得多少，又有多自負，肯定會覺得收支往往偏向錯的一邊，所以才有許多笨蛋高喊：瞧瞧這是什麼待遇！這樣對待一個有用之才對嗎？我告訴你，笨蛋，那是你虛榮心作祟，是你對自己應得多少的幻想。覺得自己該當吊死（通常都是如此）結果改成槍決，你就會深感幸福；覺得自己該用毛髮編成的繩子吊死，結果改成麻繩，你就會心花怒放。

「正是由於這點，我才會說，想提高生命的分數，靠的不是讓分子變大，而是讓分母變小。除非我被代數騙了，一除以零就是無限大。只要將應得設為零，全世界都會在你腳下。我們這個時代最睿智的人說得好：『正確地說，唯有放棄（Entsagen）生命，生命才真的開始③。』

「我問自己：你自年幼就煩躁、氣憤、哀怨和自我折磨，到底是為了什麼？簡單說來還不就是因為你不快樂？因為你（這位可愛的紳士）沒得到應有的尊敬、培養、錦被暖床與親切的照料？愚蠢的靈魂！哪一條法律規定你應當幸福的？不久前你連存在的資格都還沒有。要是你生來就注定不快樂，註定不幸呢？那你豈不是一隻禿鷹，飛遍宇宙尋找食物，腐屍不夠就不停哀叫？闔上拜倫，翻開歌德吧！

「我瞥見了（Es leuchtet mir ein）！」他在另一處這樣宣告：「人裡面有一個比愛和幸福更崇高的東西。他可以不靠幸福就蒙祝福！從古到今所有聖人烈士、詩人教士不都在宣揚這個更崇高的東西，為之受苦受難、出生入死，就為了見證人裡面的神性，彰顯他們所有力量與自由都來自於它？這來自上帝的道理，你不也有幸領會？老天！你得被多少仁慈的苦惱撕扯，才能徹底悔改，領悟這個道理？感謝命運賜給你這些苦惱，並心懷感謝承擔剩下的磨難吧。因為你需要它們，你的自我必須毀棄。生命唯有經歷良性的發燒，才能去除痼疾沉痾，戰勝死亡，不被時間的怒吼狂濤吞沒，升向蔚藍的永恆。別愛快樂，要愛上帝。在這永恆的肯定之中，所有矛盾都已化解；誰照著行走處事，誰就得安穩。」

他又說：「照著古希臘人芝諾的教導，將大地和它的傷口踩在腳下，這樣做其實不算什麼。若大地傷害你，但你依然愛它，甚至因此而愛它，這只有比芝諾偉大的人才做得到，而這人已經派到這世上了。你聽說過『敬拜悲苦（Worship of Sorrow）』嗎？這座聖殿誕生④於一千八百多年前，如今已經頹圮，被森林掩沒，成為悲傷生物的住所。但只要你敢上前，匍匐鑽過傾倒的斷垣殘柱，就會發現聖壇依然存在，聖潔的燈常明不滅。」

編者不想對這番古怪的發言妄作評論，只想指出其中另有許多可議之處，要得出通盤理解並不容易，甚至連教授自己都摸不清方向。這些探討宗教言論雖然含糊，卻不乏靈光，除了談到「默示的永恆延續」與預言，還指出「我們這個時代有巴力的祭司，也有真正的教士」，諸如此類。我們以下摘錄幾段，作為這份大雜燴的結束。

「夠了，我景仰的伏爾泰先生，」我們的教授指名道姓地說：「別再發出你那美好的聲音，因為你所負的任務似乎結束了。重要與否姑且不論，你對這個命題已經表達得很充分了。基督教的神話在十八世紀和八世紀看來是不一樣的。唉，你寫的那三十六冊四開本雖然必要，還有在你之前和之後問世的三萬六千冊同主題的四開本、對開本、傳單與文書，說服我們的卻是那麼少！再來呢？你要協助我們替宗教的神聖精神換上新的神話，套上新的手段和外衣，好讓我們行將毀滅的靈魂活下去嗎？什麼？你沒有這種本事？你只是燃燒用的火把，不是建築用的大鎚？那就帶著我們的感謝站到一旁去吧。

「那些過時的神話對我來說又是什麼？上帝存在，我心裡這樣感覺，這是伏爾泰先生可以說服我不信或相信的事嗎？『敬拜悲苦』出自哪裡，源於何處，你怎麼想都行。這份敬拜沒有起源，也不是人造的，它不是就在這裡嗎？用你的心去體會，然後再說那是不是來自上帝！這是信仰，其他都是人云亦云，誰想為之操心就隨他去。」

「你也不用，」他在另一處評論道：「為了『完全默示』之類的道理和別人吵到互挖眼珠，每個人都為自己求得一點或一些默示就好。我只知道一本聖經，它的完全默示是不可懷疑的，我光憑自己的眼睛也能認出它來自上帝之手。其他聖經都只是紙頁，是協助理解力不足之人的圖畫敘事。」

為了讓讀者喘口氣，同時結束這個話題，且讓我們分享以下這個比較易懂的段落：

「在我看來，我們的生命，」我們這位教授說道：「就是一場和時間精靈互相殘殺的戰爭，其他戰爭似乎都有問題。你如果和自己的兄弟起爭執，我奉勸你最好先把意義想清楚。只要想個透徹，就會發現答案很簡單：『兄弟你看，這世上的幸福，你拿了超過你應得的份，而且有些是從我這裡拿的。看在老天份上，你不能這樣做，否則我就跟你拚命。』唉，你們要分的東西，也不過是一些破爛，貨真價實的『空殼大餐』，裡面的實質早就流走了，連一個人的肚子也填不飽，整個人類卻抓著不放！我們這時難道不能說：『拿去吧，你這個貪心過頭的傢伙，將那多出來的微薄一份拿去。雖然我認為那是我的，但你既然那麼想要，就帶著我的祝福拿去吧。但願上天賜我足夠的東西給你！』倘若費希特的知識論（Wissenschaftslehre）⑤「可以說是基督教的應用」，那麼剛才說的道理更是如此。這並非人的全部本分（Whole Duty of Man）⑥，而是一半，消極的那一半：但願我們不只能證明，還能做到！

「然而，信念再好，在沒有轉變成行動之前確實毫無價值，甚至唯有變成行動才真的能算信念。所有思辨本質上都是無窮無形，只是漩渦裡的漩渦；唯有令人無法置疑的確切經驗才能為思辨帶來中心，讓它可以繞著轉，從而形成系統。有位智者說得更加真確，『唯有行動才能破除一切懷疑』⑦。同樣的道理，讓那些在黑暗或飄忽光線中痛苦摸索，熱烈祈求黎明終能到來的人，將下面這句令我受用無窮的格言牢記於心：『去盡離你最近的責任』⑧。你要明白這就是一份責任！而下一個責任也會因此變得更清楚。

「但真要說的話，精神解放的時刻不更是如此嗎？你整個人在黑暗裡摸索掙扎，扛著說不出的痛苦奮力工作，理想世界忽然在你面前顯現，完全敞開，而你就像《威廉．邁斯特的學徒歲月》裡的羅薩里歐，驚訝發現『美洲就在這裡，不在別處』⑨？人至今沒有遇過哪個處境是不帶責任與理想的。的確，在你此刻立足的這個悲慘可憐、艱困可鄙的現實裡，理想就在這裡，不在別處。因此，在這裡做出理想來吧。努力工作，抱著信心生活下去，保持自由。傻瓜！理想就在你裡面，阻礙也在你裡面。你的處境就是你打造理想的材料。這材料屬於這種或那種，又有什麼關係？把它塑造成英雄型或詩人型的，又有什麼兩樣？唉，你這個困在現實牢籠之中，哀求神祇賜你王國讓你統治創造的人，記住這個真理：你尋求的東西早已存在，『就在這裡，不在別處』，你只要看就會看見！

「然而，人的靈魂就和自然一樣，創造的開端是先有了光。唯有眼睛能看見了，整個肢體才連結在一起。神聖時刻對著被暴風逼催的靈魂，就像對著瘋狂翻騰的混沌那樣說道：『要有光！』對最偉大的心靈來說，這永遠是奇蹟一般彰顯上帝的一刻。就算對最單純低賤的心靈不也如此嗎？只是形式比較簡單？太初的瘋狂混亂平靜了，胡攪蠻纏的元素結合成不同的實體，底下是深沉靜默的岩石，上面是穹蒼與永恆的星體。我們有的不再是黑暗荒蕪的混沌，而是興旺肥沃、四周天界包圍的世界。

「現在我也能對自己說：別再是混沌了；成為世界，甚至是小宇宙吧。創造！創造！就算只能做出微不足道的一丁點，也要奉上帝之名去創造！把你裡面的極限使出來！奮起！奮起！不論你手上找到什麼事，都盡全力去做。要做就趁今日，因為黑夜一來就再也沒有人能工作。」

注釋

①馬太福音四章十節。

②霍赫海姆之海（Oceans of Hochheim）是美因茲近郊霍赫海姆生產的萊茵河紅酒。「蛇夫的喉嚨」則是指蛇夫座裡蛇夫手扼之蛇的喉嚨。

③歌德《威廉·邁斯特的漫遊年代》第十四章。

④後來版本改作「建立」。

⑤費希特（Johann Gottlieb Fichte, 1762-1814）《知識論》。

⑥典出一六五九年出版的同名靈修作品，作者不明。

⑦歌德《威廉·邁斯特的學徒歲月》卷五第十六章。

⑧同上，卷七第一章。

⑨同上，卷七第三章。

第十章　暫停

皈依，現代獨有的精神成就；杜費爾斯德洛赫接受寫作為天職；誡命「不可偷盜」的範圍；編者開始懷疑傳記資料的真實性，放棄這些資料，轉向論衣裳之作；這十章的成果：洞察杜費爾斯德洛赫的性格：他的基本信念，以及他如何被迫尋找和找到這些信念。

我們就這樣跟著杜費爾斯德洛赫，在這種情況下盡可能令人滿意地緊隨他走過一個個階段與狀態，從成長、捲入愛情、不信到幾乎否定一切，最後進入一種他似乎自認為是皈依（conversion）的清明狀態。「不要怪罪這個詞，」他這樣說：「而是應當喜樂，我們當代能有這樣一個詞，指稱這樣一件事。舊世界不知道皈依為何物，連有大智慧的人也不曉得。他們沒有這個人（Ecce Homo），只有海克力斯的選擇①。這是人類道德發展新完成的進化：最崇高者進到最狹隘者的心中。柏拉圖視為幻覺，蘇格拉底視為妄想的事物，對你們這些張三李四、可憐至極的神父與教徒卻是清楚肯定的事實。」

杜費爾斯德洛赫主要的精神思想就是在這時萌發的。從那之後，我們就看到他「勉力為善」，具備一個人該有的精神與明確目標。他終於發現自己尋尋覓覓的理想工房，其實就是他早已偶然踏入的這個設備欠佳的現實世界。他可以這樣對自己說：「什麼工具？你沒有工具嗎？現在沒有一個人或一樣東西是沒有工具而能生存的。就連蜘蛛這種最低等生物，腦袋裡也有一台紡紗、整經兼力織機；最遲鈍的牡蠣在牠的石灰石屋子裡也有巴平壓力調理器。所有活著的東西都能做某些事，何以致之？不就是因為工具嗎？你不是有一副已經裝備好可以接受些許靈光的頭腦，還有三隻手指可以拿筆寫字嗎？自從亞倫的杖（Aaron's Rod）荒疏以來，甚至在那之前，就沒有一樣工具如此神奇，沒有一樣史有記載的神蹟比筆所造出的事物更偉大。因為說來奇怪，在這看似固體實則不停流動的世界裡，乍看最稍縱即逝的聲音，卻是所有東西裡最能延續的。都說語文在這世界是萬能的，只要一道神諭就能讓人成聖。清醒、奮起吧！把你裡面有的，那上帝賜予你、魔鬼奪不走的東西說出來！人生在世，沒有比傳道還要崇高的任務了。為此付出，甚至完全付出，對你這個聖統之末豈不是莫大的榮耀？

「這門藝術雖然常被褻瀆地貶為一種手工活，」杜費爾斯德洛赫又說：「但我從那時開始就堅持其中。雖然沒有人知道那些是我的作品（我算哪根蔥？），沒有人看見我播種，但或許還是有些落在了思想的偉大園地裡，沒有完全落空。我不時心滿意足地在這裡或那裡看見自己的果實。感謝上帝讓我找到了自己的呼召，不論有沒有可見的成果，我都會勉力堅持下去。

「再說，你怎麼知道，」他問道：「某個很有潛力，現在已經發展成舉世聞名的有力組織的構想，就像一粒合適的芥子落在合適的土壤上，現在已經長成開枝散葉，吸引各方飛鳥來棲的大樹，當初那想法不是我種下的？既然這件事一定是某人做的，想法一定出自某人腦袋，那為何不能是我？」杜費爾斯德洛赫這裡是不是指「所有權保障協會（Eigenthums-conservirende Gesellschaft）」？他留下太多模稜兩可的暗示，在這些難以描述的紙袋裡陰魂不散。「這個組織，」他指出：「不算違背這個時代的需要，它的突然擴張就是明證。協會幹部及會員早已不乏來自德國、英國和法國的大姓氏，甚至大人物，錢與思想的奉獻更是從四方湧入，以便招募世界剩餘的正直之士，抱著遠見集結在這支保衛軍四周。」所以，杜費爾斯德洛赫意思是那個知名協會是他發起的？如果是，那到底是什麼組織？他又暗示道：「當人為了導引社會而發明（並靠著祭火與絞刑來維繫）的所有法典、教義、天條及道德律，從希伯來戒律、梭倫憲法、雷克格思憲法、查士丁尼一世法典到拿破崙法典②，其實都包含在『不可偷盜』這個神聖誡命中，當這個誡命從大眾的記憶中淡去，相反的新誡命『汝當偷盜』幾乎不加掩飾四處傳播，人人亢奮沉溺其中，心智健全的人最好集結行動。當惡毒的新聞報刊鼓吹讚揚破壞所有權，這世上僅存想得到的神聖權利，當世界都聽它高喊我們對身體沒有所有權，只是偶然暫時借用一輩子，結果又會如何？劊子手和執達吏就算握有絞索和有餌陷阱，也只能壓制較小的害蟲；但除了剛才提到的大組織，還有誰能保護我們，對付這一大群吃肉又吃人的紅尾蚺？因此，倘若有不常接觸世事的思想家私下納悶，報紙上那個寫得還算不壞的有獎徵答，連同題目和慷慨的獎項，都是出自何人之手，這會兒就別再想了，絞盡腦汁開始搶答（Concurrenz）吧。」

我們要問：英國讀者是否曾在任何國內外的報紙上，看過那個「寫得還算不壞的有獎徵答」或那個所有權保護協會的其他正式交流？有的話，題目是什麼？參加條件呢？什麼時候在什麼地方舉行？這些紙袋裡找不到任何一份剪報，也沒有任何線索！難道這整件事又是杜費爾斯德洛赫先生的異想天開和故弄玄虛，是他老毛病又犯了，有意無意跟我們玩花樣？

寫到這裡，編者不得不痛苦坦承他心裡的懷疑。這感覺從這最後幾章就開始在他腦中縈繞不去，就算他對這份棘手的傳記還有那麼點熱誠的愛好，也漸漸麻痺了。剛開始或許只是出於一些枝微末節，但隨著杜費爾斯德洛赫的幽默挖苦愈來愈明顯，懷疑的感覺也就幾乎確定了。他那些背地裡的幽默和難解的嘲諷惡搞，話中有話，教人怎麼也猜不透。總歸一句，編者懷疑這些自述可能有部分是騙局！說不定其中許多所謂的事實只比虛構好一點，我們手上有的不是如照片般真確的教授生平，而只是一些或多或少帶著幻想的暗示，直接或間接將原貌遮蓋起來！於是我們不禁推想，霍夫拉特．霍伊許瑞克先生是將象徵當成了真實。這不僅讓他當了傻瓜（我們實在很想叫他好騙先生），也害別人成了呆頭鵝。的確，以杜費爾斯德洛赫這樣一個嘴緊出了名的人，有可能忽然對一名英國編者和一名德國友人敞開胸中城府，而不是先將他們同時誘進城府之中，再用曲折隱匿的迷宮將他們困住，用半是魔鬼的目光看這兩人會蠢到什麼程度？

不過，我們的教授先生可能會發現自己少收服一個傻子。我們後來發現一張因為字跡不明顯而被當成空白丟在一邊的小紙條，努力解讀之後得出以下這段話：「歷史事實是什麼？生平事蹟又算什麼？光是將你所謂的事實事蹟拼湊起來，就能認識一個人，甚至人類嗎？人之為人，在他行動其中的心靈；不是他做了什麼，而是他成為什麼。事蹟是他刻出的圖案，只有少數人握有破解的鑰匙。而庸人（Dummkopf）不研究圖案的意義，只研究刻得好不好，這就是他眼中的道德不道德！蠢人（Pfuscher）更糟：我曾見過他們讀盧梭，裝著能解釋的樣子，卻錯將沒刻好的永恆之蛇當成普通的毒蛇。」這是否表示，教授擔心編者（如同眼前這位）可能會犯下同樣錯誤，看不出杜費爾斯德洛赫這條永恆之蛇，以致他不無暗諷地改用比較淺顯的象徵？抑或這只是他半詭辯半真話的又一個例子，只管比喻，不管效果？我們不敢肯定，而且古怪如教授，我們永遠無法判斷。假若我們的懷疑其實毫無根據，那也只能怪他表達方式有問題，不能怪我們抱持必要的謹慎。

儘管如此，但編者實在心力交瘁，也有些怨憤，因此決定在此擱下這些紙袋。但我們至少能說，對於杜費爾斯德洛赫，我們就算不知道「他做了什麼」，也清楚「他成為什麼」，尤其他性格發展的最後一步已經完成，不再會有新的大蛻變。他的精神已經破繭而出，成為帶翼的賽姬（Psyche），不論往哪裡都會繼續往下飛。想知道杜費爾斯德洛赫外在生活經歷了哪些迂迴波折（飛翔也好、隨風飄蕩也罷）才拿到大學教職，他的賽姬又是如何套上世俗頭銜而不改變已然確立的本性，這事基本上沒什麼用處，甚至起碼在我們看來是錯誤、不可能的任務。因此，從他跳進布露明的愛情深淵後，我們就見到他的外在生平徹底化作一團迷霧，或許現在依然如此。但這完全不重要，因為單是觀察其中幾個「池子與水窪」就能抓到大方向。我們不是已經知道那團迷霧早就化作雨水，落地成溪，如今在威斯尼希特沃流動著，深刻而平靜，處處散發衣裳哲學的光彩，明眼人都看得到？在這些宛若地下礦坑的紙袋裡，還有許多如寶石般的珍貴資料散落在碎石堆中，等待我們日後重返，將它們放到合適的位置。不過，現在就讓我們暫時喘口氣，停止挖掘。

在我們翻開這本談論衣裳的大作之前，如果問這十章為我們正確理解衣裳哲學帶來了什麼，請千萬不要完全氣餒。用前文提過的地獄門之橋來比喻，我們至少增加了幾片浮木。雖然它們目前還在混沌的洪流裡掙扎，但等鐵鍊拉好固定之後，誰曉得它們能帶我們走多遠？

總而言之，我們靠著許多小透眼窺見了杜費爾斯德洛赫的內在世界；他心底那個古怪神祕、近乎魔幻的宇宙圖像，以及圖像逐漸成形的過程，對我們也不再是一片黑暗。他對時間的看法雖然深奧，但不是完全無法理解，不僅值得我們思考，日後還可能很有價值。更別說他那獨樹一格的自然觀，強烈主張自然為「一體」，天地萬物和生命不過是一件外衣，是時間機杼不停織織拆拆的「活衣裳」。這不就是整套衣裳哲學的輪廓，至少也是它的活動場所？此外，他的性格對他的世界觀絕非沒有影響，也不再那麼成謎。在那無比混亂的晦澀中，疑似稀釋過的瘋狂裡，豈不是隱隱透出一股不可征服的傲氣與無限的虔誠，有如兩座山峰，其餘一切都建立在兩者的岩盤之上？

我們甚至能進一步說，就算杜費爾斯德洛赫的傳記確實如我們懷疑，只是一種寫意的真實，不也還是展現了他是為衣裳哲學而生的人，被命運逼著看穿事物的外表，直指事物本身？他與生俱來的「被動性」在命運的每一道轉折都得到了加強。不論漂流到哪裡，他都像水上的浮油，所有活動和聚會都格格不入，只有孤獨及沉思與他為伍。多少年來，他生命的全副精力都只導向一件事，那就是消不了痛苦就忍受它。於是，不論走到哪裡，事物的外表都壓迫他、對抗他，用可怕的毀滅威脅他；只有當他成功看透事物本身，才能得著平靜與堡壘。但這種看透外表或外衣直指事物本身，不正是衣裳哲學的預告？我們不是在字裡行間讀出了一些端倪，關於這套哲學的真義，以及它交在這樣一個時代的這樣一個人手上會是什麼模樣？

進入卷三之前，謙虛的讀者可能會對接下來何去何從沒什麼把握。但願他在穿越重重虛無縹渺之際（這是所有杜費爾斯德洛赫追隨者的宿命），總是不乏北極星光的堅定指引。

注釋——

①Ecce Homo直譯為「你們看這個人！」意指基督，見約翰福音十九章五節。「海克力斯的選擇」（Choice of Hercules），西方俗諺，意指正與邪的抉擇。

②拿破崙法典：一八〇二至一八〇八年，在拿破崙主政下完成的法國民法典，至今仍是法國法律制度的基礎。

卷三

第一章　現代史上的一個事件

貴格會喬治．福克斯的故事，以及他終年不壞的皮衣；人為神所有，成為真正的人，享有屬靈的自由。

打從這部「衣裳哲學」一開頭，杜費爾斯德洛赫就逐漸顯露出他是個愛好驚奇與追求驚奇的人。以他偏好晦澀的個性，能以如此堅定的目光與心志洞穿世界的奧祕，著實令人意外。他領悟到，即便是感官所能企及的最偉大現象，也不過是件嶄新或褪色的衣裳，但神聖的本質卻得以藉此而顯現。他一方面將物質這件破舊衣裳和上頭的花俏裝飾踢進泥淖裡，一方面將精神高舉到一切世俗權力和君權之上，即使外形再卑賤，仍然對精神抱著真正柏拉圖式神祕主義的崇拜。這人一心想將希臘之火扔進宇宙這個大衣櫃，讓整個文明生活與思想多多少少徹底燒毀，到底想做什麼？但教授從來不是裸體主義者，無法像盧梭那樣主張肉體和心靈都要回歸裸裎的原始狀態。至此，我們的讀者將會發現，這正是杜費爾斯德洛赫衣裳哲學的主旨與意涵。

不過要記得，這裡提到的主旨與其說已經發展完成，不如說還有待開發。我們將帶領英國讀者走進這個嶄新的黃金國度，將礦藏指給他們看。那裡的金子取之不盡、用之不竭，其實永遠開採不完。抵達之後，我們就會讓所有人自行挖掘，自行致富。

此外，面對這樣一部太難捉摸、表達不清的作品，前路不會比之前平坦多少。一步步前進不可能，頂多只能跳著走。偶爾文中會出現明顯的指標，讓看得又廣又細的敏銳讀者對整體方向有個概念，可以開始自行判斷選擇，一步接一步往前跳，最後（借用之前的比喻）再將它們串起來，形成一座可走的橋。這是我們目前唯一能用的方法。在這些發著光的指標裡，有個浮在驚濤駭浪般的「可完美性」之上的段落，似乎特別值得我們把握：

「現代史上最值得一提的事件，」杜費爾斯德洛赫說：「或許不是沃木斯議會（Diet of Worms），更不是奧斯特利茨、滑鐵盧、彼得盧之役①或任何戰爭，而是大多數史學家視而不見、普通人嗤之以鼻的一件事：喬治．福克斯替自己做了一套皮衣。福克斯是早期的貴格會教徒，職業是鞋匠，天性魯莽單純，宇宙的神意往往喜歡在這種人身上顯現，使其靈魂之光穿透無知與低賤的軀殼，展露說不出的美麗與莊嚴，而有些時代湊巧懂得將他們當成先知與神通，甚至上帝來看待。這位年輕人雖然只是坐在凳子上處理鞣過的皮革，身旁擺滿鉗子、漿糊、松香、豬鬃和叫不出名字的雜物，但卻擁有活躍的心靈和一本古老的聖書；而那本書就像一扇窗，讓他得以抬頭仰望，認出自己的天家。每天做一雙鞋換取溫飽，成為受人景仰的師傅，甚至當上鎮代表，這些都是他長年勤勉縫綴所能得到的榮耀，卻都不能讓心靈得到滿足。在那無聊的敲打聲中，始終有一個來自遙遠國度的聲響，吹奏著尊榮與恐懼。因為就如我們所說，這可憐的鞋匠是一個人，無限以他為殿，他是差來服事這殿的，殿裡對他充滿了神祕。

「鎮上的牧師們，明明是受封守護與詮釋這份神祕的人，卻對他前來解惑的請教冷眼以對，建議他去『喝杯啤酒，找姑娘跳舞』。真是盲人給瞎子帶路！他們拿的什一稅都吃到用到哪裡去了？若人不過是一台專利消化機，腸胃就是實在（Reality），那頭戴教士帽，身穿白袈裟和腰纏法衣是為了什麼？在這麼丁點土地上修教堂、討價還價、彈奏風琴和吵吵嚷嚷又是為了什麼？於是福克斯帶著淚水和聖潔的輕蔑離開了他們，回到裁皮革和聖經上。雖然堆積在他心靈的阻礙已經比埃特納火山還高，但心靈終究是心靈，不可能被掩沒，就算日以繼夜默默受苦，依然憑著一己之力掙扎奮鬥，渴望得到自由。它宛如巨人猛力翻騰，震得背上的山巒劇烈搖晃，最後順利脫身，沐浴在天光下！世人豈會明白，這間位於萊斯特的小鞋鋪比梵諦岡或洛雷托還神聖！『成千上萬的要求、義務、皮帶、破布與俗人，』他哀嘆道：『纏著我、阻撓我和包圍我，讓我看不見也動不了。我不是自己的主人，世界才是；而時光飛逝，天堂太高，地獄太深。人哪！你若能思考就當思考！何不想想，是什麼把我困在這裡？欲求！欲求！哈，欲求什麼？在月光下辛勤做鞋換來的錢財，能帶我到那遙遠的光明之地嗎？唯有沉思和全心向神祈求才可能。我要到森林去，那裡有樹洞讓我棲身，野莓讓我果腹；至於衣服，我豈不能為自己縫一件終年不壞的皮衣？』

「歷史畫這門藝術，」杜費爾斯德洛赫接著說：「我從來沒有嘗試過，因此無法判斷這個主題在畫布上好不好發揮。但我時常覺得歷史上真正莊嚴的畫面只有一個，就是當人的自由意志猶如晨光乍現，逐漸照亮那揚言用阻礙與恐懼將他吞沒的混沌黑夜。就讓米開朗基羅或羅薩再世為人，用明亮的眼與善解的心畫下那天早晨的福克斯吧！畫下他最後一次擺出砧板，在牛皮上剪出少見的式樣，縫製出一件無所不裝的皮衫。那是他鞋鑽的臨別服務！繼續縫下去吧，尊貴的福克斯！你那小工具每一鑽都鑽在了奴役心裡，刺穿對世界及金錢的崇拜。你手肘有如划水猛力划動，每一下都讓你橫渡監獄的壕溝，遠離虛榮開設的工廠與舊貨攤，游向真正自由的土地。一旦大功告成，廣闊的歐洲就將出現一個自由人，而那人就是他！

「因此，至下的深淵有路通往至上的高處，也有獻給窮人的福音。倘若達朗貝爾所言不虛，與我同名的第歐根尼是古代最偉大的人，只因為他狂放不羈，那喬治．福克斯就更當被稱作現代最偉大的人，而且勝過第歐根尼。因為他也是站在自己堅強的人格之上，甩開所有支撐與扶持；即使懷著半原始的驕傲，卻不低估這個塵世，而是珍惜它賜他溫飽。

他站在塵世仰望天界，生活於庇佑與敬拜中，其定力是那位坐臥桶中的犬儒之士不曾見識過的。那桶子確實偉大，有如聖殿，第歐根尼就坐在裡面罵罵咧咧宣揚人的神性與尊嚴。但那皮衣更偉大，因為同樣的教誨不是用咒罵宣告，而是以愛傳講。」

喬治・福克斯那件「終年不壞的皮衣」以及它所含納的一切，已經化作灰燼將近兩百年了，為何現在談到「社會的可完美性」又被提起？不是出於盲目的派系偏見，因為杜費爾斯德洛赫並不是貴格會徒。儘管他生性和平，但我們不是在歐洲最北角見識過他向那位大天使走私者動槍？

了解他骨子裡是激進派的人，就會曉得前面這段話帶有更多意涵，同時對他提起這起「事件」並鼓吹眾人效法的真誠與笨拙的單純（如果不是暗藏挖苦的話）啞然失笑。即使不改其模稜兩可，但他在威斯尼希特沃算是說得夠明白了。難道我們的教授真心以為，在這個講求高雅的時代，還會有人挺身反對「金錢崇拜」，逃離「虛榮開設的工廠與舊貨攤」——他們當中無疑有些人飽受使喚、逼迫與哄騙——將自己套進緊身的皮衫裡，而且為數不少？這個想法真是荒謬到極點。君主會脫下王袍，美女會換下褶邊和曳地長裙，就為了穿上鞣過的牛皮嗎？倘若如此，哈德斯菲爾德、曼徹斯特、考文垂、佩斯利和夢幻小鋪（Fancy Bazaar）都只能喝西北風，唯有戴伊與馬丁（Day and Martin）②還會賺錢。杜費爾斯德洛赫雖然沒有明說，但他顯然想拉平社會（而且是出於報復，希望所有人都跌進泥裡），既有裸體的政治效益又不會著涼或出現其他惡果。但那也是癡人說夢，不可能實現。難道富人不會去買防水的俄國毛皮大衣，名媛貴婦不會換穿紅色或藍色的摩洛哥羊皮鞋，還以麂皮為邊，將黑色的牛皮留給世上的賤役與賤民，一切舊階級又死灰復燃？

還是我們的教授其實另有深意，此時正掩嘴嘲笑我們的非難與批評，因為一切都正中他下懷？

注釋——

① 一五二一年，神聖羅馬帝國皇帝查理五世召開沃木斯議會，要求馬丁路德撤回其異端邪說，不過遭到拒絕；一八〇五年的奧斯特利茲戰役是拿破崙最大的軍事勝利，一八一五年的滑鐵盧之役則是他最後的敗仗；一八一九年，曼徹斯特一群示威工人在聖彼得廣場遭到士兵攻擊，後人稱之為「彼得盧屠殺」，以示嘲諷。

② 夢幻小鋪和戴伊與馬丁是英國倫敦蘇活區的兩家鞋油店。

第二章　教會服

定義教會服：暫時體現宗教原則的形式；外在宗教因社會而產生：社會因宗教而得以存在；當前教會服的狀態。

教授論「教會服」的那一章，問題也不見得少。由於它是書裡最短的一章，以致顯得更特別。我們在此全文翻譯：

「講到教會服，我想應該不用先作解釋，我指的絕不只是袈裟和法衣，當然更不只是人們週日穿去教會的禮拜服。差得遠了！在我們的用語裡，教會服是人們在不同時期為了體現與呈現宗教原則而採用的形式與外衣，也就是賦予世界的神意一個可感知、可行動的軀體，好讓神意以具有生命和賜予生命的道（Word）居住在它們中間。

「這類衣裳無疑是人類存在所擁有的最重要的衣服與裝飾。我可以這樣說，它們最初都是由『社會』這個驚奇中的驚奇織就的。因為唯有當『兩、三個人聚會』，始終蟄伏心靈之中不曾消失的宗教才會（「有舌頭如火焰」）向外顯現，尋求以可見的交通與戰鬥的教會體現出來，至今依然如此。靈魂和靈魂的交通是奧祕多於神奇。兩個靈魂同時仰望上天，才得以真正交流。因為唯有向天上（意思隨你解釋）而非向地上看，我們所謂的合一、相親相愛及社會才有可能。諾瓦利斯說得真好：『當我說服另一個心靈接受我的信仰，我的信仰確實會無限增長！』注視你兄弟的臉龐，他眼裡閃耀的是柔和的仁慈之火或赤紅的憤怒烈焰，感受自己的平靜心靈如何不由得被對方感染，互相加強，直到匯合成一道（包容之愛或殊死之恨的）無邊火焰，你就會明白神奇的美德如何在人與人之間傳遞。如果連世俗生命的厚殼都是如此，神聖的生命就更不用說了，那可是最深處的我和另一個最深處的我接觸哪！

「因此我才會說教會服最初是由社會織成的。外在宗教因社會而產生，社會則因宗教而能存在；甚至不分古今，所有我們想得到的社會其實都可說是一個教會，並且分成三種狀態：一是聽得到它在傳道和說預言的教會，這種是最好的；二是努力想傳道和說預言，但目前還做不到，仍有待聖靈降臨的教會；三是最糟的教會，不是因為年久而成為啞巴，就是接近瓦解而胡言亂語。誰要是誤解教會在這裡的意思，認為它就是教堂和聚會所，或認為傳道和說預言只是演講和詠唱，就讓他——」教授用神諭般的語氣說道：「繼續這樣漫不經心吧。

「但對於各位的教會，以及那些特別會被當作教會服的衣裳，我可以大膽斷言，沒有這些外衣和神聖的組織（Tissue），社會過去不會出現，未來也不會存在。如果說政府是政體的表皮，讓政體得以維持完整，受到保護，所有勞心或勞力產業的行會與公會都是肉做的外衣，也就是皮下肌肉與骨骼組織，讓社會得以存續運作，那麼宗教就是最內層的心包和神經組織，調和體內生命及熱循環。少了心包組織，產業骨骼與肌肉就不會作用，頂多受生命力的電流驅使，表皮則會萎縮或變成迅速腐爛的死皮，社會也成為一具死屍，只能埋葬。人們不再擁有社會，只是群居，甚至連群居都不可得，只會逐漸崩解失序，所有人自私忌恨，墮入原始的孤立與離散，最終（我們可以這樣往下說）連社會的屍骨都灰飛煙滅。教會服對文明人就是如此重要，維繫一切，甚至對理性人也是如此。

「如今在我們的時代，教會服早已殘破不堪，甚至成了徒具形式的空殼或面具，裡面早已沒有活著的人或靈魂，只有蜘蛛和不潔的甲蟲萬頭鑽動，各行其是。但那副面具仍然張著玻璃眼珠，一副仍有生命似的陰森瞪著你，並且隔了一兩代之後，又在沒人注意的角落裡為自己縫好一件新衣，重新向我們或我們的兒孫顯現，到處賜予祝福。在所有人裡頭，教士或神的使者是最崇高尊貴的，騙子教士（Scheinpriester）則是最虛假低賤的。他的法衣終有一天會被剝下，成為傷者的繃帶，甚至為了科學或烹飪而燒成灰燼，就算教宗的三重冕也不例外。

「這些內容不適合在這裡談，而會放在我下一本書《論再生：社會的重生》裡，切實探討精神外衣（組織）的磨損、毀壞與再生。嚴格說來，這些內容屬於我『論衣裳』的超驗與終極篇，這裡提到已經算是超前了。」

杜費爾斯德洛赫沒有再做任何解釋、說明與評論，就這樣結束了他的闡述。編者只好也在此結束這獨一無二論教會服的章節！

第三章　象徵

沉默和祕密的良效；象徵；無限在有限裡顯現；人被象徵團團包圍，憑藉象徵生活與工作；動機研磨論，對人性的錯誤解釋；具有外在價值的象徵，如旗幟和軍旗，具有內在價值的象徵，如藝術品和英雄人物的生與死；宗教象徵，基督教；象徵會被時間掏空，最後耗損，失去神聖性；當前有許多過時的象徵需要移除。

這裡提一下教授對「象徵」的看法，或許有助於讀者掌握前文那些晦澀言論的大意。但要盡述他的學說，實在超出我們的能力；畢竟沒有比「幻想是神聖者的器官」和「因此人乍看只有微小可見的事物作憑藉，卻能伸向不可見世界的無窮深處，以致他的生命其實是不可見世界的體現」更神祕難解的主張了。且讓我們略過超驗的層面，從紙袋和書裡挑出具體又合乎常理的部分，並用巧思編排出它該有的條理來。以下這段頗具眼光的評論，正適合作為開場：

「誰能說出或唱出，」我們的教授高呼道：「隱藏的益處？那就是沉默與祕密！世人或許還在為這兩樣事物興建祭壇，甚至現在。沉默是偉大事物之所以成為偉大事物的要素。它讓偉大事物得以完整莊嚴地顯現在生命的白晝裡，並接掌生命。不僅沉默者威廉①是如此，所有我認識的大人物，以及那些最不善交際和最不用心機，從來不夸談自己計畫與創造的人也都是如此。就連你自己深陷糾結困惑，只要管住自己舌頭一天，隔天你的目的與責任不就會清楚許多？當你將闖進來的雜音擋在門外，你心裡那些沉默的工人能清走多少破爛與垃圾！一位法國人說得好，言語通常不是一門隱藏思想的藝術②，而是一套悶死與懸置思想，以致沒有東西好隱藏的技術。言語雖然偉大，卻不是最偉大的。就像瑞士格言說的，『言語是銀，沉默是金』（Sprechen ist silbern, Schweigen ist golden）；或者我更可以這樣說，言語是時間，沉默是永恆。

「蜜蜂只在黑暗裡工作，思想只在沉默裡進行，德行也只在暗地裡作用。不要叫右手知道左手所作的③！更別對心靈嘮叨『那些人盡皆知的祕密』。羞愧（Schaam）④不就是所有德行的土壤嗎？所有禮貌與道德，不都是從那裡生長的嗎？德行好比植物，唯有根部深藏地下，不讓陽光見到，它才能成長。一旦照到陽光，甚至只是你偷瞄一眼，那根就會凋萎，長不出令你喜悅的花朵。朋友啊，當我們見到婚禮花棚裡花團錦簇，人的生命滿溢著上天的芳香與繽紛時，如果有人將花連根拔起，向我們得意洋洋展示養大花朵的糞土，有誰不會想揍他？人人都在談論報紙和印刷機，老天，它們跟衣裳和裁縫的熨斗又有什麼關係？

「有一樣東西，它神奇的能動性可比隱藏所具有的無窮影響力，而且和更偉大的事物相關聯，那就是象徵。象徵既隱藏又顯露，沉默和言語在象徵裡同時發揮作用，產生雙重意義。高強的言語加上尊貴恰如其分的沉默，兩者結合是多麼富有表達力！正是因為這點，許多圖畫或簡單的徽章才能如此嶄新而鮮明地將最普遍的真理顯現在我們眼前。

「正是在象徵裡，『幻想』這片神祕的仙境出現在感官這一小塊平凡的土地上，並且合而為一。在稱得上象徵的象徵裡，永遠能見到『無限』多多少少明確而直接地顯露和體現其中。無限在象徵裡與有限混合，因而變得可見可及；而人就這樣受象徵牽引指揮，為之歡喜為之愁，到哪裡都發現自己被象徵包圍，有些他認得出是象徵，有些認不出。你甚至可以這樣想，宇宙不過是上帝的一個大象徵，而人也是上帝的象徵。因此，他的所作所為豈不全是象徵，是他這位『自然的彌賽亞』用言行傳講的『自由的福音』，讓感官明白神所賦予他的神祕力量？他蓋的不是小屋，而是思想的體現，替不可見的事物留下可見的紀錄。從超驗的觀點來看，他蓋的小屋不僅是真實，也是象徵。」

不過，教授在別處的說法和這裡的高論大相逕庭。我們在內容不致變得空洞的前提下刪去了大部分。「人，」他這樣說道：「天生就像貓頭鷹。從這個角度想，在他所有的貓頭鷹性格中，最接近的莫過於你們所謂的動機研磨（motive-millwright）⑤了。人一生會玩許多幻想把戲，幻想自己成為各式各樣的東西，甚至包括有生命的玻璃。但認為自己是一座無生命的衡量苦與樂的天秤，則是晚近才有的幻想。宇宙不過是個巨大的馬槽，而他就站在預備互比重量的薊與乾草堆之間，一臉驢樣⑥。唉，可憐的壞東西！幽魂注定要糾纏他。前一個階段被惡夢和巫術驚擾，下一個階段又受教士愚弄，不論哪個階段都在受苦。如今，機械主義比夢魘更令他窒息，幾乎逼得他靈魂出竅，只剩徒具消化功能的機械生命。天上地上，他眼裡只見得到機械，既不恐懼也不指望什麼別的。這世界確實會將他磨成碎片，但他難道生不出一個動機原則，藉由巧妙的計算讓世界以另外的方式磨動？

「倘若人不是如上所說，沒有因為著魔而變得半盲，那你只需要叫他睜開眼睛看清楚就行了。到目前為止有哪個國家、哪個時代的人類歷史，甚至某個人的生平，是按照計算出或可計算的『動機』來運作的？是什麼造就了各位的基督教、騎士精神、宗教改革、馬賽頌（Marseillese Hymns）和恐怖統治⑦？也許那個動機研磨者從來不曾戀愛過？從來不曾參與選舉？將他交給時間和療癒人的自然吧。」

「是的，朋友們，」教授在別處又指出：「統治我們的不是邏輯和測量的能力，而是想像力。我可以這樣說，教士和先知領我們上天堂，魔法師和巫師則送我們下地獄。就連最卑下的感官主義者，感官不也只是幻想的工具、拿來飲酒的器皿？即便最駑鈍的存在，也閃耀著默示或瘋狂的光輝（至於何者，多多多少由你選擇）。那光輝來自周圍的永恆，為我們的時間小島添上色彩。理解確實是你的窗子，但你無法使它特別通透；幻想是你的眼，它的視網膜（有些健康，有些病了）能產生色彩。我自己不就知道有五百名士兵被砍成肉醬，就為了一塊他們稱作國旗的發亮棉布？那東西你拿到任何市場街口去賣，都不會超過三格羅申⑧。當約瑟夫一世將那鐵冠占為己有，匈牙利不是舉國沸騰，有如月亮引動的大西洋？識貨的人都曉得，那東西就尺寸和商業價值而言，和一塊馬蹄鐵差不了多少。人就是這樣有意無意活在象徵裡，藉著象徵生活與工作，擁有自己的存在。明白象徵的價值，對象徵無比推崇的時代，都可說是最高貴的時代，因為對有眼光的人而言，象徵豈不永遠是神聖（the Godlike）的顯現？只是時而模糊，時而明白？

「不過，我要進一步說明，象徵同時有外在和內在價值，但往往前者居多。譬如農人在農民戰爭（Bauernkrieg）⑨期間高舉補釘鞋當作旗幟，那個東西本身有什麼價值可言？又好比荷蘭的自由民與貴族反抗自己的君主，他們手拿布袋和手杖，以丐軍（Gueux）這個綽號為榮，英勇團結獲得勝利，但布袋和手杖又有何價值？完全沒有內在價值，只有外在意義，只是一個偶然的標誌，象徵一個或多或少算得上神聖的結盟。而結盟就像前文說的，永遠是神祕而來自神聖的。同屬這個類別的，還有（或曾經有）盾徽紋章和隨處可見的軍旗；國家或教派的制服與儀典基本上也在此列。這些事物都不具內在必然的神聖性，甚至沒有內在價值，只是偶然取得了外在意義。不過，它們全都閃耀著某種神聖的觀念，就像軍旗閃耀著責任和英勇無畏，有時更透著自由與正義的光輝。就連十字架這個人所遇過和信奉過最崇高的標誌，它本身除了偶然獲得的外在意義，就沒有其他價值了。

「不過，當象徵有內在意義，並且適合人團結在它之下，那就另當別論了。就讓神聖向感官顯現，讓永恆以時間為形象（Zeitbild）多多少少讓人得以看見！這種象徵就適合人團結在它之下，一同敬拜，日日月月、世世代代替它添加新的神聖性。

「具有內在意義的象徵都是真正的藝術品，可以透過時間在它們身上（若你懂得分辨真正藝術品和贗品的不同）見到永恆，讓神聖變得可見。此外，它們也可能逐漸加上外在價值，因此像《伊利亞德》這類作品，這三千年來獲得了相當新的含意。不過，這類象徵裡最高貴的，莫過於受神感召的英雄人物的生命，因為還有什麼別的藝術品比他們更神聖？死亡也是如此。慷慨赴義就好比藝術品的功德圓滿，我們不也能從中認出象徵意義來？神所預備的長眠好似勝利後的平靜，浮現在那張你曾經深愛但再也認不得你的臉上，而你隔著淚水或許能從中讀出時間與永恆的匯合，以及永恆透出的光輝。

「所有象徵裡，最崇高的是讓藝術家或詩人升為先知，讓所有人察覺上帝臨在並心生敬拜的象徵，也就是宗教象徵。這類象徵，亦即我們所謂的宗教，種類是夠多的了；有些帶有短暫的內在價值，但大多數只有外在價值，端看人處在哪個文化階段，以及象徵化神聖的功力是高是低。想知道人將這類象徵帶到了多高境界，只要看最神聖的象徵就好，也就是拿撒勒的耶穌、他的生命與生平事蹟，以及之後發生的一切。人的思想沒有高過基督教和基督教世界的。這個象徵恆久而無限，永遠要求人重新追問，重新彰顯其意義。

「不過，時間基本上雖然能大幅提高象徵的神聖性，最終仍會讓象徵耗損，甚至失去其神聖性。象徵就和所有世俗衣裳一樣，會老會舊。荷馬的敘事詩依然真實，卻已經不再是我們的敘事詩了，而是猶如遠去的星星在彼方閃耀，就算愈來愈亮，卻也愈來愈小，需要科學家的望遠鏡，需要重新詮釋和刻意將它拉近，才會知道有過這麼一個太陽。北歐的索爾神話和兩本《艾達》同樣會消失在朦朧裡，非洲的法術和印地安的巫醫（Wau-Wau）⑩也會滅絕，就連天上的光體，尤其劃過大氣的流星，也會經歷升起、巔峰與殞落。

「你告訴我，國王的權杖不過是一根鍍金的木頭，聖體匣只是一個蠢盒子，就如畢斯托爾所說的『不值幾個錢』，但那又如何？就算你是神通廣大的魔法師，又能還回這兩個木頭工具曾經有過的神聖性嗎？

「不論如何，有件事是無可懷疑的：若想為永恆而種，就要將種子撒在人深刻無限的機能上，種在幻想和心靈裡；若只想為年日而種，就撒在人膚淺的機能上，種在自戀與算計裡。因此，我們稱主教為詩人和受神感召的創造者。這位全世界的教長就好比普羅米修斯，可以打造新的象徵，並將天上帶來的新火苗放入其中。這種人不會永遠匱乏，或許現在就有。同時在一般事務上，我們稱他為睿智的立法者，可以判斷某個象徵何時老舊了，輕輕將它移除。」

「上次⑪英國國王加冕典禮籌備期間，」這位奇妙的教授在結尾說道：「我在他們的報紙上讀到，護衛官（Champion of England）⑫就算必須和宇宙對抗，也要保衛新王到底，所以他現在已經『幾乎可以自己上馬了』。讀完我告訴自己，這又是一個行將淘汰的象徵。唉，在這個賣破爛的世界，你到哪裡都會見到破破爛爛的過氣象徵，到處蒙蔽你的雙眼，想套住你、綑綁你。你要是不甩開，它們遲早會多到讓你窒息！」

注釋

①沉默者威廉（William the Silent, 1533-1584），為奧蘭治親王威廉一世，又稱奧蘭治的威廉。

②伏爾泰《對話》（*Dialogue*）第十四章。

③後來版本依照馬太福音六章三節改作「不要叫左手知道右手所作的」。

④全書只有這裡的「羞愧」有加上德語原文。

⑤指功利主義。

⑥典出「布里丹之驢」（Buridan's Ass）這個謬論：若一頭驢子面對兩堆同樣誘人的乾草堆選了其中一堆，那代表牠有自由意志。若否定自由意志存在，驢子就會餓死。

⑦馬賽頌是指法國革命之歌《馬賽曲》；恐怖統治則是指一七九三至九四年法國革命最血腥的階段。

⑧格羅申（groschen）是德國小額錢幣。
⑨德國一五二四至二五年爆發的農民起事，以「補釘鞋」為象徵。
⑩後來版本改正為pawpaw，也就是powpow，北美印地安人的巫醫。
⑪此處指喬治四世於一八二一年七月十九日的加冕典禮。
⑫莎士比亞《亨利五世》第三幕第六場。

第四章　奴隸制度①

霍伊許瑞克的馬爾薩斯派小冊子，以及杜費爾斯德洛赫的旁註；辛勤換取每日溫飽或精神食糧才是真正做工的人，值得尊敬，而非別人；窮人不是窮在貧困或勞苦，而是無知；人口過剩：我們這個世界，這麼廣闊的世界，人口可能過剩嗎？移民。

談到這裡，我們想暫時轉到（應該說轉回到）賀夫拉特．霍伊許瑞克撰寫的一本名為《人口抑制學院》（*Institute for the Repression of Population*）的小冊子上。這本小冊子塞在「雙魚宮」紙袋裡，有幾頁破損，還聞得到一股瀉藥味，頗讓人難為情。不過，我們在意的顯然不是小冊子本身，因為我們對它不怎麼欣賞，而是為了文中的旁注。那些注記顯然出自杜費爾斯德洛赫之手，讓文章生色不少。其中一些注記應該值得在這裡分享。

對於賀夫拉特提到的學院、其非凡的組織架構與各委員會的運作等等，我們在此不會多加著墨，只需知道霍伊許瑞克是馬爾薩斯的忠實信徒，對他的學說充滿狂熱，幾乎整個人都陷了進去。人口增長的恐懼牢牢盤據在他心裡，有如某種執念，近似稀釋過的瘋狂。

在他心智世界的那個角落裡沒有半點光明，只有飢餓舞動猙獰的身影，嘴巴愈張愈大。世界將終止於萬分恐怖的完結：過度密集的人口導致人因為飢餓而發狂，人人開始吃人。賀夫拉特仁慈的心靈承受不了這股窒息。為了讓自己喘口氣，他竭盡所能地創立了（或提議創立）這所學院。但我們這裡只關注教授對這件事的評論。

那麼，首先要記得杜費爾斯德洛赫是個喜歡思辨的激進派，對人性尊嚴有他自己一套看法。札達姆家族的府邸與風采並沒有讓他忘了富特拉爾夫婦的農舍。在霍伊許瑞克小冊子的空白封面上，他字跡模糊地寫就以下這段話：

「我只尊敬兩種人，沒有第三種。第一種是辛勤勞苦的工匠，他們用地上的工具努力征服大地，讓大地為人所有。他們的手雖然僵硬扭曲、粗糙乾裂，卻帶有某種靈巧的德行，有如這個星球的權杖，尊貴得無可爭辯，令人肅然起敬。他們的臉飽經風霜，粗獷骯髒，同樣令人肅然生敬，因為那是一張人活得像人才有的臉。然而，受盡艱苦的弟兄啊，最令人尊敬的是你的粗野，即使那使我們同情，卻也讓我們憐愛！你的背因我們而彎折，挺直的四肢與手指因我們而變形。你是我們的傭兵，扛起命運為我們而戰，以致傷痕累累。在你裡面同樣有神所造的形象，只是尚未展開，只能披著勞動帶來的瘀青與厚繭。你的身體和靈魂一樣，尚不知自由是何物。然而，咬牙繼續吧，咬牙繼續。這是你的職責，有誰能代替？為了那絕對必需的每日食糧，你都得咬牙繼續。

「第二種人我更尊敬。他辛勤勞苦只為了精神的必需品，不是每日的食糧，而是生命之糧。他不也是克盡職責，努力求取內在的和諧嗎？不也是用一言一行，用所有或高或低的外在努力，將那份和諧展現出來？最高境界是他外在和內在的努力合而為一，成為我們口中的藝術家，不只是世俗的工匠，而是受神感召的思想者，用天上的工具為我們征服天堂！倘若卑微低賤的勞苦能帶來食糧，那榮耀高貴的勞苦豈不必定為他帶來光明、指引、自由與不朽？這兩種人不分程度，我一律尊敬；其餘的都只是糟糠塵土，任憑風將它們吹至不知何方。

「不過，當一個人兩者並行，外在為了滿足最低人類需求而勞苦，內在為了追求至高而辛勞，那才是令人說不出的感動。在這世上，我不曉得有誰能比農夫聖人（Peasant Saint）更崇高，只是不知道如今還能否遇到這樣的人。他會將你帶回拿撒勒，見到天堂的榮耀從最卑微的地底深處升起，有如一道亮光照進無邊的黑暗。」

他又寫道：「我惋惜的不是窮人的勞累。人人都必須勞累，不然就得偷竊（即使我們稱之為不勞而獲），結果更糟。沒有老實人會覺得自己的工作不過是消遣。窮人又飢又渴，但仍有得吃喝；他疲憊擔重擔，但仍有上天賜予的睡眠，而且是深沉的熟睡。在煙濛濛的屋子裡，歇息有如輕柔的天堂包圍著他，鑲著雲朵的夢境不時閃現。但我難過的，是他靈魂的燈滅了。沒有天上的知識，甚至也沒有地上的知識來找他；在那枯槁的黑暗裡，只有幽魂般的恐懼與憤慨②。可憐啊，身體那麼魁梧健壯，卻任靈魂盲目麻木、發育不良，近乎湮滅！可悲啊，明明也是神吹氣而生，得自上天，在地上卻無從展現！一個有能力得到知識的人卻在無知中死去，我只能說是悲劇，而且根據估算，這事每分鐘就發生二十次。我們從不可知的無邊宇宙裡得到的這一丁點可憐的片段知識，明明能結合人類③，為何不全力傳授給所有人？」

然而，以下這段話卻是相反：「古代斯巴達人有個比較聰明的做法：他們有需要就去獵取奴隸，人數一多就刺死或捅死他們。火器發明之後，獵取方式也跟著改進，如今霍夫拉特先生和常備軍要抓奴隸是多麼容易！人口最稠密的國家，或許每年抽出三天槍斃該年新增加的身體強健的窮人，問題就解決了。各國政府可以考慮一下。這樣做花費微薄，甚至靠屍體就能回本。只要將屍體鹽漬裝箱，不就能當成食物，就算不給陸海軍吃，工廠和其他地方的窮人也多得很，別擔心對他們有害，就當成救濟品發給他們，說不定還能保他們一命？」

「不過，」他往下說：「這樣做肯定還是有地方不對。一匹成年的馬在任何市場都能賣到二十到兩百枚腓特烈金幣。這是牠對這世界的價值。一個成年的人不僅對這世界毫無價值，這世界還得花一大筆錢讓他自暴自棄。但就算從工具的角度看，到底是人或馬設計得比較精巧？老天！一個歐洲白種男人只要好手好腳，外加肩上那顆神奇的腦袋，我敢說至少值五十到一百匹馬！」

「是啊，了不起的霍夫拉特，」我們的教授在另一處高喊：「人口確實太多了！但在這渺小的地表上，有多少地方完全耕作和開採過，再也生不出東西來？從美洲的彭巴草原和稀樹草原、古代迦太基周圍、非洲內陸、阿爾泰山兩側、中亞平原到西班牙、希臘、土耳其、克里米亞韃靼區和基爾代爾沼澤地帶，這些地方人口又多稠密？就我所知，只要給一個人一塊地，他每年都能餵飽自己和另外九個人。唉，歐洲明明還在發光、還在擴張，但我們的亨斯特和亞拉里克④在哪裡？當家中變得太過擁擠，這些人會像火灶一般，帶領頑強勇猛的過剩人口向前邁進，只是不再使用戰斧與戰車，而是蒸氣機和犁頭。這些人去哪裡了？——看守自己的戰利品！」

注釋

① 加冕典禮上，護衛官必須全副武裝防止有人阻撓新王繼位。一八二一年，英王喬治四世加冕時，年邁的護衛官差點上不了馬。

② 後來版本加上「纏著他」。

③ 後來版本改作「我們人類」。

④ 亨斯特（Hengst）曾領肯特王國遷至英格蘭、西哥德王國的亞拉里克（Alaric）曾攻占入侵羅馬。

第五章　不死鳥

杜費爾斯德洛赫認為社會已死，其靈魂（宗教）已經消逝，剩肉體（現有體制）一息尚存；功利主義正大肆破壞，幾乎不再需要宣揚；杜費爾斯德洛赫會向不可避免的事投降，認為這樣做最好；斷言更美好的社會將會像不死鳥，從死去的舊社會裡復活，生機盎然；在不死鳥死而復生之前，必須經歷漫長的爭鬥與苦難。

將前四章放在一起，加上散落在他字裡行間的一些暗示，甚至明示，我們便得出一個驚人卻也不意外的結論：在杜費爾斯德洛赫看來，所謂的社會差不多快完了，若不是群居的情感和世代相傳的習俗，我們早就分崩離析，從國家、社會、家庭到個人之間都爭鬥不休了！他明白說道：「過去三百年來，尤其最近這七十五年，維繫社會命脈的宗教（可說是社會的心包神經組織）已經被擊打得千瘡百孔，近乎瓦解。有些擊打是必要的，有些很無稽；而社會長年消瘦，又患了糖尿病與肺疾，基本上算是死了。那些痙攣似的抽搐根本不是活著，再怎麼用電流刺激也維持不了兩天。」

「你說那是社會，」他繼續疾呼：「但裡面早已沒有社會的意涵，甚至連共同的家園都算不上，只是一間擁擠的宿舍。所有人都是孤立的個體，不在乎鄰人，彼此作對，緊抓著能到手的東西，大喊『這是我的』，嘴巴裡卻說這叫和平，只因為在你死我活的搶奪裡不能動刀，只能用另一種狡詐得多的手段？友誼和團契成了不可信的傳統，聖餐變成熱呼呼的酒館小點，廚師充當傳道。教士的舌頭除了舔盤子別無他用，身居高位的領袖與執政官也無能統治，四面八方都只聽見這樣的激情吶喊：放手吧（Laissez faire），別再領導我們了，你給的光明比黑暗還黑。拿著薪水去吃喝大睡吧！」

「因此，」教授接著說：「明眼人都看得出來，到處都是悲慘至極的景象：窮人有如自生自滅的役畜，吃不飽又累不停；富人更可憐，死於閒散、舒適和營養過剩。最終上位者不再得到下位者的尊敬，就算口頭上尊重，也只是像酒館裡的侍者，說好話是為了討小費。當神聖的象徵淪為空洞的虛飾，人們甚至會抱怨需要花錢，而世界則是逐步崩解。總歸一句話，教會因為臃腫中風而無法言語，而國家變成了派出所，只會吵著要薪水！」

我們或許可以問，英國和其他地方有多少這種講求實際的「明眼人」，還是必須站在德國瓦恩巷的神祕高處，才能見到這些現象？杜費爾斯德洛赫宣稱「社會病入膏肓」的徵兆隨處可見，誰都能發現。「譬如，」他這樣說：「當前獨霸天下的德行，也是僅存的天主教德行，到底是什麼？過去半世紀來，答案是你所謂的『獨立』。對於對上位者的尊敬，對於『奴性』，獨立這個狗醫（dogleech）①都急著否定。傻瓜！上位者若有本事統治，也值得你服從，那麼尊敬他們就是你唯一的自由。所有獨立都是一種反叛。如果反叛不對，又為何到處標榜，到處提倡？」

但接下來呢？難道要像盧梭祈求的，回歸自然狀態②？「政治的靈魂已經消逝，」杜費爾斯德洛赫說道：「接下來除了讓政治的軀體好好下葬，免於腐敗，又能做什麼呢？我看見自由派、經濟學家和功利主義者抬著棺木，高唱讚歌朝柴堆走去，目送可敬的屍體在少數人的哭泣和多數人的嬉鬧聲中被燒成灰燼。說得白話點，這一班人，不論是自由派、功利主義者或其他稱號的傢伙，最終都會貫徹己見，拆除消滅社會現有的大多數組織，這件事早已不再有人懷疑。

「即使在英國那座孤島上，我們不也見到了功利主義大軍的一支小隊？他們是有生命的核子，會吸收成長，最終同樣在那裡站穩腳跟，只是處於一種奇怪的狀態：明明是可憐的跟屁蟲，卻由於離別人太遠，還以為自己是先鋒。我們歐洲的機械化倡導者，是一派有著無邊擴張力、主動性和合作精神的人。過去五十年來，功利主義不是先後席捲了思想的高處（我們之間）與歐洲各國嗎？就算它現在不再風行，或許除了英國之外，不再存於思想家之間，而是淪落到記者和大眾跟前，但誰看不出來，功利主義之所以不再有人宣揚，是因為它早已無須傳講，早已成為普遍的行為，所有人都知道這套學說，而且銘記在心。

在這個時代，適合培養強健工房理智（workshop-intellect）與心靈的食糧，絕對免不了會滋養工房體力與粗暴，光是這樣說就足以說服許多人改變信仰：精心計算是為了破壞，而非重建！一切就像狂犬病傳染，直到名為世界的狗舍整個陷入瘋狂。到時獵人就倒楣了，不論他們手上有沒有鞭子！他們應該給那些四足動物喝水的，」他補上一句：「知識和生命之水，趁還來得及的時候。」

如果教授這話信得過，那我們現在可是來到了緊要關頭：源源不絕的「機械化提倡者大軍」和不信者不僅包圍了我們，還威脅將我們剝光！「這個世界，」他說：「根據其運行法則，一直在走向破壞與消耗，儘管是悄悄腐蝕或瞬間爆炸全屬偶然，但最終總會有效消滅過去的社會形態，由別的不管什麼來取代。目前看來，當人的精神利益被剝奪（divested），這些剝下的衣裳幾乎都會焚毀，而燒不壞的碎片又會掇拾在一起，縫成一件巨大的愛爾蘭守夜衣，但只能蔽體而已！」我們心想，這對仁慈的讀者肯定是個壞消息（Jacob's news）。

「然而，」杜費爾斯德洛赫高聲問道：「誰能阻止呢？誰能抓住命運的輪輻，對時代精神說：聽著，我叫你回頭！向不可避免和無法抗拒的事屈服，甚至認定這樣最好，這才是上策。」

讀到這裡，任何專注的編者還會看不出來嗎？杜費爾斯德洛赫本人早就放棄了，心悅誠服地向那些「不可避免和無法抗拒的事」投降，同時帶著與生俱來半魔鬼半天使的冷漠，甚至心平氣和坐看結局的到來。我們不是聽到他抱怨這世界是個「賣破爛」的地方，到處都是「破破爛爛的過氣象徵」，似乎想把他捲進去悶死？不是聽到他嘲諷那些「沒被抓的奴隸」，還有他在現有事物裡認出的「漁翁得利（sic-vos-non-vobis）③」的不平壓力與激烈衝突，以及那令人憎惡，即使爬滿甲蟲與蜘蛛，仍然張著玻璃眼珠以「一副仍有生命似的陰森」瞪著你的「空殼面具」？我們大可這樣說，他甚至樂於見到魔鬼接收這一切，只是手段要溫柔點！他會安坐於「威斯尼希特沃之巔」，一臉悲壯地贊同鬆開功利主義巨獸身上的鼻環、轡繩、腳鐐和其他想像得到的綑綁，讓它自行其是，揚起巨蹄踩踏舊的宮殿與廟堂直到瓦解，新的更好的宮殿與廟堂立起來！下面這段話就清楚表露了這一點。

「社會，」教授這樣說：「並沒有死。那個你稱作死去社會的屍體，只是它為了換上更高貴的外殼而蛻去的死皮。社會始終在蛻變，變得愈來愈美。它必須活下去，直到時間也匯入永恆。只要有兩、三個人聚集就有社會，就會憑著精巧的機制與驚人的結構在這個小星球開枝散葉，上達天界、下抵欣嫩谷④，因為社會總是會以某種可信的形象展現上帝與魔鬼，那就是聖壇與絞刑台。」

的確，我們都讀到他說「宗教在沒人注意的角落裡為自己縫好一件新衣」，而杜費爾斯德洛赫是否就是機杼的踏板？他在另一處不加批判引述了聖西門一句古怪的格言，闡述要說什麼，對誰而說：被盲目傳統放在遙遠過去的黃金年代，此刻就在我們面前（L'age d'or qu'une aveugle tradition a placé jusqu'ici dans le passé est devant nous）。但你再聽聽下面這段話：

「當不死鳥在火裡煽動翅膀，難道不會有火星飛揚？唉，明明已經有數百萬人如飛蛾撲火一般，被高張的火舌捲入吞噬，而且不乏拿破崙這樣的英豪，我們還在害怕鬍鬚不小心會被燒焦。

「至於其他人，就別問這把火哪一年才會燒完了。人生來保守，天生厭惡改變，除非舊房子全垮了，否則很少會搬走；因此我才會看到莊嚴與象徵在儀式和無用的裝飾裡苟延殘喘三百多年，才徹底失去了生命與神聖。至於不死鳥復活需要多少時間，完全得看不可見的情況而定。要是命運答應人類，經歷（譬如說）兩百年大大小小的動亂烽火之後，浴火重生就會完成，我們將重新活在生機盎然的社會裡，只有工作，不再爭鬥，人類答應這筆交易不才是務實嗎？」

因此，杜費爾斯德洛赫同意我們應當蓄意焚毀生病的舊社會（唉，只是該用安息香木以外的柴薪），因為他相信社會是不死鳥，從灰燼裡將會生出天界的新鳥！我們只是引路者，在此就不作評論了。不過，賢明的讀者難道不會搖頭嘆息，難過勝於憤怒地心想或指摘道：這樣一位萬能法理學博士，又是大學教授，這社會就算再差勁，仍然供他吃穿，給他書讀，還拿菸酒讓他享受，沒想到他竟沒有多感激社會，少盲目相信未來一點，而且相信的還是哲學宿命論狂熱者的未來，而非在基督教國家有房有能力繳稅者的未來。

注釋

①專門治療狗的獸醫，另外也指庸醫。

②盧梭定義人的「自然狀態」，為其理論核心。

③語出維吉爾，直譯為「不是為自己而做」，因此有「不公平」的意思。

④欣嫩谷，聖經中曾出現的地名，為「地獄」、「煉獄」的代稱。

第六章　舊衣服

人對人都該有禮貌：人的身體是道成肉身；杜費爾斯德洛赫尊敬舊衣裳，認為舊衣裳是「生命的幽魂」；在蒙茅斯街漫步與思考。

前文說過，杜費爾斯德洛赫骨子裡是個激進派，外表卻是最文雅的那種人，整顆心和整個人都浸淫在文雅的精神裡，散發著高貴自然的禮貌，美化了他的古怪。那份文雅有如陽光，讓平淡的白雲泛出玫瑰色澤與繽紛的光彩，甚至可比煉金師的坩堝，能將倫敦的煙霧轉灰為金。聽聽他是如何真誠又異想天開地描述這一點：

「難道禮貌是只對富人才做，也只有富人會做嗎？教養好和出身高貴若有不同，差別就在於教養好是優雅記得別人的權利，出身高貴則是優雅堅持自己的權利。我看不出教養和財富或出身有什麼特別的關聯，而是源自人的本性，並且人人都該如此相待。老實說，你的老師當初如果有好好做事，這件事和其他許多事早就改變了才對；甚至人人都成為對方的老師，直到最後就像沒有農夫不懂植物生理學，不知道他掘開的土是上天創造的那樣，再也沒有農夫粗野不文，不懂禮節。

「因為無論你手執權杖或大鎚，不都是活人嗎？你的兄弟不也是活人嗎？『世上只有一座廟堂，』諾瓦利斯說：『那就是人的身體。沒有什麼比這個高貴的形體更神聖的事物了。向人作揖就是對這個道成肉身表示敬意。觸碰人體就是觸碰天堂。』

「於是，我決定比多數人更前進。英國的約翰遜只對牧師和戴教士帽的人鞠躬，我卻要對所有人行禮，不論他戴什麼帽子，甚至沒有戴帽。人不就是神殿嗎？不就是神性的表現與化身嗎？唉，可惜啊，這樣一視同仁的鞠躬並不合適。因為人裡面除了神性還住著魔鬼，而你的鞠躬往往被魔鬼接收了，收進虛榮的口袋（在這個時代，虛榮是你魔性最明顯的時候），因此最好不要隨便行禮。

「另一方面，我更樂於尊敬身體的外麾與外殼，因為其中不再有魔鬼似的激情，只有人的象徵和肖像。我是說，尊敬空空如也甚至丟棄的衣服。不僅如此，難道大多數人尊敬的不是衣裳，不是華美的飾釦絨面寬袍，而是那個『叉著羅圈腿的直立動物』？不是只有穿著那種袍子，才算達官顯要？有誰見過哪個老爺披著破爛毯子，用木針將毯子別住，還被人尊稱老爺的？但我要說，在這種崇敬裡頭藏著一絲虛偽，其實是種欺騙，因為有多少時候，衣冠當得的尊敬都給身體占走了？虛假是一切罪惡的本質。誰想避免虛偽，最好換一種方式。衣服只要不是空的，尊敬就無法不受阻撓與歪曲，唯有空才能讓尊敬自由。就像在印度教信徒眼中，寶塔的神聖不下神祇，我也以同樣的熱誠敬拜空的衣裳，就和有人穿著它時一樣，甚至更熱切，因為我現在不怕自己或別人的欺騙了。

「統治蘇格蘭多年的托姆塔巴德國王（也就是約翰・巴里奧）早就沒有了，只剩托姆塔巴德（Toom Tabard，意思是『空袍子』）還留著。那件廢棄的衣裳仍然多麼尊貴！又是多麼謙遜承載著榮耀！沒有不可一世的眼神，也沒有盛氣凌人的姿態，而是沉默清明面對世界，既不要求人的敬拜，也不怕失去。那帽子仍然保有頭的形狀，但帽底下的虛榮與愚蠢，以及透露出這兩者的裝腔作勢已經不在了。那衣袖往外伸，但不是為了打人；那褲管簡樸隨意懸掛著，終於有了優雅的飄垂；那背心不再藏有邪惡的激情，也不再有騷動的慾望或飢渴。一切的感官拖累和世間的煩憂罪惡都清除乾淨，天上的使者或純潔的魂靈就能乘著這套衣裳，有如騎上天馬一般，來我們下界拜訪。

「每當我流連於英國的首都，在這個文明生活的巨大團塊裡漫步，常常會思索和質問命運。在那有如斯巴達肉湯①又黑又稠又雜的墨海煙霧裡，我的心靈只是數百萬熙攘靈魂裡孤零零的一個。我常會轉到那裡的舊衣市場膜拜。我總是帶著誠惶誠恐的心情走過蒙茅斯街，瀏覽那一件件空衣服，彷彿造訪純潔鬼魂的公會（Sanhedrim）②。它們雖然沉默，但那沉默卻蘊含千言萬語，見證和表達著『那座名為生命的監獄裡』有過的苦樂、激情、美德與罪行，以及所有深不可測的善惡翻騰。朋友們！不要相信心裡不尊敬舊衣裳的人，並且要滿懷敬意注視那滿臉于思的猶太祭司長，看他有如末日的天使用沙啞的聲音將舊衣裳從四面八方召來！他和教宗一樣戴著三頂帽子，是真正的三重冕，兩側都有翼狀物，讓召來的衣裳停靠。當他緩緩劃開空氣，用那深沉的口吻宛如命運號角般喊道『生命的幽魂，前來受審！』不必害怕，你們這些顫抖的鬼魂。他會在煉獄裡用火和水將你洗淨，讓新造的你有一天得以再現。啊，就讓內心的虔誠之火快要熄滅，從未敬拜也不知該敬拜什麼的人，帶著最苦澀的思想在蒙茅斯街踱來踱去吧！看他的心和眼會不會乾枯下去。倘若掛著一排排黃手絹迎風招展的菲爾德巷是狄奧尼修斯的耳朵，而我們在震耳欲聾的喧鬧聲中聽見貧窮與罪惡指控財富偷懶，就讓它們求助無門，被需求、黑暗和魔鬼踩在腳下。於是蒙茅斯街成了米爾薩的小山（Mirza's Hill）③，而生命劇場在我們面前雜亂上演。悲歡離合，愛恨情仇，教堂鐘聲和絞索，笑劇悲劇，獸性神性，真可謂創世的瘋人院！」

讀到這裡，大多數人的感覺應該和我們一樣，就是這些話似乎太誇張了。我們也走過蒙茅斯街，但很少有「虔誠」的感覺，部分原因可能出在沉思的過程被聚集在教堂的錢幣兌換人給打斷了，誰叫他們死纏著來敬拜的人，不停世俗地討價還價。杜費爾斯德洛赫可能碰巧處於中間狀態，讓舊衣商做不成買賣，才能不受打擾地在那裡閒逛。唯有如此，我們本想如法炮製，以便見到這個矮小的哲人頭戴尖帽，下擺飄飄，兩眼炯炯發亮，「帶著最苦澀的思想」在那條愚蠢的街上「踱來踱去」。蒙茅斯街對教授來說，是真正的神諭大道，超自然的耳語廊（Whispering-gallery）④，「生命的幽魂」在那裡向他低訴稀奇的祕密。噢，杜費爾斯德洛赫，你這個哲思家！當別人喋喋不休，你卻傾聽著，憑那靈敏的耳膜聽見草長的聲音！

但話說回來，這不是很怪嗎？紙袋裡的資料明明是為了編輯英語作品寄來的，卻沒有日記之類真實可靠的東西，記述這趟倫敦之行；對於他在服裝店的沉思，也只有極其晦澀的象徵暗喻。而他本來就不是喜歡抓著你大談自己旅行經歷的人，因此我們談話時也很少聽他直接聊起這個話題。

不過，想到這位如今以論衣裳聞名的教授，竟然那麼早就悟到衣裳的重要，實在令人興趣大增。這讓我們不免想像，這部出色的作品最初就是在蒙茅斯街，在我們英國的「墨海」底部開始醞釀，在他靈魂裡展露頭角。就像混沌裡的厄洛斯蛋（Egg of Eros）⑤，時候到了就會孵出宇宙來！

注釋

①斯巴達人為求刻苦而喝的肉湯，以防自己好逸惡勞。
②譯注：指古猶太最高法庭。
③典出艾迪生（Joseph Addison, 1672-1719）〈米爾薩的異象〉（Vision of Mirza），《旁觀者雜誌》（*Spectator*）一五九期，一七一一年九月一日。
④倫敦聖保羅大教堂環繞穹頂的走道，聲音在那裡傳得特別遠。
⑤希臘神話中，厄洛斯從一顆蛋中生出。

第七章　組織纖維

創造與破壞是並行的，未來的組織纖維此刻就在編織；人與人、代與代、之前與之後的奇妙連結：人類是一體；不論創造或破壞，人一切工作的結果與進展都是一代接著一代；頭銜最初源自戰爭，現在必須更換；國王及其頭銜會繼續存在；機械裝置無法帶來政治自由；人永遠都會英雄崇拜，這是未來政體的基石；報紙與文學是新宗教的組織纖維；有信仰的靈魂，鼓起勇氣吧！

我們正好遇上世界這隻不死鳥引火自焚，只是過程非常緩慢；根據杜費爾斯德洛赫的估計，能在「兩百年內」完成就算不錯了，因此眼前似乎一片晦暗。不過，教授倒是認為不盡然如此。「活著的東西，」他這樣說道：「變化往往是緩慢的，因此蛇蛻去舊皮之前，新皮就已經長成了。各位對世界這隻不死鳥的自焚了解甚少，以為它得先徹底燃燒成灰，雛鳥才會靠著奇蹟出現，飛向天堂。差得遠了！在那片火焰旋風裡，創造與破壞是並行的；老鳥的灰燼才剛揚起，雛鳥的器官組織已經在神奇地合成著。在旋風的翻騰鼓動中，先是響起優美的死亡之歌，結尾卻是更悅耳的生之序曲，不信你自己瞧瞧這陣旋風就會明白。」既然如此，我們就真來瞧瞧。可憐的個體是活不到兩百年的，對他們來說，那些組織纖維（organic filament）神奇地自我合成，便是不死鳥奇觀裡最精采的部分了。因此，事情要從全人類說起：

「否認是沒用的，」教授說道：「你就是我的兄弟。你的怨恨、嫉妒，還有你盛怒時詆謗我的愚蠢謊言，都不過是倒錯的同情，不然還會是什麼呢？我如果是台蒸氣機，你還會不嫌麻煩編造我的謊言嗎？不可能！因此說好說壞，我都會一如既往。

「愛的溫柔牽繫也好，必然性的鐵鍊也罷，不論我們作何選擇，那些將我們彼此連結的羈絆實在神奇。我常在說起某個或許信口開河的人時，不只一次冒出奇想：『我的小兄弟，現在你突然被罩進一個你所能想像最大的玻璃罩裡，而且不只是你，全世界都罩了進去！來自四方的信件或多或少都被玻璃牆擋下，掉在外頭沒有人讀；牆裡的問答進不了郵袋，你的思想進不了友善的耳朵和心裡，做出的東西也到不了想買的人手上。你不再是個連結動靜脈的心臟，不再輸入輸出，循環所有時間與空間。那無法丈量、無所不包的世界組織（World-tissue）破了一個洞，必須重新補上！』

「這種動靜脈的循環，這些書信、口信、文件及各種包裹，從他接收由他發出，都是肉眼可見的血液循環。但還有一種更細微的神經循環：他所有行為，不論再小都細微影響到所有人；他所有表情，不論祝福咒詛都會引發新的祝福或詛咒。這些你都無法用肉眼看見，只能想像。我說，一個在溫尼伯湖打獵的印地安人和妻子吵架，全世界都會受影響。難道水狸的價錢不會上漲？我只要扔一塊石頭，就會改變宇宙的重心，這可是有數學背書的事實。

「當某一代人緊密交織，代與代就更密不可分。你是否思考過『傳統』這個詞？我們不是不只從上一代繼承了生命，還繼承了生命的所有服裝與形式？不是按照父執輩和祖先輩從一開始傳給我們的方式工作、說話，甚至思考與感受？譬如，是誰為你印了這本質樸的《衣裳哲學》？不是斯第爾許維根先生的出版社，而是底比斯的卡德摩斯、門茲的浮士德和無數你不認識的人。沒有中哥德（Masogothic）的烏爾菲拉，就不會有英國的莎士比亞，有也不會是莎士比亞。頭腦簡單的人啊，替你的裁縫做針，縫製你那件華服的，其實是土八該隱。

「沒錯，確實如此。如果自然是一，是不可分割的生命體，那麼人類更是如此。因為人類是反映自然、創造自然的形象；少了人類，自然就不成為自然。在無數觸摸不到的生命之流裡，存在著觸摸得到的生命之流，在人類這個奇妙的個體裡流動，那就是我們稱作『見解』的主流。它們留存在制度、政體、教會，尤其是書籍裡。了解思想從不消亡，而你作為思想的源頭，從過去蒐集並創造思想，再將它傳給未來，這感覺真是美妙。因此，在我們這些後人裡面仍然有上古英雄的心和眼在感受與觀看；智者永遠被一群見證者和手足包圍，在精神上受其擁抱。聖徒相通（Communion of Saints）是鮮活的事實，和世界一樣廣大，和歷史一樣悠久。

「你會發現，人類於演進時會細分出世代來。這點不僅同樣值得注意，也有益於這一個體的演進。一個世代就像人類辛勞的一天。死亡是晚鐘，召人休息；出生是晨鐘，將人喚醒，精神抖擻邁出新的步伐。父親所做的，兒子能做也樂在其中，但兒子也有指派給自己的工作。因此，一切都在增長，都在向前滾動。藝術、成就與見解，一切永遠不會完成，卻又不停完成著。克卜勒見到的，牛頓也見到了；但他心裡還有一股來自上天的新動力，要他更上一層樓，尋求更高更遠的視野。同樣的，當時機到來，希伯來律法的制定者也是由外邦人的使徒來繼承①。此外，由於破壞不時有其必要，因此也會見到類似的結果與堅持。焚燒教皇訓令的那把火對路德來說夠熱了，但餘燼已經不夠伏爾泰取暖，必須另覓柴薪。同樣的，雖然我發現英國的輝格黨走到第二代成了激進派，但第三代還是有望成為英國的重建者。不論你往哪裡看，都會發現人類永遠在動，只是前進得有快有慢。不死鳥有時扶搖直上，展翅翱翔，歌聲充滿大地，有時就像現在墜入火中，臨死前發出天鵝般的美妙歌聲，好讓自己有一天飛得更高，歌聲更嘹亮。」

在這個不幸時節，就讓有頭有臉的朋友銘記這一點，聊以慰藉吧。我們接著來看一段有關頭銜的評論：

「你瞧，」杜費爾斯德洛赫說道：「迄今為止，所有崇高的頭銜都來自戰爭，這實在讓人不免驚訝，例如公爵（Herzog, Duke, Dux）原是軍隊領袖，伯爵（Jarl）是壯漢，元帥（Marshall）②是騎兵蹄鐵匠。自古就有千禧年的預言，和平智慧的年代終將出現，而且目前愈看愈像不容懷疑的事實。我們難道還不明白，這些戰爭頭銜將不再令人垂涎，需要制定更崇高的新名號？

「在我看來，唯有君王這一頭銜才具亙古不變之名。在德語中，君王是König，古稱Könning，意思是狡詐（Ken-ning），或可說精明（Can-ning）。因此，人類的統治者永遠應該是個夠格稱作君王（精明）的人。」

「還有，」他在別處寫道：「神學家不也寫說君權神授，君王的權威來自上帝，否則人民永遠不會信服。我能自己選擇君王嗎？我可以選鸚鵡③當王，陪著牠一起演戲，鬧劇或悲劇都行。但真正統治我，其意志凌駕於我的意志之上的人，卻是上天選的。除了服從天選之人，我們設想不出別的自由。」

寫到這裡，編者必須承認，他在教授的精神世界裡走過那麼多奇鄉異土，沒有哪一個比政治領域更令他震驚、躊躇甚至痛苦了。我們英國人是那麼喜好有內閣與反對黨，鍾情政黨鬥爭，心靈和心靈為了公共善而角力，無價的憲法更是靠著角力來維持熱度與活力，怎麼有辦法在這種鬼魊裡生活？在這樣一個死亡與未生之城裡，現在不過是分隔往昔與未來的薄膜。在這些昏暗綿延的廣袤中，一切是如此深不可測，如此不幸可怕，你的一點光輝或搖搖欲滅的光亮，都帶有超自然的性質。而他就以如此這般的漠然，與先知般的平靜（將無可避免的未來當成已經到來，不論還有幾百年或幾天，對他都是一樣）坐看一切，而且可以說是活在其他任何時代，而不是他自己的時代！我們不得不忍痛指出，不得不再次表明，我們在這人身上察覺到一種深沉無語、緩緩燃起且無法撲滅的激進主義，讓我們充滿了震驚的欽慕。

因此例如選舉權，他似乎覺得沒什麼用，至少我們認為以下這段是這個意思。「你們想做這個不容懷疑的全面實驗就做吧，」他說道：「不管是現在或未來，看看那來自天上並領我們回天上、對我們如此不可或缺的自由，能不能從你們的投票箱④，甚至從其他可以找到或發明得出的箱子、大樓或蒸氣機裡機械地孵育出來。這種方法非常方便，超越所有目前能見的製造奇蹟。」杜費爾斯德洛赫熟悉英國憲法嗎？即使只是略知皮毛？他換個方式說：「但不論如何，問題其實就和所有地方遇到的一樣，你得從屋頂往下重建房子（因為重建期間你還得住在房子裡）。還有什麼東西比代議機構對你更合用呢？但是既然『你將我的鎖銬織成彩帶』，就別用自由的名義嘲弄我。」而和平協會（Peace Society）⑤讀到下面這段話又會作何感想：「各地的下層階級都渴望戰爭，因此提出這樣的要求不失睿智：將他們斃了！」

因此，當我們終於擺脫他那思辨激進主義的惑人迷宮，來到比較清明的領域，心裡都鬆了口氣。我們環顧四周尋找「組織纖維」，不免要問：那令人感動的「英雄崇拜」難道不是其中一條纖維嗎？它似乎具有令人愉悅的性質，但又如此古怪、如此神祕，以致我們幾乎不清楚它背後有什麼。讀者只能自己體會：

「的確，這年頭人幾乎無所不能，就是無法順服。但人不順服就無法自由，無法忍受受人統治。他不比任何人低下，也就不比任何人優越，不與任何人平等。然而，不要以為人就此失去了敬畏的能力，以為那種能力一旦蟄伏就會死去。對人來說，不得不反抗以求獨立是痛苦的。因為人唯有跟人和樂相伴才會感到安全，唯有在更高者面前敬畏低頭，才會自覺高貴。

「另一方面，要是我們這個動盪時代的特色是人永遠擺脫了低級情緒，也就是恐懼，卻還沒上升至更高甚至最高的情操，也就是永恆的敬畏呢？

「不過，我們欣然發現自然的安排是如此精妙，只要是該順服的，人就會順服。只要有一點神聖顯露在他面前，尤其顯露在人身上，他就無法不心生敬畏。因此，人心底始終深植著一種真正的宗教忠誠，並且在任何時候，甚至包括我們這個時代，都多多少少以英雄崇拜的形式展現出來。人類過去、現在和未來都有英雄崇拜，不會消失。從這個事實就能看出，有了這塊生命基石，自古以來的所有政體都得以安穩矗立。」

我們的讀者是否也認出了這類的基石？甚至和杜費爾斯德洛赫所見相同？他這樣昭告天下：「還是你們已經忘了巴黎和伏爾泰⑥？忘了那人雖然老態龍鍾，而且不過是個懷疑者、嘲諷者和戴著女帽的宮廷詩人，卻因為看上去是那麼睿智與傑出，讓人心甘情願跟隨在他車輪之後，王公貴族無不渴望得到他一個微笑，法國最美的女人也拜倒在他腳下！全巴黎都成了一座英雄崇拜的神廟，只不過是沐猴而冠的神聖。」

「倘若連枯樹都是如此，」他接著說道：「那綠茵又會是如何？倘若人類歷史最枯竭的時節，歐洲最枯竭的地方——當時巴黎人的生活頂多像個有著過多義大利人造花的標本室（Hortus Siccus）⑦——都能生出這樣的德行，那當生命再次開枝散葉花團錦簇，各位的神聖英雄不再是猴子，而是道地的人，又會是何等景況？要知道人心底對神聖事物懷抱著不可磨滅的敬畏，甚至對合理假造的神聖也是如此。再愚昧、再高傲輕慢的人，只要見到比他高貴的靈魂確實存在，就算他膝蓋是銅做的，也會跪下膜拜。」

讀完底下這一段，或許有人可以嗅出一種更道地的組織纖維正在合成：

「你說教會沒有了？先知成了啞人？這就是我想反駁的點。但不論如何，你聽的講道不夠多嗎？每個村子都有一位宣教師，他建立神壇，稱之為報紙，傳講他心裡最重要的教義，以求人的救贖，而你不是聽了信了？仔細瞧瞧，到處都有新來的托缽修士。他們有些赤足，有些幾乎露背，逐漸形成組織；他們講道宣教，為了求得施捨和上帝的愛，真是夠熱誠的。他們將古代的偶像打成碎片；雖然自己也常被上帝摒棄，因為那是破除偶像者的宿命，不過他們標出了新教會的位置，讓真正由上帝封聖的後繼者可以找到宣道和服事的人。我不是說過，蛻去舊皮之前，新皮就已經長成？」

接下來這一段或許也是如此。我們趕緊把這截鬆脫的袖子縫回去：

「可是，沒有宗教嗎？」教授再次問道：「傻瓜！我告訴你，當然有。你有想過我們稱作文學的那片汪洋大海裡都有些什麼？真正的教會訓誨片段就散落其中，將由時間來分類；我甚至可以找到禮拜儀式的碎片。你難道不認識這樣一個先知，他從穿著、環境到語言都屬於這個時代？原本不藉任何人（不論出身高低）顯現的神聖，都因他而再次預言般的顯現。在他充滿默示的旋律裡，即使處於這個蒐集焚燒破爛的時代，人的生命也再次開始變得神聖，儘管還很遠。你不認識這樣的人？我認識，而且知道他的名字：歌德。

「不過，還沒踏進過廟堂、參加過頌讚禮拜的你，是否感覺沒有教士牧會，會眾就會消失？放心吧！你只要有信仰就不會孤單。我們不是提到聖徒相通嗎？雖然看不見，可是並非虛假，會向兄弟一般擁抱你、陪伴你，使你成為配得之人。他們的英雄磨難有如樂音，從所有地方所有時代直達上天，好比神聖的求主垂憐曲（Miserere）⑧。他們的英雄作為則是一首無邊無盡的凱旋詩。再也不要說沒有神聖象徵了。上帝造的宇宙不就是神聖的象徵？無垠不正是上帝的廟堂？人和眾人的歷史不就是永久的福音書？聽吧，你將像從前那樣，聽見晨星在風琴伴奏下齊聲高歌。」

注釋——

①指摩西和保羅。

②Herzog和Dux分別是德語和拉丁語的「公爵」。Jarl為丹麥語的「貴族」。Marshall源自丹麥語的Marskal，原意為馬伕。

③典出司各特（Walter Scott, 1771-1832）的《清教徒》（*Old Mortality*），第四章。

④雖然憲章運動者大力推動，但英國直到一八七二年才實施無記名投票。

⑤一八一六年由貴格會（教友派）於倫敦成立。

⑥伏爾泰離開巴黎二十八年後，於一七七八年光榮重返，三個月後便與世長辭。

⑦又名乾燥花園，收藏壓乾的植物標本供研究之用。

⑧典出聖經詩篇第五十一篇：「神啊，求祢按祢的慈愛憐恤我。」

第八章 自然的超自然性

奇蹟的深意；人類學問的渺小：自然的神聖不可理解性；習俗讓我們對日常一再出現的奇蹟的奇蹟性視而不見，名字亦然；時間和空間只是表象，是人的思想形式，讓人瞥見不朽；空間讓我們對自己擁有的最普通能力的神奇視而不見，時間是人類歷史的神奇進程。

就是從石破天驚的〈自然的超自然性〉這一章開始，我們的教授一躍成為先知，並且如我們所目睹的，在漫長努力之後終於將頑強的衣裳哲學制服於腳下，取得了勝利。他要對抗的幽靈可夠多的，但從王袍上的「織布和蜘蛛網」到過時與未過時的象徵，他總是英勇地逐一突破；就連最難對付的時間與空間，這兩個包羅全世界、始終糾纏與困擾他的神祕幽靈，他也成功將它們牢牢抓住，撕成碎片。總而言之，我們的教授始終緊盯著存在，直到存在的世俗外殼與外衣一件件褪去消失，內在的至聖所出現在他專注而欣喜的眼前。

至此，衣裳哲學正式成了一種超驗主義。這最後一躍，將只能接受的我們平安帶到了應許之地。在那裡，再生（Palingenesis）可說是全面啟動。「那就鼓起勇氣吧。」我們的第歐根尼或許會這樣振臂高呼，而且比第一位第歐根尼①更有資格。我們冥思苦索之後，發現這個石破天驚的章節一點也不令人費解，反而愈見清晰，甚至明朗奪目，充滿啟發。我們已經善盡職責，審慎做出挑選與編排；現在就讓讀者善盡本分，窮盡思辨之力去領會吧：

「從古至今，奇蹟的意義始終深奧，」教授靜靜開場：「或許遠超出我們想像。其中最關鍵的問題就是：奇蹟到底是什麼？對暹羅王②來說，冰柱就是奇蹟；誰有泵浦和一瓶硫酸醚，誰就能創造神奇。對我坐騎（很遺憾，牠比暹羅王更不講科學）來說，我每回掏出兩便士給收稅柵，將擋在牠面前的柵欄打開，不也是在行奇蹟，好比神奇的『芝麻開門』嗎？

「『可是，奇蹟不就是違反自然律嗎？』有些人問。那我就再問一件事：自然律又是什麼？對我來說，一個人從死裡復活或許不僅沒有違反自然律，反而證實了自然律。某個深奧得多的定律頭一回被貫透，和其他定律一樣受精神力驅使，向我們展現它的物質力量。

「說到這裡，可能又有人（不無驚訝地）問：一個能讓鐵在水裡游的人，憑什麼宣稱自己因此可以講授信仰？對十九世紀的我們來說，這樣說確實不恰當，但對一世紀的我們父輩來說，卻充滿了意義。

「『可是，最深奧的自然律難道不是恆久不變的嗎？』有些比較開化的人說：『宇宙這台機器難道不是按照不可更改的法則在運作嗎?』或許吧,我的好友!沒錯,我也認為上帝確實永不改變,就像古代得到默示的人所說,「沒有變動,也看不到轉動的影子」。自然和宇宙確實按照最不可更改的法則在運作,誰想稱呼它們為機器都行。但我還是那句老話:這些構成自然律法大全的不可更改的法則是什麼?

「你說,那些法則就寫在我們的科學成果裡,寫在人類經驗的集體紀錄中。但這世界誕生的時候,人就帶著經驗在現場目睹一切嗎?最有科學造詣的人都曾經潛到宇宙的基部,丈量那裡的每樣東西嗎?都曾被造物者延攬為顧問,瀏覽祂對不可參透的一切所做的規劃,讓他們可以宣稱道理就是如此,再無其他了嗎?欸,差得可遠了!這些科學家只去過我們去過的地方,就算所見所聞比我們深了幾個手掌,自然的深奧卻是無底無邊的。

「拉普拉斯在他論星辰的書裡指出,有些行星帶著它們的衛星,以特定的速度和軌道繞著珍貴的太陽轉。他和一些像他這樣的人,憑著極大的幸運才得到這些發現。儘管我和別人一樣重視這本書,但這就是你們所謂的『天體機制』和『世界之體系』嗎?只因為除了天狼星、昴宿星團和赫歇爾③宣稱以每分鐘一萬五千顆的速度誕生的太陽們之外,我們還找到五六顆微不足道的月球和死氣沉沉的天體,替它們取綽號,紀錄在黃道圖上,可以閒聊它們的位置嗎?但對它們如何出現、為何出現、組成為何,我們還是彷彿置身五里霧中?

「自然體系！對最睿智的人來說，即使他眼界已經很廣闊，自然依然深不可測，浩瀚無邊，而一切經驗都只侷限於這區區的幾個世紀，和這測量過的幾平方英里。自然在我們這一小塊土地上的軌跡，我們都還瞭解不完，誰又能知道它背後更深奧的軌跡，我們這個小本輪是繞著哪個無限的（因果）圓周轉？對一條小魚來說，牠或許對自己生活的那條小溪裡的每個縫隙與石頭都很熟悉，也知道流水的性質和發生過的事故。但牠懂得海洋的潮汐與週期洋流，懂得貿易風、季風和月蝕嗎？又是否明白小溪其實受這些東西支配，甚至時不時（一點也不奇蹟地）被翻轉倒流？這條小魚就是人類，小溪就是地球，汪洋大海就是深不可測的萬有，而季風與週期洋流就是天意在眾永世的永世裡的神祕軌道。

「我們常說自然是一本書，此話確實不假。自然是上帝創造和撰寫的一本書。翻開來讀吧！但你和人類都認得裡面的字母嗎？書裡的詞句，還有橫跨太陽系與幾千年歷史的宏大敘事，詩意的也好，哲理的也罷，我們就不考你了。這本書是用天界的象形文寫成的，是真正的聖書，連先知只要這裡讀懂一句、那裡讀懂一行，就深感萬幸了。至於你們的研究所和科學院，雖然奮勇不懈在密密麻麻、錯綜複雜的象形文裡爬梳，從鄙陋的書寫中認出字來，再靈巧拼湊成極為實用的經濟處方，但自然遠非處方無限的書本，更不只是幾乎包羅一切的家庭烹飪大全，終有一天會揭開所有祕密，將夢幻減至最低。」

「習俗，」教授接著說道：「確實讓我們所有人昏聵糊塗。但仔細想想，你就會發現習俗是最厲害的織工，為宇宙的所有靈魂編織天衣，讓它們被我們看見，在我們家中或工房擔任管事的僕人，與我們同在，只是大多數人永遠感受不到它們的精神色彩。哲學抱怨習俗從一開始就蒙住了我們的眼，讓我們做什麼都按習俗來，甚至信仰也靠習俗來決定。就算我們自詡能自由思考，所謂的公理也往往只是我們出於習俗而接受的信仰，從來不曾聽到有人質疑過。就連哲學不也只是一場和習俗的長期抗戰，不斷重新努力超越盲目的習俗以成為超驗嗎？

「習俗玩弄的幻覺與把戲多得不可勝數，但其中最精明的或許是說服我們相信，奇蹟只要重複久了就不再是奇蹟了。這確實是我們賴以生活的手段，畢竟除了天生好奇，人還必須幹活，而習俗就像好心的奶媽，引領人得到真正的好處。但習俗也是溺愛人的蠢保母——應該說我們是愚蠢盲信的嬰兒，在我們休息和沉思的時候，助長了它的欺騙。面對偉大的奇景，我是否抱著愚昧的漠然，只因為我已經見過兩次、兩百次，甚至兩百萬次？不論眼前是自然或藝術，我都不該如此，除非我確實是個工作機器，思想這個神聖稟賦就像蒸氣機得到的蒸氣，只是讓我能夠紡紗，換得金錢，實現金錢的價值。

「同樣值得一提的是，和其他地方一樣，這裡你會發現名字的力量，因為名字說穿了不過也是一件由習俗織成、掩藏驚奇的外衣。如今我們將巫術、幽靈作祟和魔鬼崇拜都稱作瘋狂及神經病，卻很少想到這又會生出一個新的問題：瘋狂是什麼？神經又是什麼？瘋狂還是一如過往，依然神祕可怕，全然是冥間混沌深淵中的地獄煎熬，通過美化的創造異象，漂浮在我們所謂的真實之上。馬丁路德對魔鬼的描繪[4]會因為出於肉眼與否而少了幾分真實嗎？每個最睿智的靈魂裡都藏著一個瘋狂世界，道地的魔鬼帝國，而他的智慧世界其實就是那裡面生出來的，並矗立其上，就像開花結果的地表立於幽暗的地底層之上一樣。

「但在所有為了掩藏驚奇或其他目的的虛幻表象裡，最高深的莫過於那兩個包羅世界的基本表象，也就是時間和空間。它們在我們出生之前就已經織好，包裹住我們屬天的我，好讓我們居於塵世，卻又將那個我隱藏起來。它們無所不包，有如一張無限的畫紙或織布，讓虛幻存在裡的所有細小幻象在上頭自行編織與描繪。只要還在世上，就算你想扯下時間與空間也是白費力氣，頂多只能將它們暫時撕開，往外看一眼。

「福徒拿都有一頂許願帽，只要戴上就能瞬間去到他想去的任何地方。這頂帽子讓他戰勝了空間，抹除了空間；對他來說再也沒有那裡，只有這裡。要是威斯尼希特沃的瓦恩巷裡有這樣一位製帽匠，能替所有人製作這種氈帽，世界會變成什麼模樣！要是更妙一點，巷子裡有另一位製帽匠，和對門同行一樣能製作抹除時間的帽子呢？就算花掉我最後一分錢，我也要買這兩頂帽子，尤其是後一頂。只要拍拍空間帽，你想去任何地方就會去到那裡；拍拍時間帽，你想去任何時刻就會去到那時！後者確實更加美妙：可以隨意從世界從火中誕生到它消逝在火裡的瞬間，也能穿越過去到一世紀，跟保羅和塞內卡面對面談話，或穿越未來到三十一世紀，跟那時的保羅和塞內卡交談，即使他們現在還隱匿在那尚未到來的時代！

「還是你覺得這種事不可能發生，無法想像？過去是被抹除了，或只是過去了？未來是不存在，或只是還未來？你那兩個神祕天賦，記憶與期望，其實就是答案：你這個被塵世蒙蔽的人，憑著這兩個神祕管道就能召喚過去與未來，和它們溝通，只是交談是隱晦的，召喚是瘖啞的。昨日之幕降下，明日之幕拉起，可是昨日和今日都存在。你要穿透時間要素，凝視永恆，相信自己在人的靈魂聖殿裡發現的文字；就算是所有時代的所有思想家，也都曾在那裡潛心閱讀：時間和空間不是上帝，而是上帝所造。因為上帝，空間永遠都是這裡，時間永遠都是現在。

「你在那裡面是否瞥見了不朽？老天，那白色的墳墓，不是埋著我們的家人嗎？他在我們懷裡死去，離開了我們，而那墳墓此刻就在遠處，有如哀傷遠去的蒼白里程碑，訴說著我們孤單跋涉了多少累人又不快樂的路。但那只是個蒼白的幻影嗎？難道死去的朋友還神祕地在這裡，即使我們也在，上帝也在？我們必須明瞭一項真理：消逝的或會消逝的只有時間之影，任何事物不論是過去、現在或未來存在，其本體都存在於此時此刻，永永遠遠。這個道理如果很不幸聽起來有點新，你或許可以抽空想一想。因為接下來的二十年，甚至二十個世紀，縱使你無法理解，也必須相信。

「我們只要降生在這地球上，就永遠活在時間和空間交織成的思想形式裡，因此所有實際的推理、構念和心像（不是想像）⑤都受其制約與決定，似乎是理所當然又無可避免的。然而，讓時間和空間進一步侵占純粹的精神思考，使我們看不見所處可見的驚奇，就完全不是那麼回事了。時間和空間作為思想形式，確實恰如其分，甚至作為某種真實也不為過。但你想想，它們是如何用其薄薄的偽裝，將上帝最耀眼的光輝從我們眼前遮去的！因此，我若伸手就能抓住太陽，這不是奇蹟嗎？但你看我其實每天都伸手抓許多東西，將它們甩這甩那的，卻像個長不大的嬰兒，以為奇蹟發生在千里之外或有千鈞之重，卻看不見上帝展示的奧妙奇蹟就在這裡，就在於我能伸手，擁有抓取任何東西的自由力量？空間加在我們身上的這些騙局和隱藏驚奇的伎倆，真不知還有多少！

「說到時間，問題就更大了。它說謊成性，是反魔法大師，無所不在的奇蹟隱藏者。我們若是能有一頂消滅時間的帽子，就算只戴一次，也會發現自己置身於奇蹟世界，所有虛幻或真實的奇術和魔法都相形見絀。可惜我們沒有這種帽子。少了它，可憐又愚蠢的人類幾乎無法靠自己做到這一點。

「比方說，奧菲斯（Orpheus）⑥只靠彈奏里拉琴就建好底比斯的城牆，那還不神奇嗎？但你告訴我，是誰建了威斯尼希特沃的城牆？是誰從（如今成了穴居人的陷窟，佈滿駭人污青水塘的）採石場（Steinbruch）召來這些砂岩，將它們變成多立克式和愛奧尼式的石柱、方石屋與宏偉的街道？難道不是某位或某些個更高明的奧菲斯或奧菲斯嗎？他們憑著神聖的智慧之樂，數百年來成功開化了人類。一千八百年前，最高明的那位奧菲斯走進猶大地，他彈奏的美妙天籟化為狂野自然的曲調，讓眾人聽得心蕩神馳。其實那天籟並沒有消逝，即使如今加上了千千萬萬個伴奏與豐富的和聲，但它依然在我們所有人的心中流淌，指揮帶領所有和聲與伴奏。難道兩小時完成是奇蹟，兩百萬小時就不是？不只底比斯的城牆是奧菲斯用音樂建的。沒有受神感召的其他奧菲斯，就沒有城市造得起來，沒有讓人得以自豪的工作能夠完成。

「去除時間的幻覺吧。有眼睛的人，別再注視近處的動力因，而是將目光移向遠處的推動者上。穿越一連串彈力球而傳來的一擊，難道就不如直接打在最後一顆球上讓它飛起的一擊嗎？噢，要是我能戴上抹除時間的帽子，將你從開端瞬間送到盡頭，你的眼界將如何豁然開朗，心靈又將如何沉浸在奇蹟的光明之海裡熊熊燃燒！你將會目睹宇宙之美，就連最低賤之處也是星光熠熠的上帝之城。在每一顆星星、每一片草葉，尤其在每個活著的靈魂裡，依然閃爍著造物者的榮耀。而自然作為上帝的時間外衣，則是在愚人面前遮蔽上帝，只向智者開顯。

「再說，有什麼比真實存在的鬼魂更算得上奇蹟？英國的約翰遜期盼了一輩子，甚至還去了科克巷（Cork Lane）⑦，從那裡走進教堂的地窖輕敲棺木，真是個蠢博士！難道他從來不曾像用肉眼那樣，用心靈的眼睛環顧他所熱愛的滿滿人群，不曾看看自己？這位好博士自個兒就是鬼魂，要多真實就多真實，而街上還有上百萬個鬼魂與他擦肩而過。我再說一次，去除時間的幻覺；將六十年壓縮成三十秒，他還會是什麼？我們又還會是什麼？不就是個化成肉身的鬼魂，就算擁有形貌，也很快又會化為清煙歸於無形？這不是比喻，而是簡單的科學事實。我們始於空無，而後有了形體成為魂魄。和鬼魂周圍一樣，我們周圍也是永恆。對永恆來說，分秒和一年或十億年沒有區別。我們不是聽見愛與信仰的旋律，彷彿來自上天的豎琴，猶如受福靈魂的歌唱？不是如貓頭鷹尖聲叫嚷，胡亂爭辯反控，不祥、虛弱又恐懼地飛翔，喧囂沉迷於瘋狂的死亡之舞中，直到晨風的氣息將我們喚回靜謐的家，黑夜從夢中醒來，成為白晝？馬其頓的亞歷山大如今安在？在伊蘇斯和阿貝拉戰吼震天的鋼鐵大軍是否仍在他麾下？還是有如受打擾的小妖精消逝無蹤？拿破崙和他的莫斯科撤退及奧斯特利茨戰役又有什麼不同！難道這不就是一場已經不再的捉鬼遊戲，連同它那讓黑夜變得可怕的咆哮騷動也隨之消逝？哼，說什麼鬼魂！每天中午都有近十億個鬼魂公然在地上走動。你的錶每滴答一聲，就有五百個鬼魂消失，五百個鬼魂出現。

「老天，想到我們每個人裡面都懷著未來的鬼魂，甚至本來就是鬼魂，感覺真是神祕又可怕！我們何曾有過這些肢體，有過這風暴似的力量與燃燒熊熊激情的血氣？它們不過是塵土和影子，圍繞我而在的影子組織，一段時間或許多年後讓神聖本質得以在肉身裡顯現。戰士騎著剽悍的戰馬，眼裡閃著火光，心與手臂充滿力量，但他和戰馬其實只是異象，是有形的力量，如此而已。他們威武走在地上，有如堅實的存在——傻瓜！大地不過是一片薄膜，當它一分為二，戰士和戰馬就會墜入連鉛錘也測不到底的深淵。別說鉛錘了，連想像女神也到不了！不久前他們還不存在，不久後他們也不存在，連他們的骨灰也不存在。

「所以，從太初就是如此，到末日也是一樣。世世代代的人類都會披上『身體』這件外衣，肩負著上天的使命從萬古長夜現身在這世上，各盡各的力量，各發各的光熱：有些在工業的磨坊裡轉磨，有些如獵人攀登令人暈眩的科學高峰，有些和手足廝殺，在爭鬥的岩石上摔得粉身碎骨。最後，上天派來的又被召回天上；塵世的外衣褪去，不久連意識都成為過眼雲煙。於是，這神祕的人類就好比天上的火炮，瘋狂燃燒劇烈轟鳴，以接連不斷的雄壯氣勢穿越未知的深淵。我們就這樣從空無中誕生，有如上帝創造的吐火精靈，疾風驟雨般地通過受到驚嚇的世間，然後再次墮回空無。我們所經之處，山被夷平，海被填滿。大地不過是個沒有生命的異象，能抵擋真實又有生命的靈魂嗎？我們的腳印已經烙在了最堅硬的岩石上，後來者將會見到先鋒的足跡。但從那裡來？老天，又從哪裡去？意識不曉得，信仰也不曉得，只知道是從神祕到神祕，從神那裡來，到神那裡去。

「我們是夢的材料，而我們短暫的一生
前後都是沉睡⑧！」

注釋——

① 據傳笛歐根尼有次在冗長的講課快要結束前說：「鼓起勇氣吧，朋友，我看到陸地了。」

② 洛克在《人類理解論》提到有位荷蘭大使告訴暹羅王，荷蘭冬天會結厚冰，暹羅王完全不信，認為大使在說謊。見卷四第十五章。

③ 譯注：天體機制（Mechanism of the Heavens）為法國數學家拉普拉斯作品《天體力學》的英譯書名，譯者為英國天文學家瑪麗・薩默維爾（Mary Somerville）；世界之體系（*System of the World*）為牛頓其中一本著作名稱；赫歇爾則是被後世譽為「恆星天文學之父」的赫歇爾爵士（Sir Frederick William Herschel, 1738-1822）。

④ 據傳路德翻譯詩篇時，曾經朝現身的魔鬼扔墨水瓶架。

⑤ 後來版本改作「心像或想像」。

⑥ 後來版本改作「奧菲斯或安菲翁」。安菲翁（Amphion）是宙斯之子，底比斯的城牆建造時讓頑石自己移動。奧菲斯則是用里拉琴馴服了野獸，跟此處關聯較小。

⑦「科克巷之鬼」是住在倫敦科克巷一位女孩編出來的故事。約翰遜（Samuel Johnson）一七六二年造訪了女孩的家，之後宣布鬧鬼是騙局。

⑧ 莎士比亞《暴風雨》第四幕第一景。

第九章 縝密

扼要重述；編者恭喜一路跟隨杜費爾斯德洛赫思辨的少數英國讀者；《衣裳哲學》的真正用途：展現日常生活與普通事物的驚奇之處，所有形式都只是衣裳，是暫時的；從這裡可以導出許多實際推論。

於是，這裡出現一個至關緊要的問題：英國讀者真的和我們一起到達了這個新的應許之地嗎？衣裳哲學終於在他們面前開顯了？這場漫長又艱險的旅程，從人身上最外層可觸摸的粗俗羊毛外殼開始，到他美妙的軀體外衣和社會裝飾，再往內到他靈魂中的靈魂的外衣，也就是時間與空間！褪去這些包裝之後，人類個體和全人類的永恆精神本質是否開始顯露了？是否有許多讀者像是對著一面深色玻璃，在晃動的龐然輪廓裡認出了人類存在的某些原始雛形，分出了哪些是會變的，哪些不會呢？《浮士德》裡的地靈不是這樣說過？

我唧唧穿動時間的機杼，

替神編織生動的袍服。

還有魔法師莎士比亞那段為人傳誦千百次的詩句：

如同構成這異象的無根絲線，
這高聳入雲的尖塔、雄偉的宮殿、
莊嚴的廟宇、偉大的地球，
及其所承繼的一切，都將消逝，
猶如沒有根基的慶典，
連遺跡不會留下半點①。

我們是否開始明白這些話的意義？總之，我們是否終於平安到達了詩意創造與再生的彼岸，人類社會和所有人類事物的浴火重生不僅感覺是可能的，甚至不可避免？

靠著上帝的祝福，編者知道他搭的這座橋就算尚未完成，也可以收工了。他無法蓋棺論定，只能期盼許多讀者順利走過這座最不扎實又沒聽過的橋，一路沒有意外。編者造不出堅固的橋拱，也鋪不出康莊大道，讓讀者輕鬆橫越這不可通過的河面，只能如前文所說，用木排搭出一條曲折搖晃的浮橋。唉，從一塊木排跳到另一塊木排，常有折斷脖子的危險。還有黑暗和種種天候因素，都對我們不利！

儘管如此，難道一千人當中沒有哪一位的理智思辨當世罕見，決定排除萬難，將道路清理通暢？幸福的少數，這一小群朋友，歡迎你們！鼓起勇氣來！你們的眼睛會慢慢適應新環境，開始可以伸手幹活。你們應當各盡其能，為「再生」這份確實最崇高的偉大工作賣力付出。新幫手將會加入，新橋將會完成，甚至這座用繩子和木排搭起的簡陋浮橋，也會因為你們一再來回，許多地方都得到修補，終而變得堅實牢固，不僅可以通行，還能短暫停留？

另外，最初滿懷希望和我們一起歡喜上路的無數人，現在還剩下多少呢？怎麼在我們身邊都見不到了？大多數人都退縮了，只是站在遠處觀望，對我們的工作抱著冷漠的驚訝。不少人比較有勇氣，繼續前進，但由於失足或跳不夠遠而跌入了水中，在翻騰的混沌裡掙扎，有些游到這岸，有些漂向那岸。對於這些人就算沒有伸出援手，至少也要說幾句鼓勵的話。

或者，撇開比喻（杜費爾斯德洛赫好用比喻的習慣不幸感染了我們）不談，編者難道不曉得，這本著作讓許多英國讀者讀得腦中一片混亂，得到的不是啟發，而是折磨？沒錯，很久以前也有許多英國讀者像現在一樣，用近乎咆哮的語氣問道：這一切到底導向哪裡？又有什麼用處？

若是為了賺飽荷包或幫助消化，噢，英國讀者，這本著作確實一無是處，不會帶我們到任何地方，甚至反過來會要各位付出代價。然而，要是杜費爾斯德洛赫和借助於他的我們，靠著這道看似無望的角門（Horn-gate）②將各位帶領到真正的夢想之地，突破衣裳的屏障，猶如穿越神祕幽谷一般見到那驚奇之地，發現各位的日常生活不僅充滿驚奇，而且建立在驚奇之上，連毯子和褲子也都是奇蹟，就算只是片刻，各位得到的益處將遠超過金錢，並且會對我們的教授心懷感激，甚至願意在許多文學茶會裡打開仁慈的尊口，公開表達謝意。

不僅如此，難道各位讀到這裡不也體悟到了，所有象徵其實都是衣裳；所有精神藉以向知覺開顯自身的形式，不論顯露於外在或想像之中，也都是衣裳。因此，不僅差點被裁縫剪掉的英國大憲章③羊皮紙是衣裳，法律的莊嚴與權威、君主權的神聖與所有低階敬拜（worship，古英語寫作worth-ship，意思是給出有價值的東西）也都是服裝與外衣，就連三十九信條（Thirty-nine Articles）④不也是（宗教思想的）外袍？既然如此，我們不是也該承認這套衣裳科學是高等科學，只要無限深入研究，就會得到更豐碩的成果，其科學地位足以和法典編纂、政治經濟學及英國憲法理論並列，從預言的角度來看甚至高過這些學科，有如在山巔俯瞰數不清的裁縫店與紡紗廠。那些店鋪和工廠製作、祝聖及配送的衣服，往往出自憔悴飢餓的作業員之手，他們只看到鼻尖底下的東西，只會機械似地紡呀織的。

不過，就算刪掉這些，尤其談到自然的超自然性、科學的奧祕或超驗性，以及所有和預計出版的《社會的再生》（*Palingenesie der menschlichen Gesellschaft*）有絲毫關聯的部分，我們仍然謙卑地建議讀者，這部衣裳哲學的任何部分，哪怕最糟的段落，也不乏直接的價值，可以從中得出無數具有實用性質的推論。我們就不提這位衣裳哲學家從跨越科學之門的那一天起，便泉湧而出的那些關於道德、政治和象徵的思想，甚至不討論潛藏在他所有論題底部，只要充分展開就會帶來重大革命的「基本構念」，而是暫時藉著衣裳哲學的微光，看看我們當中可以稱作衣裝階級（Habilatory Class）的那群同胞。這裡我們同樣不看那上百萬名在幽暗角落裡為我們賣命製作衣裳的紡紗工、織布工、漂洗工、染色工、洗衣工與絞衣工，即使他們有許多可看之處，而是請讀者將注意力轉到兩小群人身上。他們和蠹蟲一樣，可以稱作衣裳動物，從生活、行動到存在都在衣服裡。這兩群人就是花花公子與裁縫。

我們可以毫無顧慮地說，未經哲學啟迪的大眾對於這兩小群人的看法是錯誤的，甚至違背了人性的要求。讀者讀完接下來兩章或許就會明白。

注釋

①莎士比亞《暴風雨》第四幕第一景。

②見維吉爾《埃涅阿斯紀》卷六。角門是產生真夢的睡眠之門，象牙門（Ivory-gate）則是產生假夢之門。

③大憲章（Magna Charta）為英格蘭國王約翰於一二一五年簽署的知名自由憲章。據傳原稿收藏者羅伯特・卡騰爵士（Sir Robert Cotton, 1571-1631）的裁縫差點剪掉它，幸好被爵士及時救下。

④三十九信條為英格蘭聖公會的教義文獻。

第十章　花花公子派

定義花花公子；花花公子派是原始迷信「自我崇拜」的新變體，以及如何辨別；他們的聖書（新潮小說）是不可讀的；花花公子派的信綱；貧奴幫：立誓常保清貧，敬拜大地，可以從其服裝和飲食辨別；貧奴家和花花公子家的描繪；杜費爾斯德洛赫擔心這兩個教派可能擴張到瓜分英國，然後激烈衝突。

說到花花公子，首先讓我們以科學的嚴謹態度想一想，究竟何為花花公子？花花公子就是個講究衣著的人，其職業、工作與存在就是穿衣服，其靈魂、精神、荷包與為人的所有能力都英勇奉獻在一個目標上，那就是衣服要穿得聰明得體。於是別人穿衣服是為了生存，他生存是為了穿衣服。衣服的崇高至上，一位德國教授用他無與倫比的才智學識與長篇大論才闡明清楚，花花公子卻像天生明白似的，不費吹灰之力就輕鬆領悟。他是衣裳詩人，衣裳讓他充滿靈感，生來就擁有杜費爾斯德洛赫口中的「衣裳的神聖觀念」；這個觀念就和其他觀念一樣，非得展露出來，否則就會讓他感到不可言狀的痛苦，肝膽俱裂。

不過，花花公子卻像慷慨又有創造力的狂熱份子，大無畏地將觀念化為行動，以獨特面貌將自己展現在世人面前，作為衣裳之永恆價值①的活見證與殉道者在世間行走。我們稱他為詩人，因為身體不就是他（填充了血肉）的羊皮紙，讓他用哈德斯費爾德產的精緻顏料，在上頭寫下一首獻給情人眉毛的十四行詩？或者不如說是一首用馬卡洛尼詩行（Macaronic verse）寫給世上所有人讀的敘事詩，而標題就是〈衣裳和一個人的故事（Clotha Virumque cano）〉②？不僅如此，我們甚至可以說，花花公子是有一套思想法則和時空觀的。在他甘心為衣裳奉獻一生，為可毀壞之物犧牲永恆的行動中，不是將（雖然順序相反）永恆混同和等同於時間，充分展現了先知的特質？

這時我們就要問了，花花公子經年堅持如此這般的殉道、詩意甚至先知精神，他所求的回報是什麼？可以這樣說，他只求你正視他的存在，承認他是活生生的個體，就算辦不到這一點，也承認他是可見之物，能反射光線的東西。除了吝嗇的法律所保障的財產，他不求你的金銀，只求你瞧他一眼。不論你理解他的神祕意涵，或是完全錯失而誤解，只要你看著他，他就心滿意足了。我們難道不該感到羞愧，為這個不知感激的世界放聲一哭，它竟然連這一點恩惠都不肯給？寧可將視力浪費在鱷魚標本和暹羅雙胞胎上，對身旁這驚奇中的驚奇，這個活生生的花花公子，只是漠然地匆匆一瞥，幾乎掩不住輕蔑！沒有動物學家會將他歸為哺乳類，也沒有解剖學家會仔細解剖他，我們何曾在博物館裡見過注射處理過的花花公子標本？何曾見過他被保存在酒精裡？鯡魚骨爵士（Lord Herringbone）③就算穿著鼻煙棕色的襯衫和鞋子也沒用，不識貨的群眾心頭被更重要的需求盤據著，只會漫不經心和他擦肩而過。

老實說，好奇的時代就如同騎士時代，已經是過去式了。但或許只是蟄伏，因為說也奇怪，衣裳哲學的出現竟然使這兩個時代都甦醒過來！一旦這套健全的科學觀念開始盛行，英國花花公子的本質和他所蘊含的神祕意義，就不可能再被可笑又可悲的幻覺所掩藏了。在以下摘錄的這段長篇大論裡，杜費爾斯德洛赫嘗試蓋棺定論，就算未能盡顯真貌，也相去不遠。只是很可惜，教授在此處就如同其他地方一樣，他那銳利的哲學洞察力太常摻雜著貓頭鷹似的半盲，或是某種叛逆、無益又好嘲諷的傾向；至於是何者，就請讀者自行判斷了：

「在這個人心浮動的時代，」他寫道：「宗教原則已經被大多數教會掃地出門，不是潛伏在好人心裡默默做工，企盼新的啟示到來，就是在這世上漂流，無家可歸，有如脫殼遊魂尋找凡間的事物附體；而胡亂嘗試的結果，就是將自己弄成各種奇形怪狀的迷信與妄想！人性更高的熱誠一時失去了代言者，只能繼續在混沌的龐然深淵裡頑固堅持，盲目硬幹。於是一個個教派和一間間教會就這樣不停誕生，再不停融合成新的變體。

「這種情況主要在英國最明顯。身為歐洲最有錢又最沒教養的國家，英國恰恰提供了最容易孳生這類蠢人與怪物（也就是又熱又黑）的元素。而該國最值得注意，並且和目前這個主題息息相關的新進教派，就是花花公子派；只是我能找到又適合放在這裡談論的相關資料，實在少之又少。

「的確，英國記者普遍缺乏宗教原則的概念，對其體現也不具判斷力，因此他們當中有些人談到花花公子時，只用簡短而令人費解的評論，將這群人視為世俗教派，而非宗教教派。然而，看在深諳心理學的人眼中，花花公子的奉獻甚至犧牲特質其實昭然若揭。這群人屬於拜物教、英雄崇拜、泛神論還是其他教派，以我們目前的智性能力還無法判斷（schweben），但能肯定和摩尼教沾得上邊，而又不到靈知派；同時（因為人總是反覆犯錯，不時重蹈覆轍）也和聖山僧侶（Athos Monks）的迷信——完全禁食並長時間注視自己的肚臍，以求自然的真正啟示和天堂開顯——有不容小覷的相似度。就我本人推斷，花花公子派似乎不過是『自我崇拜』這個原始迷信的又一變形，以便適應新時代。從瑣羅亞斯德、孔子到穆罕默德等人，對這個迷信都只是貶低壓制，沒有力求剷除，只有比較純粹的宗教才徹底摒棄之。因此，若有人將花花公子派稱作阿里曼教（Ahrimanism）復興或新型魔鬼崇拜，我看不出反對的理由。

「另外，這群人受到新教派的熱誠鼓舞，展現出勇氣與堅毅，即使人性遭受前所未有的束縛，卻顯出多大的力量！他們熱愛純粹與區隔，除了使用獨特的服飾（這點已經在本書前面稍作評論），還盡量用獨特的說話方式（顯然是某種蹩腳的通用語或英法混語）來使自己顯得與眾不同。總之，他們竭力維持一種真基督徒的舉止風度，不讓自己受到塵世污染。

「他們有自己的神殿，而主殿就和猶太神殿一樣位於首府，名叫艾爾馬克。這個字的字源並不清楚。他們主要在晚上敬拜，有男祭司也有女祭司，但不是終身任職。儀式絕對保密，有人認為類似酒神祭（Maenad），或是帶有伊留色或卡比里④的神祕色彩。他們也不缺聖書，統稱為『新潮小說』，只不過正典尚未完成，因此其中有些已經是教規，有些不是。

「我花了一些錢，買了他們幾本聖書回來，隨即懷著求得真知灼見的期盼，以及衣裳研究者的滿腔熱情，開始推敲研讀，但都沒達到目的。我的閱讀能力不差，這點世人應該不會否認，卻頭一回覺得英雄無用武之地；就算竭盡心力（mich weidlich anstrengte）盡我所能，還是徒勞無功，才讀一小段就覺得耳朵裡一陣雷鳴，彷彿沒完沒了的猶太豎琴和刺耳的笛聲大作，讓人無法消受。緊接著就是最可怕的那種睡意來襲，其威力可比磁力睡眠（Magnetic Sleep）⑤，儘管我努力擺脫，抵死不從，卻引來之前不曾有過的感覺，有如震顫性譫妄，而後陷入完全的潮解（deliquium）⑥，也就是精神錯亂。最終在醫師的叮囑之下，由於擔心我的理智與身體機能會毀損，整個人陷入崩潰，我只能毅然放棄了。難道這會是奇蹟在作用？就像猶太奧祕裡的火球、天上和陰間的奇觀，不只一次嚇阻了外人⑦？倘若真是這個原因，讓我做了最大努力還是失敗了，那我的描述並不完美也就情有可原了。對於這個太過獨特而不容忽略的教派，以下介紹雖不完整，卻已是我能做到的極限。

「珍惜生命與理智如我，沒有力量能再誘使我個人翻開任何一本新潮小說。幸好就在我進退兩難之際，從雲端伸下了一隻援手，就算沒有為我帶來勝利，也帶來了解脫。斯第爾許維根公司時常從英國進書，裝書的包裹內層通常會用報廢的書頁（Maculatur-Blätter）加裹一層。就算是廢紙，這位衣裳哲學家仍然抱著穆罕默德式的敬畏⑧，因為裡面偶爾會有新奇的知識，讓他不敢輕視。當他拿起其中一張可能是從某份英國期刊（他們稱之為雜誌）撕下來的污損紙頁，發現上頭似乎是一篇關於新潮小說的論文，讀者可以想像他是多麼驚訝！的確，那篇文章主要是從世俗的觀點出發，並且將矛頭指向一位名叫佩勒姆（Pelham）⑨的先生，口氣不無嚴厲。我不認識這位先生，不過他似乎是該教派的祕法家，也是大導師與傳道人。不難想見，花花公子派的真實祕密、宗教型態與組織構造，絕不可能在這樣一張散佚的紙頁上完全揭露，但還是有零碎的曙光，而我則是努力從中汲取精華，甚至在其中一段選自這位祕法家的預言或神譜學之類（因為風格相當雜亂）的文字裡，我發現了根據該教派的教義應該屬於信綱聲明或人之本分（Whole Duty of Man）的東西。基於這份權威資料，我將信綱整理成七大條，以極為濃縮的形式呈現在德語世界面前，就此了結這個話題。另外，也請注意，為了避免訛誤，我這裡盡量逐字引用原文：

信綱

(1) 外套不得出現任何三角形，背面也要留心避免出現皺褶；
(2) 領子很重要，應該微微捲起，後面低。
(3) 時尚不允許品味高雅之人穿著霍屯督族（Hottentot）那種後面臃腫的服裝。
(4) 燕尾服永遠是萬無一失的選擇。
(5) 最能展現紳士品味的配件，莫過於戒指。
(6) 人在某些限定情況下可以穿著白背心。
(7) 褲子臀部必須特別緊身。

對於這些信條，我目前適度斷然地反對，沒有迴旋的餘地。

「英國還有一個教派，和花花公子派形成奇特的對比。就我所知，這個教派最初源自愛爾蘭，首座至今還在當地，不過在英格蘭也廣為人知，而且正迅速擴展。由於這個教派迄今沒有任何法典，因此我對他們的認識就和花花公子派一樣模糊。後者雖然有法典，但不適合一般人自己研讀。這個教派似乎在不同地方就有不同名字：在英格蘭普遍稱作賤役派，或是更直白的白奴派（White-Negro），其他教派則是蔑稱他們為破衣乞丐；在蘇格蘭，我發現他們同樣被叫作丐幫（Hallanshaker）或襤褸派，因為該派成員的綽號就是破衣仔（Stook-of-Duds），顯然和他們的教服有關；至於在愛爾蘭，前面提到那裡是他們的老巢，其教派俗稱更是多得令人眼花撩亂：泥田派、赤腳幫、綠帶會、小屋派、童蒙會、綠林幫、岩石會⑩和貧奴派。不過，最後一個叫法似乎是最主要的總稱，其餘都只是別名或變體，頂多是從母名分出的子名。探討這些名稱之間的細微區別與差異是浪費時間，我們只需要明白以下這點就夠了：不論有再多名稱，表面上再分歧，這個教派的源頭肯定是貧奴派，其教理、實踐與基本特質都是相同的。

「確切來說，愛爾蘭貧奴對世界、人類與人類生活的看法，構成了這個兄弟會的思辨信條。他們對過去、現在和未來有什麼見解與感受，實在很難確定。他們的會章似乎帶有苦行的色彩。我們發現他們受兩大苦行誓願的束縛，也就是清貧與順服。尤其是前者，據傳他們遵守得最為嚴格。就我所知，他們甚至在出生之前就已經立誓，不論是否得到按立，都要義無反顧獻身於清貧。至於他們是否也恪守貞潔這個誓願，我就不得而知了。

「此外，他們似乎效法花花公子派，對穿著打扮也有特定講究。不過，各位在本書裡不會讀到關於愛爾蘭貧奴服裝的描述。由於語言這個工具不夠完美，使得描述似乎是不可能的。他們的衣著由數不清的下襬、垂片和不規則附件所組成，什麼布料與顏色都有，繁複得如迷宮一般，將他們的體態呈現出來，其間過程無從知曉。他們的衣服用許多釦子、線頭及別針拼在一起，還常在腰間加上一條皮帶、麻繩甚至草繩。他們似乎確實對草繩情有獨鍾，時常穿草鞋。至於帽子部分就比較自由，帽沿不完整的、沒有帽頂或帽頂鬆垮、鑲綴、有瓣的都行。如果帽沿不完整，他們有時會反過來戴，帽邊朝上，像大學帽一樣，這是出於什麼觀點就不得而知了。

「貧奴（Poor-Slave）這個名稱似乎暗示他們源自斯拉夫、波蘭或俄羅斯，但他們信仰的內在本質與精神卻更具條頓和督伊德教派的色彩。有些人可能推想他們敬拜大地之神赫莎⑪，因為他們總是不停在她胸膛裡挖掘著，充滿深情幹著活，或是將自己鎖在隱密的祈禱室裡，冥想與操弄由她那裡得來的物質，很少抬頭仰望天體，自然也就對它們無動於衷了。另一方面，他們和督伊德教派一樣，居所非常昏暗，甚至一發現窗玻璃破了，就會用碎布或其他遮光物將破洞蓋住，直到房裡恢復該有的陰暗。此外，他們也和其他自然崇拜者一樣，虔誠容易爆發成暴力，不是將人放在柳條編成的雕像裡，就是關在茅草屋裡活活燒死。

「至於飲食，他們也有規矩。所有貧奴都是食根者（Rhizophagous）；有些會吃魚，而且只吃醃鯡魚，其他肉類一概不吃，除非來自自然死亡的動物。這點似乎與婆羅門教⑫背道而馳。他們的基本食物是一種名叫馬鈴薯的塊根，只用火烤，通常不會使用任何佐料或調味，除了一種名叫波因特（Point）的不明佐料。我找過資料，可是一無所獲。歐洲所有烹飪書裡都沒有記載「波因特佐馬鈴薯（Potatoes-and-Point）⑬」這道菜，有也語焉不詳。飲料方面，他們的偏好反差之大，簡直近乎諷刺；一方面喝口味最平淡的牛奶，一方面又喝最烈的波丁水（Potheen）。我嘗過波丁水，也喝過英格蘭的劣等杜松子酒（Blue Ruin）和蘇格蘭的威士忌，這些都是他們在不同地方喝的同類飲料。波丁水顯然含有酒精，而且濃度極高，雖然加了辣油偽裝，卻是我嘗過最嗆的東西，簡直是液體烈火。據說它是貧奴派所有宗教儀式裡的必備品，而且消耗量驚人。

「我在一位愛爾蘭旅人那裡讀到一段關於某戶人家的描述，雖然文中沒有明講，不過似乎是貧奴派家庭。我不清楚這位『已故的約翰．柏納德⑭』的來歷，但他講話還算公允；因此我的德國讀者可藉此從愛爾蘭貧奴的眼光去了解這群貧奴，甚至見到他們如何用餐。除此之外，我在前文提及的那張珍貴廢紙上也讀到一段關於花花公子派居家環境的描述，作者同樣是那位祕法家兼神學士。世人有必要多了解，以便兩相對照和對比。

「因此，首先來看貧奴派。他似乎也是位客棧主人。我直接引述原文⑮：『這間驛站的裝潢包括一口大鐵鍋、兩張橡木桌、兩條長凳、兩把椅子和一只波丁水杯。上面是閣樓，可以爬梯子上去，人就睡在那裡。下方空間用柵欄一分為二，一邊養牛和豬，另一邊供自己和客人使用。走進驛站就會看見這家十一口人正在享用晚餐。父親坐在大橡木桌的上首，母親坐在下首，孩子們則是圍坐兩側。桌子中央有個洞，有如秣槽放著馬鈴薯鍋裡的食物，另外還有幾個等距離的小洞，拿來裝鹽。桌上有一碗牛奶，其他諸如肉、啤酒、麵包、刀叉和碗盤全都沒有。』這位旅人表示，他發現那位貧奴長得虎背熊腰，濃眉大眼，孔武有力，一張大嘴從左耳咧到右耳。而他妻子雖然曬得黝黑，容貌卻很端秀；幾個小孩光著身子長得胖嘟嘟的，食量可比烏鴉。全家人身上看不出一點哲學信條或宗教清規的跡象。

「其次是花花公子派的家居布置。其實，我們常提到的那位深得默示的文人兼祕法家自己就住在這樣的地方⑯：『更衣室裝潢華麗，從窗簾、椅子到腳墊都是紫羅蘭色。桌子兩側各有一面全身鏡，桌上擺滿奢華的化妝品。另一張比較小的珍珠母桌上擱著好幾瓶香水，擺放的方式很特別。盥洗用具在對面，磨砂銀材質做工精細；鑲嵌衣櫃在左邊，從半開的門裡可以看見為數驚人的衣服，下方架子上放滿了同一尺碼的小號皮鞋。衣櫃對面的門微微敞開，隱約可以瞥見浴室和盡頭的折疊門，而筆者（我們的祕法家本人）就這樣走了進來。前面一名身穿白絲綢上衣和麻紗圍裙的法國男僕替他開道，態度畢恭畢敬⑰。』

「目前英國人口裡就屬這兩派比較不穩定，讓這個向來動盪的國家更不安寧。就政治觀察家看來，這兩派人的關係充滿了不和與敵對的因素，想協調是不大可能了。花花公子派的自我崇拜與惡魔崇拜，和貧奴派的賤役式大地崇拜（不論那賤役主義是什麼意思），兩者雖然型態上相去甚遠，也無足輕重，表面下卻是根伸鬚展，遍及了整個社會結構，在國家存在的祕密深處孜孜不倦運作著，竭力將英國人民分裂成兩個對立不相往來的群體。

「不論就人數，甚至就個人力量而言，貧奴派或賤役派似乎與時俱增。但花花公子派本質上就是一個信仰不會動搖的教派，同時自詡繼承了豐厚資源，又因團結而強大；而賤役派則是四分五裂，迄今找不到凝聚點，頂多靠著祕密連結而合作。就算他們和基督教的聖徒相通一樣，也有賤役相通（Communion of Drudges），效果又會多麼奇怪！花花公子派迄今瞧不起賤役派，但審判的時刻也許不遠了，到時就知道實際上是誰該輕視誰。

「依我看，這兩個教派可能終有一天會將英國瓜分為二，雙方各自拉攏中間派，直到再也沒有人馬可招為止。花花公子派的摩尼教徒和花花公子化的基督徒會聯合成一個陣營，而賤役派則會集結所有崇尚賤役之人，不論他是基督徒或異教徒，並囊括所有功利論者、激進份子和頑固的獨立舉炊者（potwalloper）⑱等等，將他們納入形成另一個陣營。我可以將花花公子派和賤役派比作兩個深不見底的沸騰漩渦，從結實土地上的對立兩頭迸裂開來；儘管目前看來只是兩口躁動不安、愚蠢冒泡的井，還可以靠人工加以掩蓋，但要注意，它們的井口愈來愈大，有如從無底深淵竄上來的兩個空心錐，而你生活的結實土地只不過是一層薄殼或表皮，每天每天都在崩垮，兩個教派拉出的帝國每天每天都在擴大，如今兩者之間只剩一小塊僅容立足之地，而且還在被沖蝕！最後我們終將沉入真正的洪水地獄，挪亞遇到的洪水根本不算什麼！

「我甚至可以這樣說，他們就像兩台前所未有的無限電動機，兩者都由『社會機械』所驅動，只是電池性質相反。賤役派是負極，花花公子派是正極；一個時時刻刻都在吸引國家的正電（即金錢），另一個則是忙於吸引負電（即飢餓），同樣威力強大。目前你只見到稍縱即逝的火花與火星，但再過一會兒，整個國家都將處於帶電狀態，你的生命電力不再是健康的中性，而是分割成正負（金錢與飢餓）兩極，分別蓄積在兩個世界電池裡！只要小孩手指一動，兩者就會碰在一起，到時——到時會怎麼樣？地球將會遭到末日雷殛，震裂成無形的煙霧。太陽將失去一顆行星，世界上再也沒有月蝕。我甚至還可以將他們比作——」

哎！夠了！別再比喻和類比了！老實講，再說下去就不知道是杜費爾斯德洛赫或我們的錯了。

我們經常怪他有吹毛求疵、詳細過頭的毛病，也早就知道他有神祕主義和泛宗教化的傾向，不論任何事情都能嗅出宗教的味道。然而，這些氾濫的蒙蔽再怎麼遮蓋或扭曲他原本極其敏銳的觀察力，也比不上〈花花公子派〉這一章！還是其中隱含著諷刺的意味，這位先知教授其實不像他所表現的那麼蒙昧？倘若對象是一般人，我們肯定能毫不遲疑地回答，但對於杜費爾斯德洛赫，我們始終擺脫不了一絲狐疑。話說回來，就算此處真的意在嘲諷，情況也好不到哪裡，還是有人必須回答一個問題：難道你們這位教授把我們當成了傻瓜？他的諷刺弄巧成拙，倒使我們看穿了，甚至或許看穿了他本人。

注釋

① 後來版本將「價值」改作「世界」。

② 諧仿維吉爾《埃涅阿斯紀》的開頭詩句「我要說的是戰爭和一個人的故事」。

③ 典型的花花公子，名稱典出人字繡（herringbone stitch）。

④ 邁娜德（Maenad）是酒神（Bacchus）的女祭司；伊留色人敬拜豐收女神克瑞斯（Ceres）；卡比里（Cabiri）則是古希臘和古埃及敬拜的神祇。

⑤ 典出「動物磁場（animal magnetism）」，是早期指稱「催眠」的用語。

⑥ 融化或液化。

⑦ 相傳背教者尤利安（Julian the Apostate）試圖在耶路撒冷重建猶太聖殿，以便挑釁基督徒，結果遭到火球阻止。

⑧ 根據《旁觀者》雜誌八十五期，因為其中「可能含有可蘭經」。

⑨ 英國作家普華—李頓（Edward Bulwer-Lytton, 1803-1873）一八二八年出版的小說名。這裡的七條「信綱」出自該書，後來版本有所刪減或改寫。

⑩ 原文分別是Bogtrotters、Redshanks、Ribbonmen、Cottiers、Peep-of-Day Boys、Babes of the Wood和

Rockites。在愛爾蘭分別指農夫、赤腳者、反對新教橙帶黨（Orangemen）的天主教綠帶會（Ribbon Society）成員、小屋住戶、新教反對派、罪犯或被放逐者和一八一二年的革命份子，因署名「岩石隊長（Captain Rock）」而得名。

⑪ 大地之神赫莎（Hertha）為古日耳曼女神，主司豐饒。

⑫ 婆羅門反對殺生。

⑬ 意思是除了馬鈴薯外什麼也沒有。愛爾蘭笑話，吃馬鈴薯時一邊點名（point）其他食物，說是下一餐會吃。

⑭ 英國演員作家約翰・柏納德（John Bernard, 1756-1828），作品《舞台回顧》於他過世後的一八三〇年出版。此處引文出自該書卷一第十一章。

⑮ 後來版本加上標題「貧奴的家」。

⑯ 後來版本加上標題「花花公子的家」。

⑰ 出自普華－李頓《斷絕關係者》（*The Disowned*）序言。

⑱ 亦即住戶，自己煮飯吃的人。

第十一章　裁縫

裁縫受到不公對待，實際和譬喻上都是；他們的權利與偉大服務終有一天會恰如其分得到承認。

總之，從衣裳哲學得出的第一個實際推論和花花公子有關，我們已經導出來了，現在來看第二個推論，也就是有關裁縫的。杜費爾斯德洛赫以它替全書作結，而且我們的看法湊巧和他相去不遠，因此我們很樂意讓出篇幅，就由他按自己的方式用自己的話來說吧：

「我們還需要一個世紀，」他寫道：「經歷一場浴血的自由之戰，無數尊貴之人率先戰死沙場，王位被扔上祭壇，有如皮利昂山疊上奧撒山①，直到火神得到他的祭品，正義天使得到他的烈士，裁縫才會獲得成為人的特權，苦難人類的最後一道傷口才會縫合。

「我們或許確實可以想一想，從古至今這世界還有比這更令人吃驚的愚昧嗎？有一個廣為流傳，已經根深蒂固的錯誤看法，認為裁縫在生理上是特殊的物種，不是人類，而是人的零頭。在我們這個秩序混亂、是非不分、滿口胡言的社會，稱一個人為裁縫

（Schneider, cutter, tailor）豈不會引發他無盡的敵意？稱人『像個裁縫（schneidermässig）』更是代表某人懦弱到極點。我們將『裁縫的憂鬱（Tailor's Melancholy）』收入醫書，認為它比瘋瘋還可恥，並煞有介事地說病因是裁縫專靠包心菜（cabbage）[2]過活。我還需要提起漢斯．沙克司（他本人是鞋匠，算是一種皮革裁縫）和他的《裁縫舉旗手》[3]，還有莎士比亞和《馴悍記》[4]嗎？歷史難道不是曾經記載，英國女王伊莉莎白某次接見十八人裁縫代表團，對他們說『兩位先生早[5]』嗎？這位巾幗英豪曾誇口自己擁有一支刀槍不入的騎兵團，團名不就叫『牝馬裁縫軍（Tailors on Mares）』？這個謬誤早已流傳各處，積非成是，甚至被看作無可爭議的事實。

「然而，不論是否無可爭議，難道我真的需要去問生理學家？難道我們不是至少看得出來，除了縫匠肌之外，裁縫在衣服底下也有骨骼、內臟和其他肌肉嗎？我們能想到什麼人類事務，是裁縫做不到的？難道他欠了錢能不被捕嗎？在大多數國家他們不都是納稅的動物嗎？

「本書讀者都不會搞錯我的看法是什麼。不僅如此，要是這些漫長的警醒守候和近乎超自然的追問沒有徹底白費，這世界將會朝更高的真理邁進，綏夫特憑著天才的預知能力隱約感受到的信條也將大白天下：裁縫不僅是人，還是創造者和神明[6]。曾有人形容富蘭克林，說他『從天上搶來雷電，從君王那裡奪走權杖』[7]。但我要問，是給的人偉大？還是搶的人偉大？因為撇開個別情況，姑且不論裁縫如何將一個人新造成貴族，不僅替他穿上羊毛，還套上尊嚴與神祕的支配力，本書不是一次次無可辯駁地闡明了，從社會這匹美麗的織布、它那些王袍與袈裟，到我們藉此織出的政治、國家與攜手合作的全人類，全是出於裁縫一人之手，才使我們免於裸裎與分裂嗎？從比喻的角度看，所有詩人與道德導師不也是裁縫嗎？在那個崇高的行會裡，最偉大的在世行會弟兄⑧不是帶著勝利的口吻問我們：『你想，不正是詩人創造了眾神，先將祂們帶向我們，再將我們帶向祂們嗎？』

「這就是裁縫，喪氣地坐在店家看板的硬底座上，任憑這世界無禮對他，將他看成九分之一個人！抬起頭，你這個備受傷害的人！用你閃著希望的眼眸往上看，留意那預告至高至美時代到來的徵兆。你已經叉著雙腿坐得太久，連踝關節都磨出了角。你就像聖潔的隱士或天主教托缽者，清修苦行，只為將天上最豐富的祝福帶下來，送給這個輕侮你的世界。抱著希望吧！藍天已經從雲裡透出影來，無知的黑夜正在退散，曙光即將到來。人類將連本帶利清償久欠的積債，受輕慢的隱士將得到敬拜，分數將變成整數，甚至平方和立方。這世界將懷著詫異，承認裁縫是他們的聖顯者與主教，甚至上帝。

「當我站在聖索菲亞的清真寺裡，注視那二十四位裁縫繡縫那張華麗的織布，那是蘇丹每年獻給麥加天房的供品，我心裡想，除了這塊阿拉伯玄武岩，各位巧奪天工的手藝還將多少不敬之物變成神聖啊？

「更令人感動的是，我曾在蘇格蘭愛丁堡鎮上一條小巷的拐角處看見一塊看板，上面寫著某人是『御用馬褲師』，另外還畫了一條皮馬褲，雙膝之間寫著幾個值得一記的大字：由此上達天星（SIC ITUR AD ASTRA）⑨。這難道不是裁縫在牢裡發出的殉道之言？不是他受綑綁、為得救而發出的嘆息？祈求終有更美好的一天，正義得到伸張，馬褲的價值大白於人間，剪刀從此永遠受人敬重。

「或許我現在可以這樣說，他的祈求並沒有落空。因為我正是在那一刻，在靈魂四分五裂，易受默示影響的時分，首次想到撰寫這樣一本談論衣裳的書。這是我期盼自己所能做的最偉大的事。在百般拖延之後，這件事已經占去我人生一大部分，而且還將繼續下去，其中最首要而淺明的部分，或許可以在此告一段落。」

注釋

① 傳說泰坦人曾經嘗試將皮利昂山（Pelion）疊在奧撒山（Ossa）上，以便登上天界。《奧德賽》卷十一。

② 譯注：cabbage 為雙關語，除了「包心菜」還有「碎布」的意思。

③ 沙克司（Hans Sachs, 1494-1576）為德國詩人，曾寫過一首名為〈裁縫舉旗手〉的詩歌。

④ 第四幕第三景曾經出現一位無名裁縫。

⑤ 譯注：典出英國諺語 nine tailors make a man，直譯為「九位裁縫成一人」，意思是一位紳士的衣裝需要九位裁縫打點，後來就有人用 ninth of a man（九分之一個人）來戲稱裁縫。

⑥ 典出綏夫特《桶的故事》裡的拜裁縫教，參見該書第二節。

⑦ 富蘭克林（Benjamin Franklin, 1706-1790）為美國政治家及作家，曾發現閃電帶電。他的某座胸像上用拉丁文刻了這句話。

⑧ 指歌德，引文出自《威廉・邁斯特的學徒歲月》卷二第二章。

⑨ 出自《埃涅阿斯紀》卷十一。

第十二章　告別

杜費爾斯德洛赫說話方式怪異，但性格堅決誠實：他的目的似乎在改變信仰，在這個黑暗時代將真誠覺醒者團結起來；賀夫拉特．霍伊許瑞克來信表示，杜費爾斯德洛赫從威斯尼希特沃消失了。編者猜測他會再度現身。真摯告別。

就這樣，我們已經從杜費爾斯德洛赫為他同胞揉製而成的梅子布丁裡，努力挑出最好的梅子，換上我們的包裝將它端了出來。這塊大而無當的梅子布丁其實更像蘇格蘭的肉餡羊肚，處理起來費時費心，甚至吃力不討好，但不時也有希望鼓舞著我們，因此在我們洗手收工的此刻，心裡不能說沒有一絲滿足。倘若我們鍾愛的英國社會能因此多一些精神食糧，少幾分營養不良，就算方式有失文雅，對編者來說也是再寶貴不過的報償。即使事與願違，他又有什麼可怨尤的？無論如何，這不就是命運委派給他的任務嗎？而如今任務已了，一般日常工作對他不是變得輕鬆許多，也簡短許多嗎？

對於杜費爾斯德洛赫教授，我們在臨別此刻很難不同時抱著驚訝、感激與無法苟同的感受。誰能不可惜他那份才情，原本可以用在更崇高的哲學議題或藝術之上，卻大量耗在雜物室裡東翻西找，甚至在狗籠裡又摸又挖，那些地方怎麼可能只會撈到遺失的戒指和鑽石項鍊呢？遺憾是免不了的，但埋怨只是浪費時間。英國批評界想矯正他的瘋狂習性只是白費力氣；能提高警覺，避免這種習性在我們這裡擴散，那也就夠了。別說思想，光是這種交錯駁雜、用喻過度的文體在我們文人之間流行起來，就該如何是好？這件事一點也不難發生。編者自己在處理杜費爾斯德洛赫的德文時，不就大幅喪失了英文的道地？就像小漩渦捲入大漩渦後，便會跟著大漩渦旋轉，弱者心靈也會被迫成為強者心靈的一部分，開始看什麼都是象徵，唯有時間與不懈的努力才能破除這個習慣。

然而，儘管教授表現得如此難以捉摸，又有哪位讀者能抱著敵意與他告別呢？讓我們承認吧，在這位多苦多難的狂狷之人裡面，有著某種幾乎與我們相依附的東西。我們如此希望也如此相信，他是會叫偽善者走開，叫半吊子滾遠，叫真理取代一切的人，也是勇於展現男子氣概，當面反抗「時間王子」或魔鬼的人；甚至如同漢尼拔①一般，生來就莫名注定要投身於這場硬仗，此刻更全心運用一切武器，在任何地點任何時間發起戰爭。在這個使命之下，任何士兵他都歡迎，甚至手持鐮刀的波蘭人，他也來者不拒。

不過，問題還是沒有解決：像他這樣一位不時展現敏銳洞察力，甚至對得體不乏敏銳感知，也有真正思想要交流的人，怎麼會選擇如此近乎荒誕的方式來表達？這個問題唯有比編者更睿智的他能給出滿意的回答。我們有時會這樣推想，他如此做或許除了出於選擇，也出於必然。我們實在不難想像，自然慷慨給了我們教授那麼多，卻都在現實中糟蹋錯失了，這樣的一生，文采自然也很難開花結果。就算他憑著激烈的性格拚命畫這畫那，卻總是不成功，最後乾脆拿著畫筆②在布上任意揮灑，看能不能塗出些泡沫。儘管外表沉靜，但在杜費爾斯德洛赫心裡或許有著某種急切，足以使他做出這樣的事來。

至於第二個推想，我們就更沒把握了。杜費爾斯德洛赫或許不是沒有人之常情，不是不想改變信仰。我們有多少次躊躇不前，不敢確定他這種莫測高深的性格是真正出於禁慾和絕望，還是愛和希望已經燃燒殆盡，才會變成這副模樣？更何況他還說過這樣一句話：「友誼如何可能？除非兩人都獻身於真與善，否則只會有武裝中立或空泛的生意結合。一個人自給自足，永遠是上天所喜悅的。但十個人若能在愛中合而為一，就能成為一萬人也無法成為的人，成就一萬人也無法成就的事。人能給人的幫助沒有極限。」接著再連帶考慮這句話：「世界現在是黑夜，還要很久才會見到曙光。我們在冒著煙、透著光的廢墟徘徊，太陽和天星一時都被遮蔽，只有偽善與無神論這兩個無邊的幽靈，加上感官肉慾這個食屍鬼，在地上恣意橫行，宣稱這世界為他們所有。只有沉睡的人依然安逸，生命於他們只是一場淺夢。」

但那些敬畏警醒，已發現生命是真實的人呢？他們難道不該團結起來，因為就算真正的幽靈，也無法兩人都看見。於是，《衣裳哲學》這本巨著就像一大鍋松脂，由我們的杜費爾斯德洛赫在孤單的瞭望塔裡點燃，火光照進茫茫黑夜，傳得又廣又遠，將許多不得安慰的遊魂引領到弟兄懷裡！正如我們之前所說，這人雖然冷若冰霜，誰曉得他心裡抱著多少瘋狂的希望？

另外，有件事得在這裡說說，因為它和之前的推想有些出入。要不是杜費爾斯德洛赫異於常人，這事可能就足以推翻我們的推測了。那就是當這把烽火燒得正亮的時候，我們的守望者卻離開了，再也沒有朝聖者能問他：守望人，黑夜進展到哪裡了？世人所知的杜費爾斯德洛赫教授再也不曾出現在威斯尼希特沃，看來又消失在空間裡了！不久前，賀夫拉特．霍伊許瑞克又賞賜了我們一封冗長的書信，內容大多和那個人口學院有關，同時又再三讚揚那些紙袋，只是對其中的晦澀似乎依然沒有頭緒，最後才突然首次告訴我們一樁古怪至極的事件，內容如下：

「閣下（Ew. Wohlgeboren）應該已經於報刊上得知，威斯尼希特沃全城對這位智者的失蹤是如何震撼擔心，卻又毫無進展。但願德國的齊聲呼喚能勸他回來，甚至只要能明白他為何神祕離開就好！唉，只可惜老麗莎不是真的聾了、不在乎了，就是裝瘋賣傻，瓦恩巷的一切都被打掃乾淨，封了起來，連樞密院也問不出答案。

「有人發現，當巴黎三日的驚人消息在威斯尼希特沃不脛而走，傳得沸沸揚揚，杜費爾斯德洛赫除了講出『開始了（Es geht an）』三個字，那一整週都沒有人在小鵝咖啡館或任何地方再聽他說過什麼。不久後，誠如閣下所知，這裡和柏林一樣，公眾的平靜也被裁縫揚言暴動給打破了。同時不乏心懷惡意之徒，甚至只是喜歡危言聳聽的人，宣稱這本衣裳論的最終章是罪魁禍首。面對這場可怕的危機，我們這位哲學家鎮定得難以言表，甚至經由某個卑微的人讓這份鎮定傳進了議會（Rath）殿堂，使得國家順利脫困，裁縫之亂完全平息下來。雖然我無法將我們的損失歸咎於這兩件事上，但巴黎和法國的政治局勢還是令人不免這樣猜想。譬如，當聖西門會社的主張傳到了這裡，整間小鵝咖啡館充斥著訕笑、惋惜與驚訝，我們這位智者始終沉默不語，直到第三晚行將結束，他才開口說道：『這裡也有人不無驚詫地發現，人還是人；而你已經見到他們誤用了這個久被遺忘的崇高真理。』根據郵政局長的證言，在那之後，我們教授跟巴札爾和安凡丹③兩位先生至少書信往返過一次，只不過內容現在只能全憑猜測了。之後的第五晚過後，就再也沒有人見到他了！

「這樣一位無價之人，受到將我們時代搞得動盪不安的教派所憎恨，難道是他們派出密使將他拐走了？還是他自願深入虎穴與他們對談，正面交鋒？我們有理由（至少有反面理由）相信，失蹤的教授還活著。我們的心靈之窗也在低語，他不久就會給出個訊息。否則終有一天，當局必須將他的檔案公開。許多人都認為那裡面有許多東西，甚至連『再生』也在其中。」

賀夫拉特・霍伊許瑞克就說了這麼多。他一如往常，鬼火般地忽然消失，原本的黑暗非但沒變亮，反而更黑了。杜費爾斯德洛赫為人所知的生平就這樣懸而未決，也沒有化為平淡無奇，說不定精采的部分才正要開始？我們被迫踏入猜測的國度，實體化作幻影，讓人再難分辨。既然時間能解決或遮蓋一切問題，我們只能祈求它也會在這件事上透露端倪。根據我們私下推斷，甚至可以夠有把握地說，杜費爾斯德洛赫正安然碇泊在某個隱密之處，並非完全蟄伏，而且地點就在倫敦！

不過，就像疲勞過度睡著一樣，編者現在也可以酣然停筆了。倘若現身說法還有參考價值，那他很清楚對無數英國讀者來說，他們也會高興終於結束了。過去幾個月只是不舒服地擾亂了他們的思想與胃口，讓他們不無氣惱，甚至脫口痛罵。為此，就如同其他事物，他們不是應當感謝上天的恩典？生氣的讀者啊，編者在這裡要張開雙臂，敞開心胸，跟各位誠摯告別了。還有那位自稱約克和奧利佛的奇人，再見了！多虧你的熱誠與親切，太過愛爾蘭的樂天與瘋狂，以及走味的潘趣酒，才造就了這部奇特的作品。再會了，但願人長久！我們不是曾在永恆的路上結伴同行，共度了幾個月的人生旅程，還見到彼此部分的容貌？不是一起生活過④一段時間？只是老在爭吵！

注釋

①漢尼拔（Hannibal, 247-183BC）為北非古國迦太基軍事家、政治家。

②後來版本改作「海綿」。

③譯注：巴札爾（Saint-Amand Bazard）和安凡丹（Prosper Enfantin）都是法國哲學家聖西門（Henri de Saint-Simon）的弟子。

④後來版本改作「存在過」。

附錄

附錄一　卡萊爾致弗雷瑟——說明《衣裳哲學》
附錄二　編輯梅金眼中的卡萊爾
附錄三　卡萊爾致愛默生——介紹《衣裳哲學》
附錄四　卡萊爾致斯特林
附錄五　卡萊爾對一八六九年版《衣裳哲學》的補遺

附錄一　卡萊爾致弗雷瑟——說明《衣裳哲學》

【一八三三年五月二十七日】

弗雷瑟為《弗雷瑟雜誌》發行人，自一八三〇年二月任職到一八四一年過世為止。他在創刊號收錄了卡萊爾的一篇譯文，此後也常刊登卡萊爾的文章。一八三〇年十一月，卡萊爾開始就《衣裳哲學》連載一事和弗雷瑟展開複雜的磋商。磋商持續了一年多後失敗。這封致弗雷瑟的書信刪去了開頭和結尾討論其他事情的部分，重新開啟了連載《衣裳哲學》的可能，也是卡萊爾對本書最完整的說明。

您應該還記得我在倫敦時給您看過的那份書稿。因為改革法案的騷動①（很不幸還沒結束，而且看來會持續下去），我始終沒能談成出版，書稿此時還在我抽屜裡。長考過後，我決定拆章分節，以連載形式發表，或許是更好的做法。老實說，早知如此，我當初就不該千辛萬苦寫這本書。只是又能如何？反正永遠有這種煩惱，寧可多也不要少。我想，雜誌社之後每期應該可以給我三、四十本，我再裝訂寄給可能有需要的朋友，連載完後如果可行再集結成書出版。我首先想到的就是您的雜誌；除非您明確拒絕，我才會另尋對象。就請您聽我說明，再作判斷吧。

這本書目前叫做《衣裳哲學，或曰杜費爾斯德洛赫的生平與思想》（*Thought on*

Clothes; or Life and Opinions of Herr Teufelsdrockh），不過略為改動應該無妨②。此外，附上一篇短序可能也很合適。書本來就分成三「卷」，同時再分成多個短「章」，怎麼拆都很方便。甚至我聽人說，每次幾章是讀這本書最有益的方式，而我也覺得有道理。我想可以分成八期連載③，就好比義理小說，但其實是前所未有的做法。我之前都形容這是一本「論一般事物的諷刺狂想小說」，書裡提到我對藝術、政治、宗教和天上凡間的看法比本人過去所有作品都多。您讀完或許就會明白，這些見解背後的信條是我的，而且我深信不疑。同時，書中主角（他通常自稱「編者」）傾向保守派（但反外行充內行），因此在《弗雷瑟雜誌》連載或許比其他地方都適合。不過，我想不用我說，書裡的終極思想是宗教思辨激進主義（我找不到更好的說法，只能姑且稱之），這點您肯定早已在我身上看出來了。

目前只有五個人讀過這份書稿④，其中兩位表示（意思是他們向我保證）這本書很有意思，讀來令人滿意；另外兩位讀完深受打動，「充滿驚訝和新的希望」——這正是我想在值得之人身上造成的效果；最後一位則是私下表達不滿及不悅。您胞弟威廉⑤是第六個，應該說第五個半，因為我想他只讀了一半左右，也不清楚他的看法。關於我的提議，您隨時可以徵詢他的意見。我個人猜想，這本《杜費爾斯德洛赫傳》不論何時刊載，書中內容都會讓大多數讀者深感震撼，即使讀懂的人少之又少。有些讀者震撼之餘會感到（近乎最深刻的）精神啟發，有些感受則完全相反。我想我可以大膽預言，接下來六到八個月（因為這本小說必須一口氣連載完畢）您的雜誌至少會牢牢吸住大眾的目光。

礙於篇幅，這就是我能給您的全部說明了。您怎麼看？我想儘快聽聽您的意見，因為目前似乎是出版這些見解的好時機，而我方才也說了，在您拍板決定之前，我不會有任何動作。您想親自翻閱這份書稿嗎？若您想讀，郵寄往返只要幾先令。當然連載時需要附上序言，加上「編者注記（O.Y.'s）⑥」可能也很有幫助。我想無須叮嚀，您若想將書稿給其他人看，就我個人經驗，還請您稍微斟酌，最好先知會我。我已經對您坦懷相待，還請您對我坦誠以告，相信事情很快就會有個輪廓。

注釋

① 指英國一八三二年改革法案通過前的動盪。

② 此處可見原定書名是「Thought on Clothes」。卡萊爾在一八三三年七月十八日寫給英國哲學家彌爾（John Stuart Mill）的信裡，首次向彌爾以「Sartor Resartus」提到這部作品。

③ 事後證明卡萊爾猜想得沒錯，本書確實分成八期連載。

④ 確切是哪五人不得而知，但可能包括詩人葛倫（William Glen）、彌爾和旅行作家英格里斯（Henry Inglis）。

⑤ 威廉（William Fraser）是弗雷瑟的弟弟，曾任《外交評論》編輯。

⑥ 指卡萊爾假托奧利佛．約克（Oliver Yorke）之名所加的注釋。奧利佛．約克是《弗雷瑟雜誌》編輯梅金的筆名。

附錄二　編輯梅金眼中的卡萊爾

【一八三三年六月】

本篇卡萊爾介紹，出自梅金（William Maginn）之手。梅金於一八三〇至一八三六年擔任《弗雷瑟雜誌》編輯，這篇「仿卡萊爾風格」的報導刊登於該雜誌的一八三三年六月號，距離《衣裳哲學》首次連載還有五個月。這是梅金「當代文學家群相」系列的第三十七篇，其他文學家還包括柯勒律治、赫茲利特、司各脫和迪斯雷利等人。

梅金的文章附有鋼筆素描，繪者署名艾弗烈．克洛奇斯，實際上出自愛爾蘭畫家麥克利斯（Daniel Maclise）之手。

噢，親愛的讀者，您眼前所見的這幾張活石印刷肖像畫，主角正是歌德先生的翻譯者湯瑪斯．卡萊爾。您瞧那幾根手指又是懶洋洋支著頭，又是抓著和頭關係匪淺的外在覆蓋物；若用哲學的火眼金睛穿透而入，看進那構成人體最上端的橢圓體內部，實在難以抱著評論家的確信，判斷那帽子是用來遮頭的？還是頭是用來掛帽子的？沒錯，那幾根手指曾經翻譯四十冊歌德全集，將那仙樂般的智慧從作者祖國的高地德語譯成老里基①的密德羅申語。對茅塞已開，智性微明又輕不可聞的人來說，那些是最和諧而神祕的篇章；對茅塞未開，智性晦暗不明的人來說，則是艾盧西斯（Eleusis）的暗影。卡萊爾翻譯歌德不是一般的語言轉換，只滿足於憑藉自身知識與忠實來傳達原作者的意思或見解，有如二手的文字商人，而是心懷敬畏，連歌德覆蓋在他清晰超凡的和諧之上的駢儷文飾也字字珍惜。卡萊爾翻譯的《威廉．邁斯特的學徒歲月》和其他作品，從外表、句構、措詞轉換到文體的迂迴、鼓譟（hübble-bübblen）、加油添醋（rümfüstianischen）和增潤臃腫，無不條頓（Teutonic）到極點，讓我們根本看不出那是翻譯。

好了，好了，不耐煩的讀者會這樣喊道，真是夠了！整頁模仿卡萊爾的風格就跟流感一樣糟。卡萊爾從前就像古代的大狄奧尼西奧斯，又如現代的米爾頓與約翰遜，善用一般英語將知識的原始力量貫注到聰慧青年的心靈之中。然而，他過去幾年卻不再如古希臘詩人歐匹安（或據傳是他，見貝爾②）所說的餵養繆思的羊群，而是搬去鄧弗里斯郡過起了鄉村生活。那裡的名字（克雷根帕托）非常悅耳，和他喜歡的吟遊詩歌一樣和諧，肯定讓他聽得十分歡喜。閒暇時他不是翻譯歌德，就是為《愛丁堡評論》、《弗雷瑟雜誌》、《晨郵報》或《觀察家報》撰稿，總之就像個西北佬在鄉間風風火火。說句公道話，他為《愛丁堡評論》撰寫的文章都帶著基督徒的莊重口吻，只不過太遲了。大眾的關注已經消磨殆盡，連卡萊爾本人也無力回天，何況他還和綽號「機關槍」的湯馬斯．麥考萊有關係，那人的文章連風帆戰艦③都會給淹沒。他和雷吉娜（Regina）比較投合，經常用最為人接受的辛布里或條頓風格④，闡述他對人事物的看法，讓讀者深受啟發。至於他寫給報紙和週刊那些勤勞讀者看的文章，我們就不得而知了。

卡萊爾是一位可敬又出色的人，言談間的火力高強無庸置疑。就我國的德國研究學者而言，他顯然是開路先鋒。一般認為，他真的理解書中的意義。這點其實可不是什麼小事，尤其是翻譯德語作品的人，沒有不加上序言，用最令人滿足的方式證明之前的譯者犯了多少錯誤，根本不清楚原文要意的。正義終究會將酒杯帶回他的唇邊，讓他從繼任者口中聽到同樣的讚美。

注釋

① 譯注：老里基（Auld Reekie）是愛丁堡的綽號。
② 典出法國哲學家貝爾（Pierre Bayle, 1647-1706）《歷史批判詞典》的「歐比安（Oppian）」詞條。歐比安為西元二世紀兩位希臘詩人的名字。
③ 風帆戰艦（seventy-four）直譯為「七十四」，因船上配有四十七門火炮而得名。
④《弗雷瑟雜誌》當時有雜誌「女王」（Regina）之稱。辛布里和條頓是古代條頓族的兩個支族。

附錄三　卡萊爾致愛默生——介紹《衣裳哲學》

【一八三四年八月十二日】

一八三四年五月，愛默生讀完《衣裳哲學》在《弗雷瑟雜誌》的前四回連載後，首次寫信給卡萊爾。卡萊爾於回信中附了一大段《衣裳哲學》的原文，從此兩人展開長達四十年的書信往返。由於愛默生的推薦，《衣裳哲學》後來先在美國問世，接著又於英國出版。愛默生為美國版撰寫的序收錄於本書附錄五的〈各方評論〉中。收到愛默生來信之後，卡萊爾回寄了四本自費出版的《衣裳哲學》，參見前注。

您為了《杜費爾斯德洛赫傳》而來信致謝，但我才應該感謝您的真誠讚賞，即使您是過於抬愛了。在令人喪氣的愚昧與矛盾橫行之際，能聽到「做得好（Euge）」的聲音，實在是莫大的恩賜。杜費爾斯德洛赫這粒種子落在的土地太不友善，沒有半個人祝他好運，感覺就連最差勁的蕁麻或毒芹種子落在這塊土地上，也更受歡迎。我們英國的報刊評論家，尤其是《弗雷瑟雜誌》的讀者（我覺得我已經受夠了）真是令人無言，連輕蔑都不值得，最好直接忘掉。可憐的杜費爾斯德洛赫！彷彿天生就要面對不幸、誤會和重重阻礙！然而，如您所見，他還是奮力穿越了陰森沼澤，拼合成一份「獻給朋友」的書冊，再也不會被焚燒或佚失，直到他的時代到來。我寄一本給您作參考，三本讓您送給您覺得合適的讀者。因為您用的是複數，我想可能就三位，再多就讓人意外了。在英國這岸，我只得到一個有學問的回應，清晰真誠，幾乎和您的回覆一樣熱切。這位英國朋友同樣是個陌生人，我不知道他的名字。他不是投書，而只是寫信給我不認識的第三方①。我只能說：「就兩個見證人？」不論如何，感謝神，我已經完事了，可以洗手不幹了。我相信魔鬼再強也只會占到他該有的份，不會多出半分。至於諸位，我在大西洋彼岸的朋友，請認真拜讀吧，因為它是認真嚴肅寫下的，沒有任何有心之錯。如果讀了不喜歡，請包容我是四年前寫完的，若能重寫，基本上一定會像腓大帝②說的「下回更好」。針對文體等等，雖然您說您的批評失之「莽撞」，但我完全理解您的意見，覺得很有啟發，也很感謝。您說我會採取那種姿態，是因為缺乏明確的聽眾，獨自一人對著不知友善與否的空間發言。對此我只想補充，我不會再支持這種姿態。我認為它是有問題的，只是試探，是我在那段瘋狂時期所能想到的最好做法。您要曉得，我現在認為我們終於來到這個階段，各式各樣的詩歌、修辭與講道，甚至可以說各式各樣對人說話的講道壇，都幾乎毀壞殆盡了。唉，這是真的。就算你有認真的思想要傳遞，不只希望被聽見，還要讓人相信並行動，聲音也會卡在喉嚨裡，無法在那裡表達（至少我不行），感覺就像莊嚴的儀式變成了做作的表演，你只能捨棄紙糊的舞台側景、三一律和布萊爾的講課③，相信世上無神聖之物，只有用人的話語說給相信的人聽！從過去、現在到未來，只有這點始終都是神聖的，而且終有一天會再找到合適的表現方式，莊嚴的儀式不再是做作的表演。不過，這豈不是很可悲嗎？就算杜費爾斯德洛赫高喊：「講道壇！只要把你手邊的臥桶反過來，不就做出講道壇了？」但他還是沒意識到，那依然只是個臥桶；就算站在上頭說出最啟迪人心的話語，也會有數百萬人無法想像，只會誤解，還有少數人會提出（沒什麼確切重要性的）質疑。因此，包容我們吧，搖頭之餘不忘給出同情甚至期盼的微笑。打從與您相會之後，我就一直努力到現在，想找出其他方法能更接近真理，因為我是真心渴求真理。只是除了相信和真誠之外，我不知道還有什麼方法能有效果。除了荷馬、聖經和伯恩斯的詩歌，我找不到其他能不朽的藝術。

注釋——

① 指愛爾蘭科克市的歐謝（O'Shea）神父，曾經寫信給卡萊爾讚揚《衣裳哲學》。兩人後來於一八四九年會面。
② 指人稱「腓特烈大帝」的腓特烈二世。
③ 指布萊爾（Hugh Blair, 1718-1800）《修辭與純文學講稿》。

附錄四　卡萊爾致斯特林——為《衣裳哲學》辯護

【一八三五年六月四日】

斯特林（John Sterling）為劍橋大學使徒會成員，後來深受柯勒律治影響，決定成為聖公會牧師。一八三五年二月和卡萊爾結識時，他正因健康欠佳和信仰上的疑慮而決定退出神職。兩人私交甚篤，卻因為斯特林英年早逝而畫下句點。一八五一年，卡萊爾出版《斯特林傳》，主張好友的宗教信仰其實不如其他人說的那麼正統、那麼堅定。

一八三五年五月二十九日，斯特林寫了封長信給卡萊爾批評《衣裳哲學》。這封信後來經過刪節收錄在《斯特林傳》裡。下面這封信是卡萊爾的回覆摘錄。他在信中反駁斯特林的兩點批評：《衣裳哲學》的文體不正確，以及沒有維護基督教信仰。不過，在他收到卡萊爾回覆的幾天前，斯特林就在另一封信裡修正了自己對《衣裳哲學》文體的批評。卡萊爾後來決定「兩信並陳」。

我前兩天跟彌爾①說，你的名字充滿希望，你對這位心腸冷硬、歷盡煎熬、自相矛盾的杜費爾斯德洛赫教授給了那麼多發人深省、懇切友善的批評，就是新的證明。我在以色列身上都沒見到這麼深的信仰！而且信仰和希望也不會徹底落空：朋友，要知道你的批評不是落在荒蕪的磚上，有如水潑在地上。我滿懷希望接受你的批評，並且想盡量消化吸收，因為我知道你的用心。我只能盡可能用最不完美的話語，在這封信裡向你說明這一點。

你針對措詞和文體所提出的反對有憑有據，也站得住腳，其中許多考量我當初也不是沒有看到，可惜只能點頭放過。人的能力有限，不完美始終如影隨形，若要等到徹底去除了不完美才行動，只會永遠兜圈子，哪裡都去不了。認清自己的想法，相信它，帶著它面對天上凡間，不論自然和藝術為你預備了哪些詞彙！倘若某個人有一些想法從來不曾出現在英語書裡，那麼除了使用書裡沒有的詞彙，除了創造詞彙，我看不出還有其他辦法，但當然必須謹慎和節制。而我並非總能做到，只證明了我能力不足，這一點我絕不會自認無辜，只能祈求自己能力愈來愈強！同樣的，我之前已經提過，你的這些指摘（coal-mark）我一定會認真思考，反省一遍甚至兩遍，讓自己從中獲益。我抱著說不出的歡喜放棄了「有天分（talented）②」這個詞。但要不是你直接指出來，我發誓除了用來仿諷，這個詞從來不曾從我的墨水瓶裡或口中出現。就算有其必要，這個詞的壞處幾乎說也說不完。但你真的認為應該講求文體的純粹嗎？一本書有沒有價值主要取決於文體（只能是詞典文體）嗎？我不認為。隨著司各特別出心裁的蘇格蘭語，還有愛爾蘭語、德語、法語，甚至報紙的倫敦腔（在這個「文學」和報紙相去不遠的時代）大軍壓境，約翰遜風格的英語連根崩塌，文體的革命就和其他地方一樣明顯！

你問，我國為何沒有一個「頂尖心靈」（如果真有這種人的話）對這本衣裳哲學做出回應？因為，我的朋友，他們沒有一個有幸讀到它！這部作品是在一份宛如排尿口的文學期刊上發表的，我猜那些頂尖心靈就算想讀也讀不到。這本小說已經無法用火或其他暴力抹除了，只能靠命運的普遍法則消滅它，而我也與它不再有任何瓜葛。至於在這個連「撒旦」蒙哥馬利的作品都能賣到（似乎賣到）十三版③的時代，為何沒有書商想出版這本小說，而早報（對它透過排尿口發表）又為何意見分歧，這的確是個問題，不過卻是另一件事。此外，請別以為這本可憐的作品沒人回應，因為鐵錚錚的事實是，我可以舉出一個奇特的回應，其評價並非負面，而且我認為遠超過它所值得的重視足足三倍有餘。

最後，你認為問題真正出在杜費爾斯德洛赫不信仰「人格神」。你說得很坦白，而我就喜歡你這種友直的態度。但你這個指控很嚴重，甚至可怕。對於這點，我如果沒有猜錯，教授肯定會一手按著心口，用最嚴肅的動作予以否認。用動作，而不是言語，因為「最崇高的事物無法用言語描述」。人格、非人格、三位一體，人究竟能對這樣一個東西給出什麼意義？誰敢給他取名（Wer darf ihn NENNEN）？我不敢也不會那樣做。但我不怪你（某種程度）敢那樣做、會那樣做，甚至高興你有那樣的信念，不僅給你美善的思想，激勵你做出善行，也讓你更樂於和許多好人交通。我真心希望這個信念能長長久久在你心中，為你「擋火避風，有如苦勞地上的巨石為你遮蔭」。把連禱文印出來禱告是很好，但就算沉默也能禱告，因為在那裡連沉默也能聽見。最後，請你放心，我不是異教徒，也不是穆斯林或行過割禮的猶太人，只是一名不巧在希臘之年住在切爾西的基督徒。我不信仰泛神論、多神論或各式各樣的有神論或什麼論。我對所有建構系統或教派的人都抱著堅定的輕蔑（但盡量溫和）。憑著多年經驗，我早就覺得他們是錯的，而且必然不正確。託上帝的福，人有眼睛可以看，有心可以體會和相信，這就是我目前唯一堅持的信條。我只拜託你一件事，倘若你在我的或你自己的思想裡見到任何教條，只要它會疏遠你我，請相信絕非如此。在你掌握更確鑿的證據之前，請將它視為別西卜④，裡頭沒有半點真實。

不過，我只能這樣跟你說，從天界下到倫敦的大街，我其實一直鼓勵自己嘗試，看看人民願不願意賦予我教育國民的任務。彌爾等人雖然答應幫忙，但還沒有消息。這個任務著實令人困惑，我到現在還是如墜五里霧中。要是失敗了，我可能近期內會前往大西洋對岸⑤。我和這裡的書商似乎無緣了；一個人的作品在哪裡，他就得去那裡，只有作品能讓他存在。

注釋——

① 英國哲學家彌爾（John Stuart Mill, 1806-1873）。
② 斯特林反對《衣裳哲學》使用的幾個詞彙之一。
③ 英國詩人蒙哥馬利（Robert Montgomery, 1807-1855）一八三〇年發表的宗教詩作《撒旦》（*Satan*）在當時大獲好評，經常翻印。
④ 別西卜為聖經中的魔王，地獄的領導者。
⑤ 九個月後，一八三六年三月，《衣裳哲學》於美國波士頓出版，參見前注。

附錄五　卡萊爾對一八六九年版《衣裳哲學》的補遺

一八六九年版的《衣裳哲學》增加了數則附錄，其中一則是〈作者題識〉，指出《衣裳哲學》一八三八年英國初版就已經收錄了第二則附錄〈各方評論〉。卡萊爾在一八三八年七月十四日寫給弟弟約翰的信裡表示，附錄「隱約交代了這份可憐書稿及其出版過程的歷史……對於這本書，外人能夠說的最睿智、最愚蠢、最好和最壞的一切」都收錄其中（《卡萊爾書信集》卷十）。評論裡的「書商審稿人」為米爾曼（Henry Hart Milman）牧師，由他口述意見給書商莫瑞（John Murray）轉為文字。〈書商致編輯〉改編自莫瑞給卡萊爾的信。雖然卡萊爾注明日期為一八三一年九月十七日，但顯然是十月六日寫的（見《卡萊爾書信集》卷六）。倫敦《太陽報》和波士頓《北美評論》的書評刊出日期都是正確的。兩篇書評都是匿名，但後者據信出於該刊編輯艾弗瑞特（Alexander H. Everett）之手。四篇評論裡最後、基本上也是最重要的一篇〈新英格蘭編輯〉為愛默生所撰，在美國印行的《衣裳哲學》一八三六年初版和三七年再版都以之為序。

作者題識

這本頗受爭議的小書雖然確實是我一八三一年寫成的。當時我獨居山中，但出於種種自然和意外出現的阻礙，完成後有七年都無法在英國以書的形式出版，最後幾經掙扎只能拆成章節，由某家有勇氣的雜誌逐期連載。結果就是有些閒來無事的好奇讀者，乃至於我本人，都遇到一個瑣碎又惱人的問題：這本書究竟是何時寫成的，後續歷程又是如何？這個問題就算不是無解，也讓人不知從何下手。

多虧了一、兩位美國人，這本書最終得以於一八三八年在英國初版。書裡無禮地在正文之前零散附了幾篇有憑有據的文章，並標題為〈各方評論〉。如今看來，我還是覺得它們清楚又有條理地闡明了上述疑問，因此為了除去讀者可能遇到的無謂阻礙與盲目猜測，特地重刊於此。

作者，一八六八年

各方評論

【文學大家／書商審稿人】

〈審稿人致書商〉：《杜費爾斯德洛赫傳》的作者很有才華，其作品不時展現思想與用語的巧妙得體，同時充滿想像力與知識，但是否能引起大眾興趣就值得懷疑了。就機智小說而言，這部作品太長了，寫成論文或文章比寫成書合適。作者抓不到要領，文中機鋒時常太過沉重，感覺就像德國男爵跳上桌子，說自己只是想炒熱氣氛一樣。這是翻譯作品嗎？

〈書商致編輯〉：容我這樣說，這位作者只需要掌握多一點要領，就能寫出通俗又出色的作品。得到您許可後，我將書稿寄給一位文學大家，也是傑出的德國研究學者。隨信附上他的意見，您可以相信他的看法絕對公允。我對您的眼光同樣深具信心……

書稿（我方持有①）一八三一年九月十七日，倫敦。

【《太陽報》】

《弗雷瑟雜誌》再次展現其傑出品味，以及……②。套句老丹尼斯③常說的話，《衣裳哲學》是「一堆胡言亂語」，但不時會出現一些頗有思想的段落，甚至驚人的詩意。然而，作者說「巴弗滅的浴火洗禮式」是什麼意思？為什麼他不能放下賣弄，用大家都看得懂的方式表達？為了滿足讀者的好奇，以下從《衣裳哲學》摘錄一句話出來。這句話順著讀或倒著讀，你能理解的程度都一樣。我們甚至認為，讀者從句尾倒著讀到句首更有機會明白這句話的意思：「對一個長久以來飽受傷害與雷擊的靈魂來說，浴火重生使它感受到了屬於自己的自由。這份感受便是它的魔鬼洗禮。靈魂王國的城堡已經苦戰拿下了，再也無法被攻陷；而城堡外的領土確實還有激戰，不過遲早會得平定。」這簡直……④

《太陽報》，一八三四年四月一日

【《北美評論》】

……仔細全盤研究過後⑤，我們相信杜費爾斯德洛赫教授和霍伊許瑞克律師都是捏造出來的；那六個紙袋、紙袋上的墨水圖案和袋裡紊亂龐雜的資料，也只是大腦虛構的產物。衣裳哲學其實是那位「編者」自己的發明，談論這個主題的作品也只有《衣裳哲學》這一本。總之，用白話來說，那位「編者」如此認真講述的那本書（我們方才已經概略敘述其內容），以及有關它來歷的所有說明，全是瞎掰（hum）⑥。

我們會這麼說自然有其理由。但為了不長篇大論打擾讀者，我們或許只需指出最明顯的一個事實，那就是關於這個主題，除了這部作品裡的內容之外，就找不到其他任何材料了。整個德國出版界，包括據稱印行那部大作的出版商，彷彿都由斯第爾許維根公司（直譯為「沉默公司」）一手掌控。倘若正如這部作品所說，《衣裳哲學》及其作者正在德國掀起轟動，我們怎麼可能只會在倫敦發行的幾期月刊裡讀到這個消息，而非直接傳到這裡？住在新英格蘭的我們總是標榜自己隨時掌握「舊大陸」的動態，至少不輸我們的島國手足。但對這本「內容之豐富、印刷之精美、思想之嚴謹」的大作，我們竟然到現在都一無所聞，而它卻是本文要評論的對象。此外，我們也想誠心請教那位「編者」，威斯尼希特沃（直譯為「不知何處」）位於德國地圖上的哪個位置。據稱德文原著便是在那裡印行的，作者也住在那裡。我們有幸走訪過德國不少地方，並於不同時間出於不同目的仔細讀過地圖，卻想不起見過這座城市。我們覺得，這個「不知何處」稱作「沒人知道在何處」或許更恰當，而且是在「烏有國」。而據稱是作者故鄉的安特福村（直譯為「鴨池」）和他學校所在的亨特許拉格，也同樣讓我們感到陌生。德國幾乎每個村莊都有鴨池，去過德國旅行的人很容易就會發現這一點，但以鴨池為村名的地方，對我們卻像未知之地（terra incognita）。此外，這部作品裡的人名之特別也不下於地名。有誰聽到第歐根尼和杜費爾斯德洛赫湊成一個人名能忍住不笑呢？頂著這個古怪姓名的人，在據稱是他的生平自述裡承認，他「找遍了德意志帝國國內外的家譜族譜，以及各種預購名冊、軍員名單和其他姓名錄」，但「除了我以外就沒有第二個人姓杜費爾斯德洛赫」。我們樂於相信他這番話，只是很懷疑會有哪對基督教父母會給孩子起這樣一個名字，讓他一生肩負這個令人不快的重擔。至於霍伊許瑞克（直譯為「蚱蜢」）這個名字，雖然不唐突，但感覺更像編出來的，而非「忠實的翻譯」。著作裡的女主角布露明（直譯為「花神」）及其他人名或許也都是如此。

總之，如同先前所提，我們的個人看法就是這部作品從頭到尾，從和德國通信、不知何處大學、一般學教授、蚱蜢律師到花神戀人等等，其真實性就和赫許爾的精采登月故事相去不遠。其實這種虛構並不罕見，或許也不該嚴厲指責。但對於這部作品似乎企圖誤導大眾，讓人對其主旨及德文原著產生錯誤印象，我們就不確定也能睜一隻眼閉一隻眼了。如我們所見，這部作品從主旨到德文原著都和服裝有關。除了杜費爾斯德洛赫教授的德文原著書名為《衣裳及其起源與影響》，那位編者也用《衣裳哲學》⑦這個頗為古怪的名字稱呼自己的評論，感覺也是針對服裝。然而，儘管這部作品包含許多對於衣裳半認真、半滑稽的評論，實際上卻是一篇討論一般學（science of things in general）的論文，而杜費爾斯德洛赫在不知何處大學裡傳授的正是這門學問。我們無意採取嚴格的道德標準，但必須承認心裡有些懷疑，以衣裳哲學為名向大眾介紹一般學是否真的合適。以我們自己而言，人生旅程已經不幸過了大半，不再對服裝感興趣，因此可以毫不猶豫地說，真正的主題比表面題目更吸引人。但對廣大讀者來說，或許並非如此。以年輕人為例，他們在所有地方都占大多數，服裝對他們而言是最首要的話題。討論衣服的作者在少男少女（virginibus puerisque）眼中簡直可比詩人，懂得以最能召喚他們情感的方式吸引他們買他的書。當這些少男少女掏腰包把書買下，興沖沖帶回家讀，以為書裡會明白教他們如何打領帶或裁馬甲，結果只讀到一篇一般學論文，他們肯定（說得委婉一點）心情不會太好。要是我們美國最近的立法進展傳到英國，我們覺得這部作品的作者可能會被私刑處死。他寫這部偽作（supercherie）目的是為了賺取金錢，還是挖苦花花公子取樂，我們不做論斷。他在作品後半段特別撥出了一章專講花花公子，從主旨推斷，我們認為他肯定想像掠奪埃及人那般，用盡方法讓他們散盡家財。

　　這部作品號稱是對一本德文書做評論，但它唯一算是做到的部分就是文體。這部作品採用了巴比倫方言體，詞彙確實相當豐富，而且生動活潑，表達也不時展現出特有的流暢，但從頭到尾充斥著德語特有的用語。不過，這種風格也可能只是長期浸淫德國文學的結果，因此無法當成確切的反證，更不足以成為壓倒一切的證據⑧。

《北美評論》，第八十九號，一八三五年十月

【新英格蘭編輯】

有鑑於廣大讀者的迫切希望，編輯群從最初刊載這些文章的短期刊物裡⑨將之擷取出來匯集成書，因為我們深信這些文章值得長久留存。

編輯群並不期望這本小書忽然就受到大眾歡迎。作者喜歡為思想穿上華麗外衣，戲謔揮灑德文用語，我們無須替他背書。他愛用古怪有趣、滑稽嘲諷的文體，對最嚴肅的主題進行最嚴肅的思辨，那是他的癖性。就算他的偽裝冒犯了讀者，致使讀者不願意聽他想說的話，或許會有其他人傾聽他的智慧之言；更何況有什麼虛構的作品能滿足所有人？但我們想告訴各位，這些怪異之處一開始讓有些讀者深感不快，但他們很快就忘了。書裡提到的外國服裝與種種面向只是表皮，裡面藏著的還是撒克遜人的心。我們認為，已經多年沒有這樣一本用真摯道地的英語寫成，並掌握語言所有豐富意涵的作品出版了。作者的聰明才智偶爾不合常規，可是經常迸出純粹的文采，而且永遠不乏機智與明辨，充分彌補了這點不足。